아이네이스 2

아이네이스 2

AENEIS
V~VIII

베르길리우스 서사시 김남우 옮김

AENEIS
PUBLII VERGILII MARONIS (B.C. 19)

일러두기

1. 이 번역의 저본은 Gian Biagio Conte, *Publius Vergilius Maro, Aeneis*, 2009다.

2. 행수는 일반적으로 5행 단위로 표시하며, 원문의 행수를 의미한다. 번역문 행수와 원문 행수가 어긋날 경우 원문 행수를 따로 밝혀 두었다.

3. 한 행을 둘로 나누어 전반부에 〈a〉를, 후반부에 〈b〉를 붙인다. 예를 들어 6행 전반부는 〈6a〉라고 표시한다.

4. 번역 원칙에 관해 골자를 언급하면

　가. 라티움어로 쓰인 원문 시행이 〈여섯 걸음 운율〉로 구성되어 있는데, 이를 반영하여 번역 시행 또한 18자 이하로 구성했다. 이를 편의상 〈18자역〉이라고 이름 붙였다.

　나. 모든 번역 시행들은 최대한 원문에 일치한다.

　다. 서사시의 각 시행 끝에서 운율의 마지막 음보와 단어의 끝음절이 일치하면서 반 박자 쉬어 가는 큰 휴지 마디가 있는데, 번역에서도 이를 적용했다.

　라. 고유 명사는 특별한 경우가 아니면, 3음절 이하로 왜곡했다. 예를 들어 〈이탈리아〉는 〈이탈랴〉로 줄였다. 주석에서는 라티움어의 원래 소리를 그대로 적었다.

5. 독서 편의를 위하여 고유 명사 색인에 고유 명사에 대한 간단한 설명을 덧붙였다.

이 책은 실로 꿰매어 제본하는 전통적인 사철 방식으로 만들어졌습니다.
사철 방식으로 제본된 책은 오랫동안 보관해도 손상되지 않습니다.

의연히 부를 삼가며, 손님이여, 그대도 신 같은
의젓함으로 너그럽게 누추한 살림을 보시오.

제8권 364~365행

제5권   9

제6권   69

제7권   137

제8권   191

참고 문헌   235

역자 해설   로마의 서사시 『아이네이스』   239

베르길리우스 연보   251

찾아보기   253

제5권

그새 에네앗은 벌써 함선들을 이끌고 한창
결심한 길을 잡아 북풍의 검은 바다를 갈랐다.
도시를 돌아보았다. 도시는 불쌍한 엘리사의
불꽃을 밝히고 있었다. 엄청난 화염이 솟는

5 이유를 알 수 없었다. 끔찍한 고통, 커단 사랑의
유린에 분노한 여자는 뭐든 할 것을 알았기에
테우켈족의 마음에 걱정스런 생각이 스쳤다.
함대가 깊은 바다로 나온 후로 주변에 육지는
보이지 않았다. 사방에 하늘과 바다뿐이었다.

2행 결심한 길을 잡아 : 제4권 554행 이하. 〈에네앗은 벌써 떠날 결심으로
높은 선미에서 벌써 제대로 준비를 마치고 잠에 빠져 있었다.〉 겨울 바다도 디
도의 사랑도 그를 잡지 못했다(Conington). 〈북풍〉은 제4권 310행과 아래 보
는 것처럼 겨울 바다의 폭풍이다.

4행 불꽃을 밝히고 있었다 : 제4권 끝에서 디도는 화장목 위에서 아이네아
스의 칼로 가슴을 찔러 자살했다. 별다른 언급은 없지만 디도의 장례식이 거행
되었을 것으로 보인다. 제4권 661행 이하에서 디도는 이미 사람들이 자신을
화장하리라고 생각했다. 〈이러한 불길을 바다에서 눈을 들어 잔혹한 달다늦은
보라! 내 죽음의 저주를 달고 가라!〉 물론 아이네아스는 이를 알지 못한다.

그의 머리 위를 검푸른 먹구름이 뒤덮었다.   10

어둠과 폭풍과 더불어 어둔 격랑이 물결쳤다.

키잡이 팔리눌은 높다란 선미에 직접 나서

「어이하여 저런 구름이 하늘을 뒤덮는 것인가?

아버지 넵튠이여! 뭘 꾸미십니까?」 말하고 이어

무기를 잘 챙겨라, 힘써 노를 저어라 명하며,   15

바람에 맞서 돛을 비스듬히 세워 놓고 말했다.

「늠름한 에네앗이여! 유피테르께서 직접 나서

보증해도 이 날씨에 이탈랴 도착은 무망한 일.

옆구리를 때리며 저무는 서쪽에서 폭풍이

바뀌어 몰려오고 대기는 비구름을 만듭니다.   20

저희는 맞서 이겨 낼 수 없고 버티는 것조차

불가능합니다. 운명이 하자는 대로 따라가고

부르는 대로 항로를 바꿉시다. 멀지 않은 곳에,

따랐던 별을 제가 옳게 기억해 되짚어 본다면,   25

8~11행 : 제3권 192~195행의 반복이며,『오뒷세이아』제12권 403~406행의 모방이다. 〈보이는 것이라고는 하늘과 바다뿐〉.

15행 무기를 잘 챙겨라 : 여기서 〈무기〉가 무엇인가를 놓고 오랜 논쟁이 있었다. 고대 주석가들은 〈돛을 걷다〉라고 해석하고 있다. 하지만 제4권 290행이하에서 볼 수 있는 바와 같이 항해에 사용되는 여러 가지 장비를 가리키는 것으로 볼 수 있다. 제6권 353행에서는 〈노〉를 지시한다(Conington).

17행 늠름한 에네앗이여 : 원문에 쓰인 형용사 〈*magnanimus*〉는 『일리아스』제6권 145행에 쓰인 〈기상이 늠름한 *megavqumo~*〉와 같다(Conington).

20행 대기는 비구름을 만듭니다 : 키케로『신들의 본성에 관하여』제2권 101행 이하 〈다음으로 바다에 이웃한 공기는 밤과 낮을 번갈아 겪습니다. 그래서 어떤 때는 흩어지고 성기어져서 높이 올라가고, 어떤 때는 다시 뭉쳐서 응축되어 구름이 되며, 물기를 모아 비로써 땅을 성장시켜 주지요.〉

형 에뤽스의 기댈 해안, 시카냐 항이 있으니.」

충직한 에네앗은 「바람이 실로 그리 요구하고

맞선 자네 수고가 허사임을 진작 생각하였소.

배를 트시오. 내게 그보다 달가운 땅이 있을까?

달리 어디서 지친 함대를 쉬게 할 수 있겠소?

달다냐 사람 아케텟을 양육하는 대지 말고,

부친 앙키사의 시신을 품에 안은 그곳 말고.」

이리 말하고 그들은 항구를 찾았고 돛을 가득

서풍이 채웠다. 함대는 빠르게 와류를 넘었다.

드디어 낯익은 바닷가에 다가가매 기뻐했다.

한편 놀라며 멀리 높은 산꼭대기에서 달려와

아케텟이 도착한 동포의 함대를 맞이했다.

사냥 창과 뤼비아 곰 가죽을 걸친 투박한 그를

하신 크린수에게 잉태하여 트로야의 모친이

24행 형 에뤽스 : 에뤽스는 아프로디테의 아들로, 말하자면 아이네아스와 는 형제지간이다. 아래 392행의 각주를 보라.

25행 따랐던 별을 제가 옳게 기억해 되짚어 본다면 : 팔리누루스는 앞서 제1권 34행 이하와 제3권 692행 이하에서 시킬리아섬 근처를 이미 한 번 지 나갔었다. 이곳을 지나 이탈리아로 항해하던 도중 폭풍에 난파하여 북아프리 카 카르타고까지 밀려갔었으나, 이제 카르타고를 떠나 이탈리아로 향하던 도 중 폭풍을 만나 시킬리아로 피난한다.

31행 부친 앙키사의 시신을 품에 안은 그곳 : 디도에게 들려주었던 이야기 맨 마지막(제3권 709행 이하)에서 아이네아스는 시킬리아를 벗어나 이탈리아로 올라가려던 순간 드레파눔이라는 곳에서 부친이 돌아가셨다고 말한 바 있다.

38행 트로야의 모친이 : 아케스테스는 트로이아로부터 시킬리아로 도망 쳐 온 세게스타 혹은 에게스타라는 여인의 아들이다. 이 여인은 하신(河神) 크 리미수스와 결합하여 아케스테스를 낳았다. 그는 트로이아 전쟁에 참전했다 가 시킬리아로 돌아와 세게스타라는 이름의 도시를 건설한다. 베르길리우스

낳았다. 먼 옛날 조상들의 혈통을 잊지 않고,
다시 찾은 이들을 맞아 기꺼이 시골의 보물로 40
대접했고, 친절하게 지친 이들을 위로했다.
　　다음 날의 동녘이 밝아 오며 별들을 쫓아내는
맑은 아침, 해안 사방에 모이도록 전우들을
불러들인 에네앗이 흙무지에 올라 말했다.
「달다냐의 큰 백성, 신들의 혈통을 이은 종족아! 45
그때 내게 신과 같은 부친의 유물과 유골을 47
땅에 맡기고 통곡의 제단에서 제를 올린 이래로 48
한 해가 달을 모두 채워 일 년의 운행을 마쳤다. 46
내가 틀리지 않다면, 그날이, 늘 원통할 그날이
(신들이 원하신 대로) 늘 되새길 그날이 되었다. 50
이날에 나는 게툴랴의 쉴티스에 피신했어도
아르곳 바다와 뮈케네 도시에 붙들렸어도
해마다 축원과 경건한 기념 행진을 격식대로
행하고 제단에 제대로 제물을 진설했을진대.
지금은 더욱 부친의 유해와 유골이 묻힌 곳에 55
(이를 어찌 신들의 의지며 뜻이라 하지 않을까)
당도하여 친절한 항구에 들어 정박하였으니,

는 강의 신의 이름을 〈크리니수스Crinisus〉라고 적고 있으나 〈크리미수스
Crimissus〉가 옳은 바, 고대 주석가는 이것이 베르길리우스의 시적 자유에 해
당한다고 보았다.
　51행 게툴랴의 쉴티스 : 가이툴리 부족은 북아프리카의 호전적인 종족으
로 제4권 40행 이하에서 언급되었으며, 쉬르테스는 카르타고 근방의 사구인
데 제1권 111행 이하의 폭풍우 장면에서 아이네아스 일행이 폭풍에 밀려 도
착한 지역이다.

자, 이제 기쁘게 모두 성대한 제사를 올리자!

순풍을 청하자! 그리하여 매년 이런 제전을

60 건설될 나라, 선친의 영당에 모실 수 있도록.

트로야에서 태어난 아케텟이 황소 두 마리씩

함선 숫자대로 내주었다. 모셔 오라! 조국의

신주를 잔치에. 또한 아케텟이 섬기는 신주도.

더불어, 인간을 길러 낸 밝은 날을 아홉 번째

65 새벽이 가져오고, 햇살로 세상을 들출 때에,

빠른 테우켈 전함의 경주를 개최할 것이다.

또한 달리기에 능한 자나, 힘을 잘 쓰는 자로서

투창과 가벼운 화살로 남보다 탁월한 자나,

투박한 장갑을 긴 권투에 자신이 있는 자나

59행 순풍을 청하자 : 장차 나라를 건설할 날을 염두에 두고 그때에 새로운 조국에서 계속 제사를 지낼 수 있기를 기원하는 아이네아스의 뜻이 담겨 있다(Williams).

60행 선친의 영당에 모실 수 있도록 : 베르길리우스는 〈어버이날 Parentalia〉을 염두에 두고 있으며, 오비디우스는 『로마의 축제일』 제2권 532행 이하에서 이것이 실제 아이네아스로부터 시작되었다고 쓰고 있다(Williams). 〈이 관습을 그대의 나라에 도입한 것은 경건의 적절한 본보기인 아이네아스였소이다.〉

64~65행 아홉 번째 새벽이 : 로마의 장례식 풍습에 따르면 장례는 아흐레 동안 치르는 것이 일반적 관례다. 여기서 아이네아스는 아버지 앙키세스의 제사를 마치 장례식인 것처럼 경건하게 모시려고 한다(Conington).『일리아스』 제24권 664행 이하. 〈아흐레 동안 우리는 집에서 그의 죽음을 슬퍼하다가〉.

65행 햇살로 세상을 들출 때에 : 제4권 119행과 같은 구절이다.

68행 투창과 가벼운 화살로 : 사실 투창 시합은 개최되지 않는다. 투창 시합과 활쏘기 시합은 하나의 종류로 보인다(Williams).『일리아스』 제23권 884행 이하에서도 이렇게 투창 시합이 개최될 것처럼 준비되기는 했으나 실제 경기는 없었으며 아킬레우스가 아가멤논을 승리자로 선언하는 것으로 투창 시합은 끝났다(Conington).

다 같이 참가하여 종려관을 받도록 다투라.   70

그럼 모두가 침묵하라! 머리에 관을 묶어라!」

　　그리 말하고 모친의 도금양을 머리에 둘렀다.

헬뤼뭇이 이렇게, 장년 아케텟이 이렇게, 소년

아스칸이 이렇게, 여타 청년들이 따랐다.

그는 수많은 수천을 이끌고 회의장을 떠나   75

커단 무리가 뒤따르는 가운데 무덤으로 갔다.

예를 차려 물 타지 않은 술을 두 번 헌주하여

땅에 부었다. 갓 짠 우유 두 번, 제물의 선혈 두 번.

자주색 붉은 꽃잎을 뿌리며 이렇게 고했다.

　　70행 종려관 : 종려나무 가지로 만든 관이 승리의 상급으로 쓰이기 시작한
것은 희랍에서도 기원전 400년 이후이며, 리비우스(10, 47, 3)에 따르면 희랍
에서 로마로 이런 관습이 전래된 것은 기원전 293년이다(Williams).

　　71행 그럼 모두가 침묵하라 : 원문을 직역하면 〈입으로 호의를 베풀라〉 정
도로 번역할 수 있다. 제사 참석자들에게 경건한 침묵을 요청하는 문구다. 호
라티우스 『서정시』 III 1, 1행 이하. 〈속된 무리를 멀찍이 물리노니, 너희 경건
히 침묵하라!〉 오비디우스 『변신 이야기』 제15권 677행 이하. 〈여기 있는 분
들은 모두 나쁜 마음과 나쁜 말을 삼가시오!〉

　　73행 헬뤼뭇이 이렇게, 장년 아케텟이 : 디오뉘시오스 할리카르나소스에
따르면 헬뤼무스라는 사람이 아케스테스를 따라 트로이아에서 시킬리아에 왔
다고 한다. 하지만 스트라본에 따르면 헬뤼무스가 아이네아스를 따라 시킬리아
에 도착했다고 한다. 300행 이하에서 등장하는 청년 헬뤼무스는 전자이고, 여
기에 언급된 헬뤼무스는 후자다. 헬뤼무스는 아케스테스와 함께 세게스타와
엘뤼미라는 도시를 건설한다. 한편 〈장년〉이라고 번역한 원문 〈aevi maturus〉
는 〈노인〉이 아니라 〈원숙함〉을 의미한다. 이하 〈소년〉과 〈청년〉이라는 단어와
대조를 이룬다. 301행과 574행에서 아케스테스에게는 〈노장〉이라는 수식어가
붙는다(Conington).

　　78행 땅에 부었다 : 제3권 66행 이하 폴뤼도로스의 장례식을 보라. 『일리
아스』 제23권 218행 이하. 〈포도주를 퍼내 땅에 쏟아 대지를 적시며〉.

「인사 올립니다, 아버지! 다시 한 번. 망명한 보람

없이 백골뿐인 아버지의 혼백이여! 혼령이여!

운명이 막아 이탈랴의 강역, 운명이 정한 땅

오소냐, 어딘지 튀브릿으로 모시지 못했으니.」

말했을 때, 무덤 깊은 곳에서 미끈거리는 뱀이

큼직하게 일곱 바퀴, 일곱 겹 똬리를 틀고 나와

얌전히 봉분에 앉았다가 제단을 미끄러졌다.

등에 검은 반점이 또렷했고 누런 얼룩빼기

비늘이 불을 밝혔다. 마치 구름 속에 무지개가

햇빛을 받아 수천 다른 빛깔을 던질 때 같았다.

에네앗은 광경에 놀랐다. 뱀은 몸을 길게 끌어

이내 말끔한 그릇과 술잔을 스쳐 지나가며

제사 음식을 핥았다. 태연하게 다시 깊은 곳

무덤으로 돌아갔다. 제삿밥을 먹고 떠나갔다.

이에 차렸던 선친의 제사를 다시 새로 차리니,

묘소 수호신이나, 행여 부친의 시종은 아닐지

83행 어딘지 튀브릿으로 : 아이네아스는 제2권 782행과 제3권 500행에서 보았듯이 티브리스강 혹은 튀브리스강이 자신이 가야 할 목적지임을 잘 알고 있다. 하지만 그곳이 정확히 어디 있는지는 아직도 분명히 모른다(Williams).

85행 일곱 바퀴, 일곱 겹 : 왜 하필이면 〈일곱〉이라는 숫자가 강조되었을까? 고대 주석가에 따르면 일곱은 아이네아스가 바다에서 방랑하는 7년 세월을 상징한다고 한다. 『일리아스』 제2권 308행 이하에서 오뒷세우스는 트로이아 전쟁이 시작하기 전에 보았던 뱀의 전조를 떠올린다. 뱀의 전조를 예언자 칼카스는 이렇게 풀이했다. 〈뱀이 참새 새끼 여덟 마리와 그 새끼들을 낳은 어미를 합쳐 모두 아홉 마리를 집어삼켰듯이, 우리도 아홉 해 동안 그곳에서 전역(戰役)을 치를 것이나〉.

95행 묘소 수호신이나 : 오비디우스 『변신 이야기』 제15권 389행 이하.

생각했던 것. 관례대로 양 두 마리를 잡았고,

같은 수의 돼지, 같은 수의 등이 검은 황소를.

쟁반에 포도주를 부으며 외쳐 불러 위대한

앙키사의 혼백, 아케론을 떠난 망자를 모셨다.

전우들도 빠지지 않고 형편 닿는 대로 기꺼이   100

제물을 제단에 쌓아 올렸고 송아지를 잡았다.

절차대로 저마다 솥을 걸고 풀밭에 넓게 퍼져

불을 피워 꼬챙이에 꽂은 살코기를 구웠다.

　기다리던 날이 되었다. 화창한 하늘에 아홉째

새벽을 파에톤의 말들이 벌써 실어 내려 했다.   105

훌륭한 아케텟의 명성과 이름이 인근 주민을

움직였다. 흥겨운 운집 인파가 해안을 채웠다.

에네앗 일행을 보았고, 일부 겨룰 준비를 했다.

〈골수가 뱀으로 변한다고 믿는 사람들도 있지요.〉 어떤 한 장소의 수호신이 뱀의 형상을 하고 있는 경우가 자주 언급된다(Conington).

　95행 부친의 시종 : 오비디우스 『변신 이야기』 제8권 272행에서 디아나 여신의 시종으로 멧돼지가 등장한다. 신들은 자신의 시종으로 동물을 거느리고 다니는데, 아이네아스는 자신의 아버지가 신격으로 추대되어 뱀을 시종으로 거느리는 것은 아닌가 의심한다(Conington).

　99행 아케론을 떠난 망자를 모셨다 : 일반적으로 제사에 참석하기 위해 망자의 혼백이 아케론강이 흐르는 저승을 떠나온다고 믿었다(Conington). 제3권 301행 이하. 〈삼가 정결한 음식과 추도의 제물을 올리며 안드로마케는 망자의 혼백을 불렀다, 헥토르의 무덤에서.〉

　105행 파에톤 : 예를 들어 오비디우스 『변신 이야기』 제2권 1행 이하에 전하는 파에톤 신화와 무관하게 〈파에톤〉은 태양에 붙는 장식적 별칭으로 〈빛나는〉을 의미한다. 『일리아스』 제11권 735행. 〈빛나는 태양이 대지 위에 떠올랐을 때.〉 『오뒷세이아』 제23권 244행 이하에서 파에톤은 새벽의 여신을 모시는 말 중의 하나다.

먼저 상품이 모두의 앞에 굽은 해안 한가운데
110 진설됐다. 제사용 세발솥, 푸른 잎의 화관,
승자의 선물로 줄 종려관, 무구와 붉은 염료로
물들인 의복들, 금은 탈렌툼 여럿이 놓였다.
이어 언덕에 경기 시작을 외쳐 나팔이 울렸다.
115 　함대 전체에서 가려 뽑은 네 척의 전함들이
114 커단 노를 저으며 나란히 첫 종목에 나섰다.
117 장차 이탈랴에서 멤미웃 씨족의 선조가 될
116 므네텟은 열혈 선원의 빠른 고래호를 몰았다.
커단 몸집의 커단 키메라호를 귀앗의 지휘로
달다냐 청년들이 도시만 한 배를 세 줄로 앉아
120 몰았다. 노 자루가 삼층에 나뉘어 솟아올랐다.
셀기웃 집안의 성씨가 유래하는 셀게툿은

109행 굽은 해안 : 289행 이하에서 사람들은 전함 경주를 관람한 후에 마치 〈원형 경기장circus〉과 같은 곳으로 이동하여 계속 다른 경기들을 관람한다(Conington). 따라서 여기 〈circus〉는 〈굽은 해안〉을 의미한다(Williams).

111행 종려관 : 앞의 70행과 여기에서 승리자에게 종려나무로 만든 관을 수여하는 것으로 되어 있고, 110행의 〈푸른 잎의 화관〉 또한 〈종려관〉을 설명하는 말로 보인다. 그런데 246행 이하에서 승리자에게 수여된 관은 〈월계관〉이다.

118행 키메라호를 : 키메라는 『일리아스』 제6권 180행 이하에 언급된 앞쪽은 사자, 뒤쪽은 뱀, 가운데는 염소인 괴물로 입에서 불을 토한다.

119행 도시만 한 배 : 〈urbis opus〉는 매우 독특한 표현으로 이후 여러 번 후대 시인들이 모방한다. 오비디우스 『로마의 축제일』 제6권 641행 이하. 〈단 한 채의 집이 도시만큼 규모가 컸고, 많은 도시의 성벽이 차지하고 있는 것보다 더 넓은 공간을 차지하고 있었습니다.〉

119행 세 줄로 앉아 : 전함 시합에 나선 배들은 모두 3단 노선으로 보인다. 하지만 3단 노선은 아이네아스 시대에는 아직 발명되지 않았다(Conington).

커단 켄토르호를 탔다. 검푸른 스퀼라호를,
로마 클렌툿 씨족아, 네 선조 되는 클론툿이.

멀리 바다 가운데 바위섬이 거품이 이는 해변
맞은편에 놓여 있었다. 때로 물밑에 잠겨 부푼
파도를 맞아 북풍이 별을 감출 때면 숨었다가,
맑은 날 진진할 때 고요한 파도 너미 고개 내민
바윗등은 햇볕을 즐기는 갈매기의 쉼터였다.
아버지 에네앗은 푸른 참나무를 반환점으로
여기에 세워 선원들에게 알렸다. 어딜 돌아
어디서 긴 뱃길을 돌려야 할지를 알게 했다.
배들이 추첨대로 자리 잡는다. 선미의 황금과
붉은색의 장식을 선장들은 멀리까지 뽐낸다.
다른 청년들은 백양목 화관을 머리에 두르고

114~123행 : 네 명의 선장이 언급되었는데 이들은 나중에 로마 씨족들의
선조로 추앙받는 인물들이다. 멤미니우스 집안은 매우 유명한 로마의 씨족이
다. 세르게스투스에서 유래했다는 세르기우스 집안은 반역 사건으로 유명한
카틸리나가 속한 집안이다. 클루엔티우스 집안은 잘 알려지지 않은 집안으로
공화정 후기에 등장한다. 게가니우스 집안은 고대 주석가 세르비우스에 따르
면 귀아스에서 유래한 집안이다(Williams).

129행 아버지 : 전체 장례식 경기를 개최하고 주관하며 심판하는 자로서
의 아이네아스를 강조하는 것이다. 한편 연장자의 지위도 나타내고 있는 바,
521행에서 아케스테스를 〈아버지〉라고 할 때와 같다(Conington).

131행 이하 : 여기서 반환점을 지정하고 순서를 정하여 줄지어 서는 등의
장면은 『일리아스』 제23권 351행 이하를 흉내 내고 있다(Conington).

133행 선장들 : 전함을 구성하는 선원은 선장, 조타수(161행), 노꾼(136행,
140행)으로 나뉜다.

134행 백양목 화관 : 고대 주석가는 장례식 경기이기 때문에 장례식과 관
련된 나무인 백양목이 선택된 것이라고 했다. 백양목은 헤라클레스에게 바쳐

드러낸 어깨가 두루 바른 기름칠로 빛난다.

자리에 늘어앉아 노를 쥔 손엔 힘이 넘친다.

긴장하여 신호를 기다릴 때, 요동치는 심장,

피 말리는 두려움과 흥분, 벅찬 승리의 열망.

이때 맑은 나팔 소리가 울려 모두가 제자리를

박차고 지체 없이 떠났다. 노꾼 함성은 하늘에

닿고, 상체를 젖힐 때 바다는 거품을 머금었다.

나란히 고랑을 파며 나가매 온통 깊숙이 패어

노에 흩어지고 삼중 충각에 갈라지는 바다.

무섭게 돌진하매, 쌍두마차 경기에서 들판을

가로질러 출발선을 나와 주로를 달릴 때도,

마부들이 달리는 말들에게 물결치는 고삐를

몸 숙여 채찍처럼 휘두를 때도 그렇진 않았다.

그때 성원의 박수와 환호성이, 응원의 열화가

사방 숲에 울려 퍼지고 목소리를 되받는 주변

해안, 함성에 부딪힌 언덕은 함께 메아리쳤다.

남들을 제치고 맨 먼저 파도를 미끄러져 가는

혼전과 고함 속의 귀앗, 바싹 붙어 클론툿이

진 나무로 헤라클레스는 운동 경기를 보호하는 영웅이다(Williams).

137행 요동치는 심장 : 『일리아스』 제23권 369행 이하. 〈그들은 각자 승리의 욕망에 가슴이 뛰었다.〉 호메로스는 전차가 출발하고 나서 달려가는 것을 묘사하였지만, 베르길리우스는 출발 직전의 긴장을 묘사하고 있다.

143행 노에 흩어지고 삼중 충각에 갈라지는 바다 : 제8권 690행에서 반복된다.

144행 무섭게 돌진하매, 쌍두마차 경기에서 : 마차 경주와 전함 경주의 비유는 호메로스가 만들어 냈다. 『오뒷세이아』 제13권 81행 이하를 보라.

오는데, 노꾼은 월등하나 무거운 소나무 배는
더디기만. 이들 뒤로 같은 거리에 고래호와
켄토르호가 앞뒤 자리를 차지하려 다투었다.   155
금세 고래호가 앞서지만 금세 뒤로 밀려 커단
켄토르호가 나서고, 금세 나란히 뱃머리를
맞붙여 달리며 긴 선체로 짠물을 쟁기질한다.
벌써 바위섬에 근접하여 반 고비를 돌아설 때
승자 귀앗은 바다 중간까지 선두를 유지하며   160
소리쳐 전함의 조타수 메노텟을 재촉했다.
「어데, 우현으로만 가는가? 이리로 배를 돌리게!
섬에 붙이게! 좌현 노들이 바위에 닿게 두게!
안쪽을 내주지 말게!」 말했다. 메노텟은 숨은
암초가 두려워 뱃머리를 바깥쪽으로 꺾었다.   165
「어디로 벗어나나?」 또 「바위에 붙이게, 메노텟!」

152행 혼전과 고함 속의 : 귀아스가 앞으로 치고 나가자 그를 쫓으려는 나
머지 배들이 맹렬히 뒤쫓아 온다. 〈혼전과 고함〉은 뒤따라오는 배들이 앞서거
니 뒤서거니 하며 혼전을 펼치는 모습을 그리고 있다(Conington).

158행 긴 선체로 : 두 선함이 각축을 벌이며 나란히 달려가고 있으며 혼전
을 벌이고 있지만, 누구도 상대방을 결정적으로 앞서지는 못하는 장면이다. 전
승 사본에 〈긴 배들이 *longae carinae*〉라고 읽는 경우가 보인다. 하지만 도구의
탈격으로 읽을 경우, 어느 쪽도 상대방을 전함의 길이만큼 앞서 나가지 못하고
있는 상황(186행 이하)을 더욱 극적으로 묘사할 수 있다(Conington).

162행 배를 돌리게 : 원문 〈*cursum*〉은 항로를 뜻한다. 대부분의 전승 사본
은 발걸음을 뜻하는 〈*gressum*〉을 택했다. 제1권 401행과 제11권 855행에 비
추어 후자와 같이 따르는 경우가 대부분이다. 하지만 지금은 배와 바다에 관련
된 것인데 반해 제1권 401행 등의 예는 뭍에서 벌어지는 사건에 관련되어 있
다(Williams).

귀앗은 고함쳐 거듭 불러 재촉하며 클론툿을
돌아보니 뒤에 붙어 안쪽을 파고들고 있었다.
귀앗의 전함과 파도 고함치는 바위섬 사이로,
170 좌현의 안쪽 길을 따라 통과하여 돌연 선두를
앞질렀고 반환점을 돌아 안전한 길로 나왔다.
그때 커단 격노가 젊은이의 뱃속에서 불타며
양 볼에 눈물이 흘렀다. 미적거린 메노텟을,
체통을 잊고 전우들의 안녕도 아랑곳없이
175 우뚝 솟은 고물에서 바다로 내던져 버렸다.
제가 조타수로 조타석을 넘겨받아, 키잡이로
선원들을 독려했고 배를 바위에 붙여 돌았다.
그때 무거워 물밑 깊이 내려갔다 겨우 헤어난
노구의 메노텟은 젖은 옷에 허우적대다가
180 바위섬 끝을 찾아 마른 돌 위에 주저앉았다.
떨어져 헤엄치던 그를 보고 웃던 테우켈족은
가슴에서 파도를 토해 내는 그를 보고 웃는다.
이때 행복한 희망을 불태워 꽁무니의 두 사람

170행 좌현의 안쪽 길을 따라 통과하여 : 『일리아스』 제23권 418행 이하
에서 안틸로코스는 좁은 골목에서 상대방을 앞지르기 위해 무리하게 옆을 파
고들었다.
172행 양 볼에는 눈물이 흘렀다 : 『일리아스』 제23권 382행 이하. 〈그의
두 눈에서 분노의 눈물이 흘러내렸으니〉.
178행 무거워 물밑 깊이 내려갔다 : 『오뒷세이아』 제5권 319행 이하. 〈옷
들이 그를 무겁게 했던 것이다.〉
182행 그를 보고 웃는다 : 『일리아스』 제23권 773행 이하. 〈그들은 모두
그를 보고 유쾌하게 웃었다.〉

셀게툿과 므네텟은 꾸물대는 귀앗을 넘본다.
셀게툿이 우위를 지키며 바위섬에 다가갔다.   185
물론 선체 전체만큼 그가 앞선 것은 아니라,
반은 앞섰고 반은 맞수 고래호 충각에 잡혔다.
그때 전함 한복판에 전우들 사이로 오가며
므네텟이 격려했다. 「어서, 어서 노를 저어라!
헥토르의 전우들아! 그대들, 트로야의 최후에   190
내가 뽑은 일행아! 이제 지난날의 힘을 보여라!
용기를, 이제 게툴랴 쉴티스에서 보인 용기를,
이오냐해, 말레아곶, 쫓기던 바다의 용기를!
나 므네텟은 일등을, 승리를 구하진 않는다.
(넵툰이여! 그대가 허락한 자들에게 승리를)   195
꼴찌 귀환은 창피한 일. 시민들아! 이건 면하자!
피할 건 피하자!」 그들은 안간힘을 쏟아 내며
몸을 굽혔다. 청동 배는 거센 충격에 진동하고
수면은 뒤로 물러났다. 턱에 찬 호흡은 팔다리,
목마른 입을 흔들고, 땀은 강물처럼 흘렀다.   200

192행 게툴랴 쉴티스 : 제1권 102행 이하를 보라.

193행 이오냐해, 말레아곶 : 이오니아해에 관해서는 제3권 192행 이하를 보라. 말레아곶은 흔히 매우 위험한 장소로 알려졌다.

199행 수면은 뒤로 물러났다 : 원문 〈solum〉은 토양을 의미하며, 여기서는 배를 떠받치고 있는 바다의 표면을 가리킨다. 오비디우스 『변신 이야기』 제1권 73행 이하의 〈caeleste solum〉은 〈하늘의 터전〉인데, 별들과 신들의 형상이 차지하고 있는 천상의 거처를 의미한다.

200행 땀은 강물처럼 흘렀다 : 『일리아스』 제16권 109행 이하. 〈땀이 비 오듯 흘러내렸지만〉.

사내들이 바라던 명예는 우연히 다가왔다.
정신의 광기에 바위섬으로 뱃머리를 돌려
바투 붙여 쉽지 않은 여지를 노리던 셀게툿은
불행히도 치밀어 오른 암초에 걸려 버렸던 것.

205 물밑 산의 울음, 울툭불툭 바윗돌에 노들이
부딪혀 우지끈, 처박힌 이물은 바위에 올랐다.
선원들은 일어나 아우성쳤다. 멈춰서 버렸다.
쇠를 붙인 장대와 뾰쪽한 창이 달린 삿대를
꺼내 들고 부러진 노 자루들을 물에서 건졌다.

210 이때 흐뭇한 므네텟은 성공에 더욱 힘을 얻어
노꾼들을 분주히 재촉하고 순풍을 청하여
내리막 바닷길을 달려 바다에서 회항했다.
이는 마치 놀란 비둘기가 갑자기 구멍에서,
고운 새끼들과 살던 어둔 푸석 바위 거처에서

215 들판으로 날아오를 때 질겁하여 날개를 몹시
퍼덕이며 집을 떠났다 곧 잠잠한 대기를 지나
밝은 길을 스치며 빠른 날개를 멈출 때 같았다.
그렇게 므네텟과 고래호는 제풀에 막바지
뱃길을 가르니, 제 기세가 나는 배를 끌었다.

202~209행 : 세르게투스의 처지는 『일리아스』 제23권 391행 이하의 에
우멜로스의 처지와 비슷하다.
213행 이는 마치 놀란 비둘기가 갑자기 : 베르길리우스는 호메로스의 다음
과 같은 비둘기 비유를 염두에 두고 있었을 것이다. 『일리아스』 제21권 493행
이하. 〈그 모습은 매를 피해 날아 들어가는 비둘기와 같았다〉(Conington).
217행 밝은 길을 스치며 빠른 날개를 멈출 때 같았다 : 회항하는 배의 모습
이 내려앉으려고 날갯짓은 하지 않으며 빠르게 나는 새와 닮았다.

먼저 솟은 바위섬에서 씨름하는 이를 제쳤다.   220
셀게툿은 좁은 여울에서 헛되이 소리치며
구호를 청했고, 부러진 노로 달리길 배웠다.
다음으로 귀앗과 커단 몸집의 키메라호를
따라잡았다. 조타수를 잃은 배는 뒤로 밀렸다.
이제 결승선을 앞두고 오직 클론툿이 남았다.   225
그를 뒤따르며 있는 대로 힘을 쏟고 있었다.
그때 함성은 더욱 커지고 모두가 추격자를
열성으로 응원할 때, 환호는 하늘에 울렸다.
하나는 다 잡은 영광과 명예를 지키지 못하는
치욕을 당할까, 목숨을 승리와 바꾸려 했다.   230
승기를 탔다. 할 수 있단 믿음에 할 수 있었다.
어쩌면 충각을 나란히 하여 상을 탈 수 있었다.
만일 클론툿이 두 손을 바다를 향해 내밀어
기원하고 신들을 소망하여 부르지 않았다면.
「제가 달려가는 바다를 지배하는 신들이여!   235
그대들을 위해 기꺼이 눈부신 황소를 물가의
제단에 세우고, 청원의 채무자로 내장은 짠
파도에 던지고 흐르는 포도주를 올리겠습니다.」
말하자, 청원을 깊은 물속에서 듣고 있던 모두,

219행 제 기세가 나는 배를 끌었다 : 키케로 『연설가에 관하여』 제1권
153절 이하. 〈배가 속도가 붙으면 노꾼들이 휴식을 취하여 노를 더 젓지 않더
라도 배는 제 속도와 항로를 유지한다.〉(Williams)
231행 승기를 탔다 : 문맥상 뒤에서 쫓아오는 므네스테우스의 전력 질주
를 가리킨다.

240 네레웃의 딸들, 포르쿳의 무리, 처녀 판오페,
항구의 아버지가 몸소 큰 손으로 달리는 배를
밀었다. 전함은 남풍보다, 쏜살보다 빠르게
따돌리고 육지로, 수심 깊은 항구에 안겼다.
　　그때 앙키사의 아들은 관례대로 모두를 불러
245 전령의 우렁찬 목소리로 클론툿을 승자라
선언하고 푸른 월계관을 머리에 얹어 주었다.
포상으로 배마다 세 마리씩 황소를 골라 가라,
포도주와 은괴 일 탈렌툼씩 가져가라 주었다.
선장들에게는 따로 특별한 상급을 보태었다.
250 승자는 황금 군복을 받으니, 옷깃에는 널따란
멜리봐 자색의 두 줄기 물길이 달리고 있었다.
짜 넣은 왕가의 소년이 울창한 이다산에서

240행 네레웃의 딸들, 포르쿳의 무리, 처녀 판오페 : 『신들의 계보』 233행
이하. 〈폰토스는 거짓을 모르는 진실한 네레우스를 (……) 포르퀴스를 (……)
낳았다.〉 네레우스는 호메로스 서사시에서 다만 〈네레우스의 딸〉이라는 말에
서 언급되며, 뒤에 언급되는 포르퀴스와 함께 〈바다 노인〉이라는 별명을 가진
다. 판오페는 네레우스의 딸들 가운데 한 명이다.

241행 큰 손으로 달리는 배를 : 『일리아스』 제15권 693행 이하. 〈꼭 그처
럼 헥토르는 이물이 검은 함선 한 척을 향해 곧장 내달았다. 그리고 제우스는
큰 손으로 뒤에서 그를 힘껏 밀었고 그와 함께 백성들도 격려했다.〉『아르고
호 이야기』 제2권 658행 이하. 〈그때 아테나이에 여신이 왼손으로는 굳은 바
위를 맞서 떠밀며, 오른손으로는 배가 계속 나아가게 밀쳤다.〉『아르고호 이야
기』 제4권 930행 이하.

245행 전령의 우렁찬 목소리로 : 호메로스에서는 도착한 순서대로 상을
손에 넣음으로써 등수를 가렸지만, 베르길리우스에서는 전령이 승자를 선포
하는 것으로 등수를 가리고 있다(Conington).

252행 왕가의 소년 : 제1권 28행에서 유노를 화나게 한 이유 중에 하나로

날랜 사슴 떼를 투창과 질주로 뒤쫓는 모습은
매섭고 살아 있는 듯. 그에게 덤벼 이다산에서
유피테르의 시종 새가 움키고 납치해 간다.   255
하늘을 향해 하릴없이 손을 뻗고 있는 늙은
보호자들, 허공을 향해 사납게 짖는 사냥개들.
그리고 이어 투지로써 이등을 치지한 사람,
그에게 칠한 쇠미늘과 황금으로 장식한 세 겹
흉갑을, 승자였던 에네앗이 몸소 높은 일리온,   260
빠른 시멧 강변에서 데몰롯에게 벗겨 왔던
용사의 명예이자 전투의 호구를 내놓았다.
시종 페게웃과 사가릿이 겹 흉갑을 간신히
어깨에 메고 옮겼다. 예전에 그걸 걸쳐 입고
뛰며 데몰롯은 흩어진 트로야를 추적했건만.   265
삼등의 포상으로 내놓은 건 청동 솥 한 쌍과

언급된 가뉘메데스를 가리킨다. 『일리아스』 제20권 232행 이하.
　254행 매섭고 살아 있는 듯 : 가뉘메데스의 그림은 두 가지다. 하나는 사냥
터에서 사슴을 뒤쫓아 가는 장면이고, 다른 하나는 유피테르의 새에게 납치되
는 장면이다. 첫 장면의 소년 그림은 실제 달리는 소년처럼 숨을 가쁘게 몰아
쉬는 듯 보였다.
　258행 투지로써 : 고대의 주석가는 므네스테우스가 투지로 2등을 차지했
다면, 클로안투스는 신들의 호의에 의해 1등을 얻었음을 베르길리우스가 강
조한다고 설명했다. 사실 투지만을 놓고 본다면 므네스테우스가 1등을 차지
하고도 남는다. 그렇더라도 클로안투스의 승리를 신의 호의라고 깎아내릴 필
요는 없다(Conington).
　264행 예전에 그걸 걸쳐 입고 : 보통 사람은 들지도 못할 것을 입고, 심지
어 뜀박질도 거뜬히 해냈다는 것은 호메로스가 영웅을 묘사할 때도 등장한다
(Conington). 『일리아스』 제5권 302행 이하. 〈요즘 사람 같으면 둘이서도 들
지 못할 돌덩이였으나〉.

양각을 새겨 넣어 마무리한 은제 술잔이었다.

그렇게 모두가 상을 받고 상급에 우쭐하여
머리에 동여맨 자주색 띠를 뽐내고 있을 때
270 잔인한 암초에서 천신만고 겨우 빠져나와
노는 잃어버리고 배 한쪽은 못 쓰게 망가진
우습고 옹색한 전함을 셀게툿이 몰고 왔다.
그 모습은 마치 때로 길 복판에 자빠진 뱀을
청동 바퀴가 치고 지나가거나 돌팔매 강한
275 행인이 돌로 죽다시피 조겨 놓았을 때 같았다.
뱀은 도망치려고 헛되이 긴 몸을 휘감으며
한편 사나운 눈은 불타고 식식거리는 목을
쳐들지만 상처로 못 쓰는 몸 일부에 붙잡히니,
버티려 똬리를 틀지만, 몸만 서로 뒤엉킬 뿐.
280 꼭 그처럼 노를 저어 전함은 느리게 움직였다.
그럼에도 돛을 펼쳐 바람을 채우고 입항한다.
에네앗은 셀게툿에게 약속한 상을 주었다.
구해 낸 전함과 귀환한 전우들에 기뻐하며

266행 한 쌍 : 〈한 쌍geminos〉은 우선 청동 솥을 꾸미는 것으로 보이며, 다음 행의 〈술잔〉에까지 연결할 수 있다(Conington).

272행 우습고 옹색한 전함을 셀게툿이 몰고 왔다 : 『일리아스』 제23권 532행 이하에서 아킬레우스가 에우멜로스에게 상을 주듯, 아이네아스는 꼴찌로 들어온 세르게투스에게도 상을 준다(Conington).

281행 돛을 펼쳐 바람을 채우고 입항한다 : 원문 〈vela facere〉는 키케로 『투스쿨룸 대화』 4, 4, 9에도 보인다. 〈어느 것이 더 낫겠습니까? 즉시 돛을 펼쳐 올리겠습니까? 아니면 항구를 갓 빠져나온 사람처럼 당분간은 노를 저어 가겠습니까?〉

그에게 미넬바의 일에 능란한 하녀를 주었다.
젖먹이 쌍둥이를 낳은 크레타 출신 폴로에를. 285
  이렇게 배 시합을 마치고 충직한 에네앗은
들판으로 향했다. 거길 빙 둘러 우묵한 지세의
산들이 에워싸니 한복판은 흡사 관람석과
경주로 같았다. 거기로 영웅은 많은 이들이
둘러앉은 가운데로 나가 상석에 좌정했다. 290
이때 빨리 달리기를 겨루고자 하는 이들의
마음을 상금으로 부추기고 상급을 정했다.
테우켈은 물론 시카냐인들도 출전했다.
먼저 니수스와 유랄룻
잘난 외모와 푸른 젊음으로 돋보이는 유랄룻. 295
소년을 충직하게 사랑하는 니수스. 뒤따라
프리암의 높은 집안에서 왕족 디오렛이 왔다.
살리웃과 파트론이 따랐다. 하나는 아카난,

284행 미넬바의 일에 능란한 하녀를 주었다 : 『일리아스』 제23권 263행.
〈나무랄 데 없는 수공예에 능한 여인〉. 오비디우스 『변신 이야기』 제6권
1~145행에서 아라크네는 옷감 짜는 일을 두고 미네르바와 대결을 펼친다.
286행 이하 : 314행까지 달리기 시합이 이어진다. 『일리아스』 제23권
740~797행을 모방하고 있다. 호메로스에서는 아이아스와 오뒷세우스와 안
티로코스 등 세 명의 주자가 달리기 시합에 참가하지만, 베르길리우스에서는
확인된 일곱 명 외에도 많은 주자가 참가한다(Williams).
294행 : 미완성의 시행이다.
296행 니수스 : 니수스는 에우뤼알루스를 〈소년〉(제9권 217행)이라고 부
른다. 전후 관계로 보아 니수스는 에우뤼알루스에 비해 한참 연장자일 것이다
(Conington).
298행 살리웃과 파트론 : 베르길리우스가 살리우스의 고향이라고 말하는

28

하나는 알카댜 지방 테게아의 혈통이었다.

300 삼각섬의 두 청년 헬뤼뭇과 판오펫도 나섰다.

숲에 밝은 이들은 노장 아케텟의 시종이라.

이름이 아득히 잊힌 또 많은 이들도 있었다.

이어 에네앗은 그들 한가운데 이렇게 말했다.

「이 말을 가슴에 새겨 기쁜 마음으로 들어라.

305 여기서 상을 받지 못하는 이는 없을 것이니,

내가 연마한 쇠로 반짝이는 두 개의 크노솟

화살촉과 은장식의 양날 도끼를 줄 것이다.

이건 모두의 공통 상이요, 선두 셋은 특별상을

받을 것인즉, 금빛 감람목을 머리에 쓸 것이다.

310 제일착 승자는 장식으로 빛나는 준마를 받겠다.

제이착은 아마존의 전통과 가득 찬 트라캬의

화살을 받겠다. 메는 데 쓰는 넓은 금박 장식

끈이 달렸고 조일 때 쓸 옥석 고리가 붙었다.

제삼착은 여기 아르곳 투구를 받고 떠나겠다.」

아카르나니아는 희랍 서부의 이오니아해 근처 지역이다. 파트론의 고향 아르카이디아는 펠로폰네소스의 내륙 지방을 가리킨다. 두 사람은 아마도 아이네아스가 부트로툼에 정박했을 때(제3권 292행 이하) 합류한 것으로 보인다(Williams). 제10권에도 같은 이름의 살리우스가 등장하는데 동일 인물이 아니다.

311행 아마존의 전통과 가득 찬 트라캬 : 제1권 490행 이하 신전 장식에서 펜테실리아와 아마존 전사들은 트로이아를 도왔다. 제3권 13행에서 트라키아도 트로이아를 도왔다(Williams).

312행 금박 장식 끈 : 『오뒷세이아』제11권 601행 이하에서 헤라클레스는 활시위를 당기고 있었는데 어깨에 황금 띠를 두르고 있었다.

말하자 그들은 자리를 잡았고 신호가 급히   315

떨어지자 출발선을 떠나 경주로를 내달렸다.

폭풍처럼 쇄도했다. 순간 결승점을 응시했다.

선두 니수스는 모두를 앞서 멀리 떨어졌다.

바람보다, 번개의 날개보다 빨리 번쩍였다.

그의 다음에, 물론 멀찍이 떨어져 다음에   320

살리웃이 따라붙었다. 뒤이어 거리를 두고

세 번째로 유랄룻이

유랄룻을 헬뤼뭇이 쫓아왔다. 이어 뒤에 붙어

뛰며 뒤꿈치를 앞꿈치로 건드리는 디오렛은

어깨를 바투 붙였으니 만약 길이 길었더라면   325

따라잡아 앞서 왔거나 승패가 모호했을 텐데.

이제 그들이 거의 막판에 힘들어하며 결승점

코앞에 왔을 때 질척한 핏자국에 니수스가

317행 순간 결승점을 응시했다 : 원문 〈ultima〉는 정면에 멀리 보이는 반
환점을 가리키는 것으로 보는 것이 옳겠다. 원문 〈simul〉은 출발선을 이미 떠
나 주자들이 〈순식간〉에 결승점을 바라보면서 달리고 있음을 보여 준다.

322행 : 미완성의 시행이다.

324행 뒤꿈치를 앞꿈치로 건드리는 디오렛 : 해부학적으로 달리면서 서로
뒤꿈치를 건드리는 것은 불가능하다(Conington). 따라서 〈뒤꿈치〉는 뒤꿈치
로 밟은 〈발자국〉을 가리킨다. 『일리아스』 제23권 758행 이하. 〈그의 발자국
을 뒤에서 밟았다.〉

326행 따라잡아 앞서 왔거나 승패가 모호했을 텐데 : 원문 〈ambiguum〉이
승패를 가릴 수 없는 상황을 가리킨다면 모호한 상황을 남긴 것이라고 해석할
수도 있고, 모호한 경쟁자라고 해석한다면 모호한 경쟁자를 뒤에 남겨 두었으
므로 이제는 승패가 명확하다고 해석할 수 있다. 『일리아스』 제23권 526행 이
하. 〈만약 주로가 더 길었더라면 그가 앞서거나 또는 승리자를 가리기가 어렵
게 됐을 것이다.〉(Conington)

불행히 미끄러졌다. 희생물로 바친 소들이

330 뿌린 피가 땅바닥과 푸른 풀을 적셔 놓았던 것.

이때 벌써 승자연하던 청년은 거기 발을 딛어

비틀거리는 몸을 지탱하지 못하고 고꾸라져

바로 그 불결한 오물, 제물의 응혈에 엎어졌다.

하지만 그는 유랄룻을, 사랑을 잊지 않았다.

335 진창에서 일어나 살리웃의 길을 가로막았다.

살리웃은 몸이 뒤집혀 모래판에 누워 버렸다.

유랄룻은 내달려 친구의 선물로 승자 되어

갈채와 환호를 누리며 일등으로 들어왔다.

이어 헬뤼뭇이 따랐고 디오렛은 삼등이었다.

340   이때 커단 경기장에 운집한 관객 모두와 맨 앞

원로들 앞에서 살리웃이 큰 소리로 탄원하여

간계로 빼앗은 명예를 돌려 달라 요구했다.

유랄룻을 호의가, 조용한 눈물이 감싸 주었다.

329행 불행히 미끄러졌다 : 『일리아스』 제23권 773행 이하. 〈아이아스는 뛰다가 미끄러졌으니〉.

333행 제물의 응혈 : 앙키세스에게 바치는 희생제는 벌써 아흐레 전에 있었던 일이며 제물의 피가 아직 남아 있었다는 것은 쉽게 이해하기 어려운 일이다. 원문의 〈forte〉는 희생 제물이 제사와는 무관하게 행해진 사건임을 암시한다(Conington).

334행 사랑 : 296행을 보라.

335행 살리웃의 길을 가로막았다 : 친구에게 1등상을 안기려는 생각에서 저지른 비열한 행위는 342행에서 〈간계〉라고 불린다. 이런 행위는 『일리아스』 제23권에 나타나지 않는다(Williams).

343행 조용한 눈물 : 에우뤼알루스가 눈물을 흘리는 것은 승리를 자칫 놓치게 될 것을 두려워해서인데, 살리우스의 항변이 자기가 보기에도 정당했기

준수한 외모의 사내는 남다른 호의를 얻는 법.
디오렛도 커단 목소리로 외치며 옹호하니,   345
등수에 들어 받은 삼등의 포상이 허사가 될
판으로, 만일 살리웃에게 일등이 돌아간다면.
아버지 에네앗은「그대들의 상은 그대들에게
그대로이고, 소년의 상에 등수 변동은 없겠다.
다만 죄 없는 친구의 불행을 불쌍타 할 것이다.」   350
이렇게 말하고 게툴랴의 엄청난 사자 가죽을,
갈기와 금 발톱으로 큰 걸 살리웃에게 내렸다.
이때 니수스가「패배의 상을 그만큼 내리시며
실족을 돌보시니, 어떤 옳은 상을 니수스에게
주실지요? 능력에선 일등 화관이 마땅한 제게.   355
살리웃같은 불행이 저에게 닥치지 않았다면.」
이렇게 말하며 얼굴을 내밀어 보였다. 축축한
오물로 더러운 몸을. 장한 아버지는 웃으며
방패를 내오라 명했다. 디뒤마온의 작품이라,

때문일 것이다. 관중들은 외모 때문에 그에게 호의를 보인다.

345행 디오렛 : 디오레스는 격렬하게 살리우스에게 항의하고 있다. 그는
애초 5등으로 들어왔을 것이나 니수스가 미끄러지고 살리우스가 니수스의 방
해로 넘어지면서 선두 두 명이 앞에서 쓰러진 덕분에 3등상을 탈 수 있었다.

349행 소년의 : 에우뤼알루스를 가리킨다. 많은 편집자는 원문 〈pueri〉를
호격으로 읽고 앞 문장에 연결했다.

350행 죄 없는 친구의 불행 : 살리우스를 불쌍히 여겨 아이네아스는 따로 상
을 내린다.『일리아스』제23권 568행 이하에서 아킬레우스도 그렇게 말한다.

358행 장한 아버지는 웃으며 : 즐거운 마음으로 아이네아스는 자신에게 상
을 줄 것을 요구하며 억지 부리는 니수스를 대한다.『일리아스』제23권 555행
이하에서 아킬레우스가 안틸로코스에게 미소를 지어 보인다.

360 넵튠 신전에서 다나웃이 떼어 내 훔쳐 간 것,

이걸 대견한 청년에게 빛나는 선물로 주었다.

　달리기 시합이 끝나고 시상도 마치고 나자,

「이제 기량과 용기가 가슴속에 자리한 자는

나오라! 손을 비끄러매고 주먹을 날려 보라!」

365 말하고 권투를 위한 두 가지 상을 내놓았다.

승자에게 금으로 장식하고 띠로 치장한 소를,

패자에게 위로의 선물로 칼과 빛나는 투구를.

망설임 없이 곧바로 나선 이는 엄청난 완력의

다레스였다. 큰 환호를 받는 가운데 일어서니

370 그는 파리스와 힘을 겨루곤 하던 유일한 자로

대장부 헥토르가 누워 있는 무덤가에서도

360행 넵튠 신전에서 다나웃이 떼어 내 훔쳐 간 것 : 트로이아를 함락한 후 전리품들 가운데 방패 하나를 넵투누스에게 바쳤고 이를 아이네아스가 다시 찾아와 보관하고 있었다는 가설이 있다. 다른 가설은 트로이아의 넵투누스 신전에 걸려 있던 방패를 희랍 병사들이 가져갔고 이를 아킬레우스의 아들을 통해 헬레누스가 보관하고 있다가 아이네아스에게 선물했다는 것이다(제3권 463행 이하). 전자는 아이네아스가 어떻게 희랍군에게서 이를 되찾았을지 설명하기가 어렵다. 후자는 아이네아스가 신전의 물건을 손수 약탈한 것은 아니라는 것을 부각하는 장점이 있다(Williams).

361행 대견 : 니수스는 벌써 자신의 비열한 행위를 잊고 자신에게도 선물을 달라고 떼를 써서 선물을 받았다. 그런 니수스를 묘사하면서 〈축축한 오물로 더러운 몸〉(357행 이하)이라 했으니, 여기서 〈대견한〉은 반어적으로 읽어야 한다.

368행 망설임 없이 : 아이네아스의 말이 떨어지자마자 일어서는 모습은 『일리아스』 제23권 664행 이하를 닮았다.

370행 파리스와 힘을 겨루곤 하던 유일한 자 : 파리스가 권투 시합에 능했다는 이야기는 호메로스에 전해지지 않는다(Conington).

371행 대장부 헥토르가 누워 있는 무덤가에서도 : 헥토르의 장례식 경기

거대한 덩치의 정복자 부테스를, 스스로가
아뮈쿳 왕의 베브뢰스 혈통이다 뻐기던 그를
죽을 지경이 되도록 금모래 위에 때려눕혔다.
이런 다레스가 제일 먼저 머리 들어 도전했다.   375
넓은 어깨를 과시하며 번갈아 휘둘러 팔을
앞으로 지르며 주먹으로 허공을 후려쳤다.
이에 대적할 자를 찾았다. 장정들 누구 하나
선뜻 권투 장갑을 끼고 나서려는 자가 없었다.
그는 기세등등 모두가 상을 포기했다 여기고   380
에네앗 앞으로 나아가 조금의 망설임도 없이
황소의 왼쪽 뿔을 움켜쥐고 이렇게 말했다.
「여신의 아드님, 아무도 싸우려 들지 않으니
서 있는 보람은 뭣이며, 언제까지 기다리리까?
상을 가져라 명하소서.」 동시에 입을 열어 모든   385
달다냐가 약속된 걸 그에게 주도록 사뢰었다.
      이때 아케텟이 엔텔룻을 말로 몹시 꾸짖으니

에 대한 이야기는 호메로스의 서사시에 전해지지 않는다.
    372행 정복자 부테스 : 부테스는 헥토르의 장례식에 찾아와 권투 시합에
참가했다. 이렇게 멀리까지 찾아가 장례식 경기에 참여한 예는 호메로스도 전
한다. 『일리아스』 제23권 677행 이하를 보라.
    373행 아뮈쿳 왕의 베브뢰스 혈통 : 『아르고호 이야기』 제2권 1행 이하.
〈아뮈코스는 베브뤼케스인들의 용맹한 왕으로, 요정인 비튀니아의 멜리에가
케네틀리오스 포세이다온과 동침하여 낳은 자다.〉
    379행 나서려는 자가 없었다 : 호메로스에서도 이와 유사한 장면이 있다.
에페이오스는 싸워 보기도 전에 1등상이 자신의 것이라고 호언장담을 늘어놓
는다. 『일리아스』 제23권 676행 이하. 〈그들은 모두 말없이 잠자코 있었다.〉
    387행 이때 아케텟이 엔텔룻을 말로 몹시 꾸짖으니 : 『일리아스』 제23권

그는 바로 옆 잔디의 푸른 의자에 앉아 있었다.

「엔텔룻, 과거 영웅 중의 영웅도 허명이로다.

390 싸워 보지도 않고 저토록 커단 상을 가져가게

둔단 말인가? 어디 계신가? 신령하신 분, 스승

에뤽스는 거짓인가? 삼각섬에 떨쳤던 명성은,

그대 집에 걸렸던 전리품은 어디로 갔는가?」

그는 이에 「이름 얻을 욕심, 명예욕이 시든 건

395 두려움 때문이 아니라, 노령에 붙들려 차갑게

혈기는 식고 육신의 기운도 바닥난 탓입니다.

한때 제게 있었으며 지금 저 사람을 안하무인

건방 떨게 하는 밑천, 젊음이 지금 제게 있다면

값나가는 잘생긴 황소로 끌어내지 않더라도

400 나갔겠죠. 저는 상을 원치 않습니다.」 말하고

좌중 한가운데 엄청난 무게의 장갑 한 켤레를

던졌다. 날렵한 에뤽스가 시합 때면 익숙하게

681행 이하에서 건방을 떠는 에페이오스에게 대항하여 권투 시합에 나서도
록 디오메데스가 에우뤼알로스를 설득하는 장면이 있다.

392행 에뤽스 : 372행에 언급된 부테스의 아들이라고 한다. 부테스는 세
이렌의 노래를 듣고 바다에 뛰어내린 인물로 아프로디테에게서 에뤽스를 얻
었다(제5권 24행과 412행). 아케텟이 현재 다스리는 나라는 〈에뤽스의 영토〉
(제1권 570행)라고도 부른다.

395행 노령에 붙들려 : 트로이아 전쟁에 참여한 장군들 가운데 최고령인
네스토르도 이와 비슷한 말을 한다. 『일리아스』 제23권 626행 이하.

396행 혈기는 식고 : 앞서 나이가 들자 명예욕이 시들었다(394행)는 진술,
따라서 상에도 끌리지 않는다(400행)는 진술과 부합한다.

402행 던졌다 : 많은 해석자는 권투 장갑을 던지는 행위를 도전의 의사 표
현으로 해석한다(Conington; Williams). 하지만 이는 다레스의 건방진 태도를

손을 싸고 강한 가죽끈으로 팔에 조이던 것을.
모두 놀랐다. 일곱 마리 황소의 일곱 겹 커단
가죽에 쇠와 납을 박아 놓아 대단해 보였던 것.   405
누구보다 다레스 본인이 놀라 멀리 물러섰다.
늠름한 앙키사의 아들은 상당한 무게와 그
무서운 크기의 장갑을 이리저리 돌려 보았다.
그때 노장은 흉중에 담긴 말을 꺼내 놓았다.
「과연 누가 헤르쿨 본인의 무구, 권투 장갑을,   410
여기 해변의 슬픈 싸움을 봤다면 어땠을까요?
당시 그대의 형 에뤽스가 이 무구를 끼고서
(아직 핏자국과 깨진 두개골이 박힌 게 뵙니다)
알케웃의 손자에게 맞섰고, 저도 이를 썼습죠.
왕성한 혈기에 힘이 넘칠 때, 아직 제 경쟁자   415
노령이 머리 양옆에 백발을 뿌리기 전에는.

혼내 주려는 의도로 보이며, 실제 다레스는 겁먹고 시합을 거부한다(406행).
엔텔루스는 의기소침해진 젊은이의 모습에 미안한 생각이 들어, 조건을 내걸
고 승낙하면 싸울 수 있다고 한다. 진의가 그렇지는 않았지만 결국 권투 시합
이 진행된다.
404행 일곱 마리 황소의 일곱 겹 : 『일리아스』 제7권 220행 이하. 〈소가죽
일곱 겹으로 된 이 청동 방패〉.
409행 노장 : 참가자 둘 가운데 연장자인 엔텔루스를 가리킨다.
411행 해변의 슬픈 싸움 : 헤라클레스가 게뤼온의 소를 끌고 지나가던 길
에 에뤽스와 권투 시합을 벌였고 에뤽스는 무참히 패배하고 목숨을 잃었다.
412행 그대의 형 : 제1권 667행에서 베누스는 쿠피도에게 아이네아스를
일컬어 〈네 동생〉이라고 했다. 제5권 24행을 보라.
413행 핏자국과 깨진 두개골 : 장갑의 주인 에뤽스에게 죽은 도전자들의
피와 뇌수일 것이다(Conington). 480행에 비추어 도전자의 뼛조각이 박힌 것
으로 보면, 무시무시한 괴력과 잔혹함이 크게 돋보인다.

트로야의 다레스가 이 장갑은 안 된다 하면,
충직한 에네앗의 제안, 아케텟의 승낙을 받아
공평히 싸우겠소. 에뤽스의 장갑을 거둘 테니
(두려워 말라) 당신도 트로야 장갑을 벗으라.」
　이렇게 말하고 걸쳐 입은 두 겹 외투를 벗고
팔다리의 커단 뼈마디를, 커단 골격과 어깨를
드러낸 거인은 모래판 가운데 버티고 섰다.
그때 앙키사의 아들이 똑같은 장갑을 내왔다.
대등한 무구로 양측의 주먹을 감싸게 했다.
곧 각자 까치발로 몸을 세워 자세를 잡았다.
두려운 기색 없이 팔을 높이 위로 치켜들었다.
손이 닿지 않게 머리는 세워 뒤로 멀리 뺐다.
주먹을 주고받으며 권투 대결을 시작했다.

421행 걸쳐 입은 두 겹 외투를 벗고 : 거지로 변장한 오뒷세우스가 이로스와 권투 시합을 하게 되었을 때 옷을 벗어 자신의 몸을 드러낸다. 『오뒷세이아』 제18권 67행 이하.

424행 똑같은 장갑을 내왔다 : 시합에 걸린 상품들처럼, 아이네아스가 똑같은 권투 장갑을 쓰도록 배에서 가져왔다고 볼 수 있다(Conington).

426행 까치발로 몸을 세워 : 『아르고호 이야기』 제2권 90행 이하. 〈아뮈코스는 발끝으로 높이 뻗쳐 섰고〉.

427행 팔을 높이 위로 치켜들었다 : 『일리아스』 제23권 685행 이하. 〈그들은 억센 손을 높이 들고 싸웠다.〉 『아르고호 이야기』 제2권 67행 이하. 〈그들이 손들을 쳐들고서〉.

428행 손이 닿지 않게 머리는 세워 뒤로 멀리 뺐다 : 오늘날의 권투 자세와 달리 희랍에서는 머리를 보호하기 위해 몸을 높이 세우고 머리는 뒤로 빼는 자세를 취한 도자기 그림을 볼 수 있다.

429행 주먹을 주고받으며 : 『아르고호 이야기』 제2권 78행. 〈마주하여 주먹을 주먹에 섞었다.〉

젊음에 기댄 한쪽은 발의 움직임이 빨랐고,   430
몸과 덩치가 좋은 한쪽은 떨어, 둔한 무릎이
흔들렸다. 턱에 찬 숨이 큰 몸집을 흔들었다.
수차 사내들이 서로 주고받은 헛된 타격은
수차 속 빈 옆구리에 반복되고 가슴팍에 커단
소리를 만들었다. 귀와 머리 주변을 오가는   435
잦은 주먹질. 턱은 철권에 맞아 크게 울었다.
엔텔룻은 똑같은 자세로 진득하게 버텼으며
눈을 크게 뜨고 상체만으로 공격을 피했다.
상대는 마치 성곽이 높은 도시를 공격하거나
혹은 무기로 방어된 산성을 포위할 때처럼   440
때로 이리, 때로 저리 돌파구를 탐색하려 온갖
방법을 동원하되 여러 공격에 실속이 없었다.
엔텔룻은 덤벼들며 오른손을 뻗어 위쪽에서
날렸다. 날랜 상대는 위에서 날아오는 가격을
예견하고 재빠른 몸을 비키며 빠져나갔다.   445

432~436행 : 『아르고호 이야기』 제2권 82행 이하.

435행 오가는 : 원문 〈errat〉는 일반적으로 〈빗나가다, 그르치다〉를 의미한다. 아마도 서로 주먹을 주고받았지만, 결정적으로 상대방을 쓰러뜨리지 못한 것을 강조하려는 뜻일 수도 있다. 하지만 결정적이지 못했을 뿐 〈계속해서 주먹이 오가고 서로 맞고 때리는〉 상황을 의미한다(Conington).

436행 턱은 철권에 맞아 크게 울었다 : 『일리아스』 제23권 688행. 〈이 가는 소리가 무시무시하게 울렸고〉.

443행 엔텔룻은 덤벼들며 : 엔텔루스는 이제껏 방어 자세로 일관했다. 이제 상대의 빈틈을 노려 회심의 일격을 가하지만, 상대는 가볍게 공격을 피한다. 오히려 엔텔루스가 제힘에 못 이겨 넘어진다.

엔텔룻은 허공중에 힘을 쏟아 냈고 제풀에
육중한 몸은 육중하게 체중이 실린 채 바닥에
넘어졌다. 마치 지난날 에뤼만툿산에서 혹은
이다산에서 속 빈 적송이 뽑혀 넘어갈 때처럼.
450 테우켈과 삼각섬 청년들이 일어나 응원했다.
함성이 하늘에 닿았다. 먼저 아케텟이 달려와
동갑 친구를 가엾다 하며 바닥에서 일으켰다.
영웅은 실족에도 굼뜨거나 겁먹지 않고
더욱 기운차게 덤비며 분노가 투지를 돋웠다.
455 자신하던 무용, 자괴감이 괴력을 불러오니,
고꾸라질 다레스를 온 마당 격렬하게 몰았다.
때로 그는 오른손으로 주먹질, 때로 왼손으로
쉴 틈을 주지 않았다. 많은 우박으로 먹구름이
지붕을 부수듯이, 영웅은 촘촘한 타격으로
460 빈번히 다레스를 양손으로 때리고 흔들었다.
　　그때 아버지 에네앗은 분노가 도를 넘지 않게,

447행 육중하게 육중한 몸은: 『일리아스』 제16권 775행 이하. 〈소용돌이
치는 먼지 속에 큰 덩치로 크게 누워 있었다.〉『사물의 본성에 관하여』 제1권
740행 이하. 〈큰 인물인 그들은 여기서 무겁게 큰 추락으로써 떨어지고 말
았다.〉
449행 뽑혀 넘어갈 때처럼: 『일리아스』 제13권 177행 이하. 〈그는 마치
물푸레나무처럼 쓰러졌다.〉
456행 온 마당 격렬하게 몰았다 : 고대의 권투 시합은 오늘날처럼 일정한
공간을 정해 놓고 그곳에서만 시합을 이어 가도록 하는 제한 조치가 없었다
(Williams).
458행 쉴 틈을 주지 않았다 : 루크레티우스『사물의 본성에 관하여』 제4권
227행. 〈어떤 지체도 휴식도 끼어들지 않는다.〉

격앙된 마음의 엔텔룻이 광분치 않게 막았다.
시합을 뜯어말리고 기진맥진한 다레스를
구출하고 말로써 위로하며 이렇게 말했다.
「불쌍한 이여! 어인 광기에 마음을 잃었소?   465
다른 수준의 완력, 돌아선 신을 못 알아챈 거요?
신의 뜻을 따르시오!」 말하고 대결을 중지했다.
충실한 동료들이 힘없이 질질 끌리는 다리,
처진 채 좌우로 흔들리는 머리, 뭉친 핏덩이와
피가 잔뜩 묻은 치아들을 쏟아 내는 입아귀의   470
그를 배로 데려가고, 불려 나와 투구와 칼을
받아 갔고, 우승 상인 소는 엔텔룻에게 남겼다.
이때 승자는 황소로 우쭐하고 마음 당당하게
「여신의 아드님, 너희 테우켈아, 알아 두어라!
내 청춘의 육신엔 과연 어떤 힘이 있었는지,   475
여러분이 다레스를 어떤 죽음에서 구했는지.」
말하고 정면으로 마주 보며 황소 앞에 섰다.
경합의 상금. 단단한 권투 장갑의 오른손을
높게 뒤로 제쳤다가 뿔과 뿔 사이를 정통으로
내려쳤다. 머리통이 깨지고 골이 쏟아졌다.   480
소는 쓰러져 땅바닥에 누워 온몸을 떨었다.
그는 이에 가슴속에서 이런 말을 쏟아 냈다.

466행 돌아선 신을 못 알아챈 거요? : 『일리아스』 제8권 140행 이하. 〈제 우스께서 그대에게 구원을 내리시지 않는다는 것을 모르시겠소?〉

471행 불려 나와 : 친구들이 쓰러진 친구를 데리고 나가며 상을 대신 받는 다. 『일리아스』 제23권 698행 이하.

「에뤽스여, 당신께 다레스보다 나은 영혼을
갚고, 이제 승자는 권투와 장갑을 바칩니다.」

485   곧이어 에네앗은 재빠른 화살로 경합하길
원하는 자들을 청하였고 상급을 내걸었다.
억척스런 손으로 셀케툿 배에서 빼 온 돛대를
세웠고 파닥거리는 비둘기를 긴 줄에 묶어
활을 거기다 겨누도록 돛대 끝에 매달았다.

490   사내들이 모여들었다. 던져 넣은 제비를 청동
투구가 받았다. 응원하는 함성과 함께 맨 처음
휠타쿳의 아들 힙포콘의 제비가 먼저 나왔다.
이어 앞서 함선 경주의 승자 므네텟이 그를

483행 다레스보다 나은 영혼을 : 일종의 조롱으로 읽을 수 있다(Conington).

484행 갚고 (……) 바칩니다 : 엔텔루스는 다레스를 물리치고 스승 에뤽스에게 황소와 장갑을 바친다. 이것을 은퇴 선언(Conington)으로 보는 사람들이 있으나, 구원에 대한 감사라고 볼 수도 있다.

485행 재빠른 화살로 경합하길 : 『일리아스』 제23권 850행 이하의 활 시합을 베르길리우스가 모방하고 있다. 호메로스의 활 시합에는 두 명이 참가한다(Williams).

487행 억척스런 손으로 : 고대 주석가는 원문 ⟨ingenti manu⟩를 ⟨많은 사람을 데리고⟩라고 잘못 해석했는데, 사실 이것은 호메로스의 모방이다(Conington). 『일리아스』 제20권 404행 이하. ⟨검은 돌덩이를 억센 손으로 집어 들어⟩처럼 손을 묘사한 것이다.

488행 비둘기를 : 『일리아스』 제23권 853행 이하. ⟨겁 많은 비둘기의 발을 가는 실로 잡아매게 하더니⟩.

492행 휠타쿳의 아들 힙포콘 : 트로이아 편으로 참전한 사람들의 목록에 휘르타쿠스의 이름이 보인다. 『일리아스』 제2권 835행 이하. 앞서 294행 이하 달리기 경기에 참여했던 청년 니수스도 제9권 177행에 따르면 휘르타쿠스의 아들이라고 불리는 것으로 보아 둘이 형제인 듯하다.

493행 함선 경주의 승자 므네텟 : 앞서 245행 이하를 보면 함선 경주에서

따랐다. 푸른 감람나무관을 묶어 쓴 므네텟이.
세 번째로 유뤼톤, 그대의 형제, 이름 높은 495
판다룻아! 일찍이 명을 받아 맹약이 깨지게끔
아카야족의 한가운데로 처음 활을 쏜 이여!
마지막에 아케텟이 투구 바닥에 남아 있었다.
손수 청년의 과업을 감행해 보려 도전했다.
그때 넘치는 기운으로 활에 시위를 걸었고 500
각자 저마다의 전통에서 화살을 골라잡았다.
시위가 크게 울고 하늘을 가로질러 첫 화살이,
휠타큿 아들의 살이 날개 달린 바람을 갈랐다.
그리고 달려가 마주 선 나무 돛대에 꽂혔다.
흔들리는 돛대, 겁에 질려 날개로 두려워하는 505

므네스테우스는 2등을 차지했으며 므네스테우스의 투지만은 승자에 버금가는 것으로 언급되었다. 그런데 함선 경주의 승자 클로안투스만이 월계관을 받았고(246행) 나머지 사람들이 승리의 관을 받았다는 언급은 없다. 달리기 시합에서는 모든 참가자가 감람나무 관을 받았다(309행). 따라서 달리 언급은 없지만, 함선 경주에 참여한 사람들도 월계관은 아니더라도 감람나무 관을 받았을 가능성도 있다(Conington).

496행 판다룻 : 아테네 여신은 판다로스를 꾀어 메넬라오스에게 활을 쏜다. 메넬라오스와 파리스가 맞대결을 벌여 승자가 헬레네를 차지하고 전쟁을 끝내기로 약속했고, 마침내 메넬라오스가 승리함으로써 전쟁이 끝나는 것 같았다. 하지만 판다로스가 메넬라오스에게 활을 쏨으로써 양편의 맹약이 깨지고 전쟁이 계속된다. 『일리아스』 제2권 827행 이하를 보면 판다로스에게 아폴론이 직접 활을 준 것으로 되어 있다.

499행 손수 청년의 과업을 감행해 보려 도전했다 : 아케스테스의 나이는 452행에서 권투 시합에 참가한 엔텔루스와 동갑이고 엔텔루스가 자신을 소개할 때 〈노령〉(395행)이라고 언급했다. 또 73행 〈장년〉과 301행과 573행 〈노장〉 등도 청년을 벗어난 나이를 가리킨다. 534행에서 아이네아스는 그를 〈아버님〉이라고 부른다.

새, 거대한 탄성으로 모든 게 다 함께 울렸다.

이후 다부진 므네텟이 서서 시위를 잔뜩 당겨

눈과 화살을 나란히 맞추어 높이 겨누었다.

허나 불행히 화살촉으로 새를 맞추는 데는

510 실패했고, 묶어 놓았던 끈, 결박만 끊어 놓았다.

끈에 발이 묶여 돛대 끝에 매달려 있던 새는

남풍을 타고 먹구름 속으로 달아날 참이었다.

그때 재빨리, 준비한 활에 진작 화살을 먹여

당기고 있던 유뤼톤은 형을 소망하여 부르고

515 텅 빈 창공에 기뻐하는 새를 지켜보다, 날개로

환호하는 비둘기를 먹구름 아래서 맞추었다.

새는 죽어 떨어졌다. 목숨은 우주의 별들에

505행 날개로 두려워하는 : 이 부분의 원문 훼손이 의심된다. 〈두려워하다 timuit〉가 〈날개pennis〉와 함께 쓰인 것은 흔한 경우가 아니기 때문이다. 콩테 Conte는 여기서 〈철썩거리다fremuit〉 내지 〈소리를 내다strepuit〉로 수정하는 것이 어떨지 조심스럽게 제안한다.

506행 거대한 탄성으로 모든 게 다 함께 울렸다 : 원문 〈ingenti plausu〉를 비둘기의 날갯짓 때문에 나는 소리로 해석하는 경우도 있다. 맞추지 못한 것을 애석해하는 청중의 탄식은 『일리아스』 제23권 868행 이하를 흉내 내고 있다.

510행 결박만 끊어 놓았다 : 『일리아스』 제23권 866행 이하. 〈날카로운 화살이 실을 완전히 끊어 버렸다.〉 여기서 테우크로스는 아폴론에게 헤카툼베를 바치겠다는 서약을 하지 않아 신의 질투로 새를 맞추지 못했다.

514행 소망하여 부르고 : 앞서 234행에도 보인다. 엔텔루스가 에뤽스를 권투 시합의 보호자로 청한 것처럼, 에우뤼티온은 자신의 형 판다로스를 보호자로 청하고 있다(Conington).

517행 새는 죽어 떨어졌다 : 호메로스에서는 메리오네스가 날아 도망가는 새를 맞추었다. 메리오네스의 화살이 새를 관통했고 새는 다시 돛대에 내려앉아 죽었다. 『일리아스』 제23권 876행 이하.

남겨 둔 채, 박힌 화살을 가지고 미끄러졌다.

　　일등은 낙착되었고 아케텟만이 아직 남았다.

하지만 그는 드높은 하늘을 향해 활을 당겼다.　　　　　520

아버지의 기량과 울음 우는 활을 자랑했다.

이때 눈앞에 갑자기 나타난 상서로운 앞날의

커단 전조. 훗날 큰 사건이 그 뜻을 밝혀 주었고

무섭게 하는 신관들은 모든 걸 뒤에 풀어 냈다.

밝은 구름을 지나던 화살에 불길이 일었던 것.　　　　　525

화염으로 궤적을 표시하며 차츰 약해지더니

바람 속에 흩어졌다. 마치 종종 하늘에 붙박인

별들이 하늘을 건너 꼬리를 길게 끌 때처럼.

놀란 가슴을 부여잡고 하늘 뜻을 간청하는

삼각섬의 주민과 테우켈족. 그 전조를 위대한　　　　　530

에네앗은 반겼고 기뻐하는 아케텟을 안으며

523행 훗날 큰 사건 : 어떤 사건을 의미하는지 의견이 분분하다. 두 가지는 분명하다. 아케스테스와 관련된 사건이란 것과 불행한 사건이 아닐 수도 있다는 것이다. 제5권 내에서 이런 사건을 찾는다면 718행 이하에서 아케스테스가 아이네아스와 헤어진 일행을 이끌고 세케스타라는 도시를 건설하는 일이다(Williams).

524행 무섭게 하는 : 『아가멤논』 1132행. 〈예언자들의 수다스러운 재주는 불행을 말하여 공포를 가르쳐 줄 뿐이오.〉 예언자들은 원래 사람들을 겁주는 모습으로 그려져 있는 경우가 많고 여기서 〈무섭게 하다〉만으로 전조가 불행을 예언하고 있다고 해석할 필요는 없다(Conington).

528행 꼬리를 길게 끌 때처럼 : 루크레티우스는 별똥별에 관하여 이렇게 적고 있다. 『사물의 본성에 관하여』 제2권 206행 이하. 〈또한 그대는 하늘의 밤 햇불이 높이 날아가며 불길의 긴 자취를 끌고 가는 것을 보지 못하는가, 자연이 가도록 지시한 그 어떤 방향을 향해서든?〉

커단 선물들을 쌓아 안겨 주며 이렇게 말했다.

「아버님, 받으시오. 올륌풋의 대왕께서 그대가

상을 받게끔 상서로운 전조를 정하셨습니다.

535 장수하신 앙키사의 이것을 상으로 받으시오.

문양이 새겨진 이 술병은 지난날 트라캬의

키세웃께서 부친 앙키사께 커단 답례 가운데

저를 기억할 물건, 우정의 보증으로 주었던 것.」

말하고 푸르른 월계수를 머리에 묶어 주며

540 모두를 물리친 승자라 아케텟을 먼저 칭했다.

542 먼 하늘에서 새를 떨군 건 자신이 유일하지만,

541 선한 유뤼톤은 순위가 밀린 게 언짢지 않았다.

다음 상은 결박을 끊어 놓은 자에게 돌아갔다.

말석은 날개 달린 화살로 돛대를 맞힌 자였다.

545 아버지 에네앗은 활 경합이 끝나기 직전에

자기 곁으로 어린 율루스의 호위를 맡은 전우,

534행 상 : 『일리아스』 제23권 887행 이하에서 아가멤논이 창 던지기 시합에 참가하겠다고 나서자, 아킬레우스는 시합 전에 아가멤논을 승자로 선언한다. 아이네아스는 비슷하게 아케스테스를, 신들의 뜻을 받들어 1등으로 선언한다.

536행 트라캬 : 『일리아스』 제24행 234행. 〈이 술잔은 트라케인들이 그에게 준 아주 값나가는 가재(家財)였다.〉 키세우스는 제10권 705행에서 보이는 것처럼 프리아모스의 장인, 아내 헤쿠바의 아버지다.

540행 칭했다 : 앞서 245행에서 보는 바와 같이 누가 승자인지를 전령이 많은 사람 앞에서 공식적으로 선포함으로써 경기가 마무리된다.

545~603행 : 아이네아스는 앞서 예고한 적 없는 볼거리를 관중들에게 제공하고 있다. 이런 식으로 관중들을 놀라게 하는 볼거리 제공은 로마의 경기장에서 흔히 있었던 것이다(Conington). 여기서 아스카니우스가 펼치는 마상

에퓌툿의 아들을 불러 귓속말로 속삭였다.
「가서 아스칸에게, 만일 소년 기병이 채비를
마쳤다면, 기병대의 행진이 준비되었다면
무장을 갖추고 조부께 분열식을 바치도록   550
말하게.」 말했다. 몸소 긴 주로를 모두 비우도록
몰려든 인민에게, 연병장을 넓게 열라 명했다.
들어오는 소년들이 하나같이 부모들 눈에는
재갈 물린 말들 위에 빛났다. 들어오매 모두가
감탄해 삼각섬과 트로야 어른들이 술렁인다.   555
모두 머리에 관례대로 손질한 화관을 썼고
각자 두 자루씩 끝에 쇠를 단 창을 들고 있었다.
일부의 어깨에는 빛나는 전통. 빗장뼈에 걸려
목둘레에는 쇠사슬처럼 이어 붙인 금목걸이.
기병대는 셋을 헤아렸고 각 한 명씩 세 명의   560
대장이 이끌고, 각 예하에 열두 명씩 소년들이
행렬을 나눠 오니 선생들과 나란히 빛났다.

놀이를 〈트로이아 축제lusus Troiae〉라고 하는데, 로마가 트로이아에서 왔다
는 신화가 널리 퍼지면서 이 놀이도 트로이아와 연결되었다(Williams).

547행 에퓌툿의 아들 : 『일리아스』 제17권 323행 이하.

556행 관례대로 손질한 화관을 썼고 : 〈관례대로〉라는 것은 화관을 만들
때 으레 그렇게 하는 것처럼 만들었다는 뜻이다. 소위 트로이아 축제는 이번
이 처음이기 때문에 달리 관례라고 할 만한 것이 없다. 이하 673행에 아스카
니우스가 투구를 벗어 던지는 장면을 보건대 소년들은 화관을 쓰고 있다가 어
느 순간 투구로 바꿔 쓴 것으로 보인다(Williams). 혹은 투구를 쓰고 그 위에
다시 화관을 묶었을 수도 있다(Conington).

562행 선생들 : 열두 명으로 이루어진 분대가 셋이고 각 분대에 소년들을
가르치고 지도하는 선생이 각 한 명씩 배치된 것으로 보인다.

전진하는 소년 기병 선봉대를 이끄는 이는 조부

이름을 받은 어린 프리암, 폴리텟, 그대의 귀한

565 아들, 이탈랴를 키울 자였다. 그는 트라캬의 흰

점들이 박힌 얼룩빼기 말을 탔다. 앞발의 흰색

발걸음과 치켜든 흰색 이마를 뽐내고 있었다.

제2대장은 아튀스, 라티움 아티웃가의 선조,

소년 율루스가 아끼는 작은 소년 아튀스였다.

570 후위 대장, 누구보다 예쁜 외모의 율루스는

시돈의 말을 타고 있었다. 이는 눈부신 디도가

저를 기억할 물건, 우정의 보증으로 주었던 것.

또 나머지 소년들은 노장 아케텟의 삼각섬

말을 타고 있었다.

575 긴장한 소년들을 환호로 맞아, 보고 기뻐하는

달다냐 백성은 옛 선조들의 면모를 떠올렸다.

563~564행 조부 이름을 받은 어린 프리암 : 제2권 526행 이하에서 폴리
테스의 죽음이 이야기되었다. 폴리테스의 아들은 할아버지 프리아모스의 이
름을 이어받았다. 이는 희랍에서는 아주 흔한 일이었다.

567행 흰색 이마를 뽐내고 있었다 : 『일리아스』 제23권 452행.

568행 라티움 아티웃가 : 아티웃 집안은 아우구스투스의 어머니 아티아
가 속한 가문이다. 아티아는 율리우스 카이사르의 조카딸이었으며, 아티아가
낳은 아들 가이우스 옥타비우스가 바로 아우구스투스다. 베르길리우스는 이
부분에서 아우구스투스를 칭송하고 있으며 소년 율루스와 아튀스가 서로 절
친한 사이였다는 것도 마찬가지로 칭찬이다(Conington).

572행 : 앞의 538행과 같다.

574행 : 미완성의 시행이다.

575행 환호로 맞아 : 555행 이하의 부모들을 포함하여 좌중들이 소년 기
병대를 박수로 맞이했다. 이어 소년 기병대를 묘사하고 있으며 여기서 다시
부모들이 소년들을 박수로 맞이하는 장면으로 돌아왔다.

즐겁게 좌중들 모두와 지켜보는 친족들을
통과한 후 대기하는 기병들에게 소리 신호를
에뤼톳의 아들이 보냈고 채찍 신호를 주었다.
기병대의 나란하던 종렬 좌우가 갈려 대오가   580
횡대로 각각 바뀌며 멀어졌고, 다음 신호에
뒤로 돌아 마주 보며 대오가 창을 꼬나들었다.
번갈아 한쪽이 전진을, 다른 쪽이 후퇴를 하며
거릴 두고 대치하여 서로 둘러싸고 에워싸고
엮어 돌며 무장을 갖추어 전투를 흉내 냈다.   585
때로 등을 보여 후퇴했고 때로 창을 되돌려
진격했다. 때로 휴전을 맺고 나란히 질주했다.
마치 지난날 있던 웅장한 크레타의 미로처럼.
눈먼 담장으로 이어진 길과 둘로 갈라지는
속임수의 수천 갈래 통로. 따라가는 표식마다   590
좌절시키는 알 수도 돌아 나올 수도 없는 미궁.
꼭 그처럼 테우켈의 자손들은 행군의 자취를
엮어 돌며 모의 후퇴와 모의 전투를 엮어 냈다.
마치 돌고래들이 헤엄치며 흠뻑 젖은 바다를,

588행 크레타의 미로처럼 : 크레타섬에 세워진 미로 라뷔린토스는 군무를
추며 돌아 움직이는 사람들의 모습과 비교된다(Williams). 『일리아스』 제18권
601행 이하.

591행 알 수도 돌아 나올 수도 없는 미궁 : 오비디우스 『변신 이야기』 제8권
157행 이하. 〈그는 표지가 될 만한 것을 모두 뒤헝클어 버리고, 여러 갈래의
꼬부랑길들로 현혹하여 사람들의 눈을 속였던 것이다.〉

594행 마치 돌고래들이 : 아폴로니오스 로디오스 『아르고호 이야기』 제4권
933행 이하. 〈마치 돌고래들이 좋은 날씨를 즐기며 무리지어 바다로부터 뛰

595   카파툿과 리뷔아해를 가를 때처럼.

        이런 시범과 이런 전투를 전례로 삼아 처음

        아스칸이, 알바롱가를 에워 성벽을 쌓을 때

        부활시켜 옛 라티움에게 거행토록 가르쳤다.

        자신이 소년일 때 트로야 소년들과 펼친 대로.

600   알바롱가는 후손에게 전수했고 이어 위대한

        로마가 받아들여 조상들의 축제를 지켜 냈다.

        소년들은 트로야, 부대는 트로야 기병대라.

        이렇게 여기까지 부친 제사 경기를 마쳤다.

            이때 느닷없이 바뀐 운명은 약속을 바꾸었다.

605   여러 경기들로 무덤가에 경건히 제사 드릴 때

        사툰의 따님 천상의 유노는 이리스를 내려

        일리온 배로 보내 걸음에 순풍을 불어넣었다.

        묵은 앙심을 풀지 못하고 많은 일을 꾸민다.

        일천 가지 색깔의 무지개를 따라 길을 서둘러

610   처녀 신은 보는 이 없는 빠른 길로 내려왔다.

        만장한 인파를 살피고 해안을 훑어보노라니

어올라, 달려가는 배 주위를 돌면서 어떤 때는 앞으로, 어떤 때는 뒤에서, 또 어떤 때는 옆에서 솟구치고, 뱃사람들에게는 기쁨이 일듯이……〉

    595행 : 미완성의 시행이다. 전승 사본 가운데 〈바다에서 장난치며*luduntque per undas*〉가 보충된 사본이 있다. 하지만 주요 사본에는 빠져 있다.

    597행 알바롱가를 에워 성벽을 쌓을 때 : 제1권 270행 이하. 〈터전을 라비 눔에서 옮겨 알바롱가에 강력한 힘으로 강국을 세우리라.〉

    604행 약속을 바꾸었다 : 운명이 수시로 느닷없이 바뀔 수 있음을 가리킨다. 시킬리아에 도착할 때에 그리고 경기가 펼쳐지는 동안 운명은 호의적으로 보였다. 하지만 갑자기 운명이 돌변한다.

항구는 쓸쓸히 인적 없고 남은 배들만 보였다.
그때 멀리 한적한 해변에 트로야 여인들이
떠난 앙키사를 위해 울며, 모두들 멀리 깊은
바다를 울다가 응시했다. 지친 객에게 아직도   615
저 넓은 바다가 남았다니. 한목소리로 말했다.
나라를 기원했다. 파도의 노역에 진저리쳤다.
여인들 가운데 간계를 모르지 않는 여신이
끼어들어 여신의 얼굴과 옷을 내려놓으니
트마룻 사람 도뤼클의 늙은 아내 베로에였다.   620
한때 명성과 자손이 있던 귀족이기 때문이라.
달다냐의 어미들 한복판으로 걸음을 옮겨
말했다. 「불쌍한 어미들아! 아카야 손에 전쟁 때
조국의 성벽 아래 죽지 못한 이들아! 불행한
백성아! 운명은 어떤 파멸을 위해 널 살렸더냐?   625

614행 울며 : 615행의 〈울다가〉와 겹친다. 죽은 앙키사를 위해 울었고 울면서 바다를 바라보고 있음을 강조하는 것으로, 이상할 것은 없다고 보고 있다(Conington). 중복이라고 생각한 사람들은 〈울며〉를 616b의 〈말했다〉와 연결한다(Conte). 앙키세스를 애도하다가(614행) 갑자기 자신들의 처지가 서러워 울고 있다(615행).

619행 여신의 얼굴과 옷을 내려놓으니 : 제1권 683행 이하에서 쿠피도는 신의 모습을 버리고 아스카니우스로 변장한다. 『일리아스』 제4권 121행 이하.

621행 한때 명성과 자손이 있던 : 이리스가 왜 하필이면 베로에의 모습을 선택했는지 그 이유를 설명하는 행으로 볼 수 있다(Conington). 베로에는 나라를 잃고 떠도는 사람들 가운데에서도 가장 많이 고통받은 여인들을 대표한다. 남편과 자식과 집안과 명예를 모두 잃는 고통을 당했기 때문에 이렇게 말할 자격과 권리를 가진다.

623행 불쌍한 어미들아 : 죽지 못하고 살아남은 이들을 불쌍한 이들이라고 생각하는 것은 제1권 94행과 제3권 321행 이하에도 나타난다.

트로야의 망국 이후 벌써 일곱 여름이 흘렀다.

바다를, 온 대지를, 객을 사절하는 많은 섬을,

별들을 보며 떠돌았고, 망망대해를 지나며

도망치는 이탈랴를 찾아 풍랑에 헤매었다.

630 여기 동포 에뤽스의 땅, 아케텟의 환대가 있다.

성을 예 쌓고 도시를 마련한들 누가 막겠는가?

조국이여! 적에게서 헛되이 찾아온 신주여!

장차 트로야라 불릴 성벽은 없는가? 어디서도

헥토르의 강, 크산툿과 시멧을 보지 못하는가?

635 자, 이제 나와 함께 불길한 선단을 태워 버리자!

꿈속에 내게 예언하는 카산드라의 모습이

나타나 횃불을 주며 〈예서 트로야를 구하라!

예가 너희 집이다.〉 말했다. 이제 감행할 때다.

626행 일곱 여름이: 제1권 755행 이하와 일치하지 않는다. 디도 여왕이 7년째라고 말하고 있으므로 여기는 8년째라고 해야 서로 일치한다.

628행 별들을 : 『오이디푸스 왕』 794행 이하. 〈이 말을 듣고 난 뒤 나는 코린토스로 돌아가지 않고 별들을 보고 멀리서 그곳의 위치를 재면서 내 사악한 신탁이 예언한 치욕이 이루어지는 것을 보지 않게 될 곳으로 줄곧 돌아다녔다오.〉 이처럼 방향을 나타내기도 한다. 혹은 폭풍과 날씨를 알려 주는 지표이기도 하다(Williams).

629행 도망치는 이탈랴를 : 제3권 496행과 제6권 61행을 보라.

632행 헛되이 찾아온 신주 : 희랍군에 점령당한 트로이아에서 〈가지고 나온〉 신주라고 해야 정확한 표현이다. 트로이아가 희랍군에게 점령당하던 날에 꿈속에서 헥토르가 아이네아스에게 주었으며, 곧이어 현실에서 판투스가 아이네아스의 집에 가지고 왔다. 제1권 378행, 제2권 293행과 717행, 제3권 148행 이하를 보라.

634행 크산툿과 시멧 : 트로이아에 흐르는 강들이다. 제3권 350행 이하를 보라.

전조가 분명한데 지체하랴? 네 개의 제단을
넵툰께 바치매 신께서 횃불과 용기를 주리라!」   640
이리 말하고 앞장서 파멸의 불을 우격 꺼내
손을 치켜들어 휘돌리더니 있는 힘껏 멀리서
내던졌다. 마음은 들끓고 심장은 얼어붙은
일리온의 여인들. 이때 최고령의 여인 하나,
프리암의 자식들을 먹인 왕궁 유모 퓌르고가   645
「어미들아, 이 여잔 로에튬의 우리 베로에가,
도뤼클의 처가 아니다. 높은 기품의 귀태를,
빛나는 눈동자를 보라! 그미는 어떤 기상으로,
어떤 표정과 목소리, 어떤 걸음으로 걷는가?
방금 전 내가 직접 베로에를 놓아두고 올 때에   650
그미는 몸져누워 원통해하길 혼자만 이런 큰
제사에 못 가 앙키사께 예를 못 갖춘다 했다.」
이렇게 말했다.
허나 어미들은 처음엔 우왕좌왕 분한 눈으로
배를 쳐다볼 뿐 안타까운 사랑에 망설였다.   655
지금의 대지와 운명이 부르는 왕국을 놓고.
그때 여신은 양 날개로 몸을 하늘에 들어 올려

646행 로에튬 : 트로이아의 유명한 곳이다. 제3권 109행을 보라.
648행 빛나는 눈동자 : 『일리아스』 제1권 199행 이하. 〈그녀의 두 눈이 무
섭게 빛났다.〉
649행 어떤 표정과 목소리, 어떤 걸음으로 걷는가 : 제1권 327행 이하와
402행 이하에서 아이네아스는 어머니 베누스 여신을 표정과 목소리와 걸음
등으로 짐작한다.
653행 : 미완성의 시행이다.

52

구름을 갈라 커단 무지개를 놓으며 떠나갔다.

그러자 전조에 놀라 광기에 휘말린 여인들은

660 소리를 지르며 성소의 화덕에서 불을 훔치고

일부는 제단을 뜯어내어 낙엽과 가지, 횃불을

내던졌다. 고삐 풀린 불칸은 미쳐 날뛰었다.

노꾼 자리, 노 자루, 채색한 고물의 목재를 따라.

앙키사의 무덤과 경기장 관람석으로 전령 된

665 유멜룻이 선박 화재를 알렸고, 사람들은 몸을

돌려 검은 재가 연기 되어 치솟는 걸 보았다.

제일 먼저 아스칸이 기병대 사열을 즐겁게

이끌던 그대로 급히 말 달려 찾은 어수선한

진지. 숨 가쁜 교관들에겐 막을 새도 없었다.

670 「웬 난데없는 광기인가? 뭘, 대체 뭘 하려는가?

가련한 시민들아! 적병, 적군 막사도 아르곳도

658행 무지개를 놓으며 떠나갔다 : 신들은 갑자기 사라지는 것이 보통이다.
제4권 276행 이하에서 메르쿠리우스가, 제9권 656행에서 아폴론이 그러했다.
여기서 이리스가 떠나가는 것은 사람들이 볼 수 있는 것으로 묘사되었다
(Williams).

660행 성소의 화덕 : 화덕은 성주신을 모시는 곳이기도 하다.

663행 채색한 고물의 목재 : 배 전체를 채색한 것일 수도 있고 선미 장식물
이 채색된 것일 수도 있다. 『일리아스』제2권 636행 이하 〈이물에 주홍색을
칠한〉. 또 〈고물〉이 말 그대로 배의 뒷부분인지 아니면 배 자체를 가리키는 것
인지 확정할 수 없다. 다만 정박의 관례에 비추어 여인들이 던진 불이 선미로
부터 배 전체로 번져 가고 있음을 짐작할 수 있다.

669행 진지 : 당연히 배들을 묶어 놓은 정박지를 의미한다. 660행의 〈화
덕〉이 있었던 것으로 보아 정박지 근처에 임시 거주지를 마련한 것으로 보인
다. 제3권 519행 이하. 〈진지를 거두고 우리는 길을 나섰다. 돛대 날개를 활짝
펼쳤다.〉

아닌 그대들 희망을 불살랐다. 난 그대들의
아스칸이다.」 속 빈 투구를 땅바닥에 팽개쳤다.
모의 전투 훈련을 이끌 때 쓰고 있던 투구를.
에네앗도, 테우켈의 군대도 함께 서둘러 왔다.   675
그러자 여인들은 두려워 해안 사방 곳곳으로
도망쳐 숲을, 있을지 모르지만 숨어들 속이 팬
굴을 찾았다. 하늘 부끄러운 행동인 걸, 동포를
알아보니, 유노가 나가고 제정신이 돌아온 것.
    허나 그렇다고 불길과 화재가 위력을 잃고   680
굴복한 건 아니었다. 눅눅한 선체 깊이 숨 쉬며
느린 연기를 토하는 뱃밥, 전함들을 갉아먹는
조용한 화염, 역병이 온몸을 파고들고 있었다.
영웅들의 진력, 쏟아부은 강물도 소용없었다.
충직한 에네앗은 어깨의 웃옷을 찢어 던지고   685
신들께 구원을 호소하며 손을 뻗어 내밀었다.

671행 시민들아 : 한때 시민이었으나 이제는 아니다. 여인들이 〈시민〉이 될
희망마저 파괴하고 있음을 아스카니우스가 상기시키는 것이다(Conington).

673행 속 빈 투구 : 원문 〈inanis〉는 〈무익하다〉와 〈속이 비다〉의 뜻을 가졌
다. 아스카니우스의 투구는 전투용이 아닌 장식용이다. 또 땅에 던져져 큰 소
리를 내는 것을 표현한 것이다(Conington).

678행 동포 : 여인들은 아스카니우스를 뒤늦게 알아본다. 아가우에도 제
정신을 잃고 아들 펜테우스를 못 알아보았다(Conington).

679행 유노가 나가고 제정신이 돌아온 것 : 제6권 78행 이하. 〈무녀는 진저
리쳤다. 가슴에서 위대한 신을 떨칠 수 없을까 하여.〉

684행 강물 : 쏟아부은 물이 마치 강물처럼 흘러내린다.

685행 웃옷을 찢어 던지고 : 제12권 609행의 라티누스처럼 슬픔의 표현이
다(Conington).

「전능하신 유피테르여, 미워하시되 한 명까지
모든 트로야가 아니라면, 옛 자애로 사람들의
노고를 돌보신다면 배가 불을 피하게 하시고,
690 아버지, 테우켈의 한 줌 재산을 멸하지 마소서!
아니면 나머지마저, 끔찍한 사망의 번개가
마땅하다면 당신의 손으로 여길 내려치소서!」
이리 토로하자마자 먹구름이 퍼지고 암흑의
전례 없는 폭풍이 왔다. 천둥 번개에 진동하는
695 대지의 절벽과 벌판, 천공을 온통 뒤덮으며
짙은 남풍의 검은 구름이 폭우로 휘몰아쳐
함선들 위로 가득 찼다. 흠뻑 젖어 가는 반쯤 탄
선체들. 마침내 화염이 모두 진압되었고 모든
배들이 네 척 잃은 걸 빼면 재앙에서 무사했다.
700   아버지 에네앗은 잔인한 운명에 망연자실
때로 이리, 때로 저리 커단 근심을 가슴속에
굴리며 흔들렸다. 시킬랴의 들판에 정착하여
운명은 잊을까? 이탈랴 바닷가를 찾아갈까?

688행 옛 자애 : 로마 사람들의 〈pietas〉는 가족과 조상과 조국을 사랑하는
〈충직〉과 신들이 인간을 사랑하는 〈자애〉를 표현한다. 여기서는 제2권 536행
과 제4권 382행처럼 〈자애〉를 가리킨다.
690행 테우켈의 한 줌 재산 : 트로이아의 마지막 남은 망명자들을 가리킨
다. 691행의 〈나머지〉로 연결된다.
691행 나머지마저 : 796행을 보라. 크게 보면 트로이아 사람들을 가리키
며, 좁게 보면 아직 타지 않고 남은 배들을 가리킨다(Conington).
692행 당신의 손으로 : 유피테르의 번개를 가리킨다(Conington).
700행 잔인한 운명에 망연자실 : 제6권 475행과 같다.

그때 노인 나우텟. 트리톤 팔라스가 유일하게

그를 가르쳐 많은 재주로써 유명케 하였더니,   705

(이를 여신이 자문했다. 어떤 전조를 신들의

분노가 말하며, 운명의 가닥이 뭘 요구하는지)

그는 에네앗을 위로하여 이런 말로 시작했다.

「여신의 아드님, 운명이 이끄는 대로 따릅시다.

어떻든 운명은 모두 견딤으로 극복해야 할 바.   710

그대 곁에 있는 달다냐인, 신의 자손, 아케텟.

기꺼운 그를 생각과 의지의 동무로 삼으시오.

그에게 함선 소실로 못 태우는 만큼을 남기되,

그대 커단 과업에 싫증 난 이들로 하십시오.

고령의 노인들과 파도에 지쳐 버린 어미들,   715

함께하기 미흡하고 위험을 두려워하는 자는

두십시오. 지친 이들은 이 땅에 성벽을 세우라.

허락된다면 도시를 아케타라 부르게 되리라.」

　　그는 연로한 전우의 이런 조언에 불탔다.

703행 운명은 잊을까 : 제4권 223행 이하 유피테르는 이탈리아를 다스릴
운명을 망각하였는지 그리고 아들 아스카니우스에게 주어진 운명을 아비가
부당하게 가로막을 것인지를 메르쿠리우스를 통해 물었다.

704행 나우텟 : 팔라스 아테네의 사제였으며 제2권 166행에 언급된 팔라디
움을 트로이아에서 로마로 가져온 사람으로 알려졌다. 그를 시조로 하는 로마
의 나우티우스 집안은 대대로 팔라스 아테네의 사제였다고 한다(Conington).

711행 신의 자손 : 38행 이하를 보라.

718행 아케타 : 38행의 각주에서 언급된 바, 희랍 사람들이 에게스타라고
부르고 로마 사람들이 세게스타라고 부르는 도시다. 이 도시는 아이네아스 일
행이 도착한 시킬리아의 도시 에뤽스에서 내륙으로 들어간 곳에 위치한다
(Conington).

720 그때 온갖 시름으로 마음은 한없이 갈라졌다.

검은 밤이 쌍두마차를 몰아 천정에 이르렀다.

그때 하늘에서 내려와 보인 얼굴이 아버지

앙키사의 이런 목소리를 갑자기 쏟아 냈다.

「아들아, 생명이 붙어 있을 때 내게 내 생명보다

725 소중했던, 일리온의 운명에 시달린 아들아!

유피테르의 명으로 여기 왔다. 함대의 화마를

몰아냄으로 높은 하늘에서 염려하신 명으로.

조언을 받아들여라. 참 훌륭한 조언을 노인

나우텟이 주었니라. 용맹한 가슴, 청년을 뽑아

730 이탈랴로 이끌어라. 드세고 험히 사는 종족과

너는 라티움에서 다퉈야 한다. 우선 명왕의

저승 거처를 찾아 하계의 아벨늦 땅을 지나

721행 쌍두마차 : 밤의 여신이 쌍두마차를, 태양신이 사두마차를 모는 것으로 그려진다.

722행 그때 : 밤 깊을 때 아버지가 꿈속에 나타나 아이네아스에게 조언을 남긴다. 제2권 268행 이하에서 아이네아스의 꿈속에 헥토르가 나타났던 것과 유사한 장면이다.

725행 일리온의 운명에 시달린 아들아 : 제3권 182행과 같다.

726행 유피테르의 명으로 여기 왔다 : 『일리아스』 제1권 63행. 〈꿈도 역시 제우스에게서 나오는 것이니까.〉 그런데 제6권 687행 이하에서 막상 저승에 도착하여 아이네아스가 아버지 앙키세스를 볼 때에 앙키세스는 이번 사건을 전혀 모르고 있는 것처럼 말한다. 따라서 아마도 꿈에 나타난 환영은 사실 전령이었던 것으로 보인다(Conington).

729행 용맹한 가슴 : 제2권 348행 이하와 같다.

732행 아벨늦 : 아베르누스는 하계로 내려가는 입구가 있는 쿠마이의 호수 이름인 동시에 엘뤼시움에 이르기까지의 지하 세계 전체를 가리키는 것으로 보인다(Williams).

아들아, 나를 찾아와라. 왜냐면 나는 불경한
타르타라, 슬픈 망령이 아니라 경건의 즐거운
회합 엘뤼숨에 거한다. 이리로 정결한 시뷜라,   735
그미가 너를 흑양들의 많은 피로 데려오리라.
그때 모든 후손, 네게 허락된 도시를 배우리라.
이제 작별이다. 젖은 밤이 운행의 고비를 넘겨
잔인한 동녘, 말들의 거친 숨이 내게 끼쳐 온다.」
말한 뒤 연기처럼 대기 속에 흩어져 사라졌다.   740
에네앗은 「어데 그리 가십니까? 어데 가십니까?
누굴 피해? 누가 절 못 안게 아버질 막아섭니까?」
이렇게 말하며 잠든 등걸불과 재를 깨웠다.
펠가마 성주신과 백발 베스타의 깊은 성소에
경건한 곡식과 가득 찬 향갑을 받드는 탄원자.   745
      즉시 전우들을, 먼저 아케텟을 불러들였다.
유피테르의 명령, 소중한 부친의 가르침을,
심중에 이제 품은 뜻이 무엇인지 일러 주었다.

737행 배우리라 : 제6권 756행 이하와 890행 이하에서 앙키세스의 약속은
이루어진다. 사실 제3권 441행 이하에서 헬레누스는 아이네아스에게 쿠마이
에 도착하여 시뷜라를 보게 될 것이고 미래의 운명에 대하여 알게 될 것이라
고 하였으며, 저승에 가서 앙키세스를 만난다고는 이야기하지 않았다.

739행 잔인한 : 망자의 혼백은 아침이 다가오면 더는 이승에 머물 수 없고,
따라서 이제 아들과 헤어져야 하는 아버지에게 아침은 잔인할 수밖에 없을 것
이다(Conington).

745행 탄원자 : 제3권 176행과 제8권 542행에서도 아이네아스는 비슷한
일을 행했다. 꿈에서 신들로부터 행해야 할 것을 전해 들은 아이네아스는 신
들에게 제사를 올렸다. 이 장면에서 갑자기 등장하는 제단은 아마도 전날 아
버지의 제사를 위해 마련한 제단일 것이다(Conington).

공론에 지체함이 없이 아케텟은 명을 따랐다.
750 어미들을 도시에 전입시켰고 원하는 인민들,
커단 칭송을 원치 않는 영혼들은 놓아 두었다.
그들은 노꾼 자리를 고치고 화염이 먹어치운
선체를 교체했고 노 자루와 밧줄을 맞추었다.
인원은 많지 않으나 전투에선 살아 있는 용기.
755 그사이 에네앗은 쟁기로 도시를 구획하여
집을 나누며 예 일리온, 예 트로야로 명하라
했다. 트로야인 아케텟은 왕국에 기뻐하며
민회를 소집해 가부장들과 국법을 제정했다.
이어 에뤽스 산정에 별들 가까운 자리를 보아

755행 도시를 구획하여 : 쟁기로 밭고랑을 파는 행위는 도시를 건설하는 상징적인 행위다. 제1권 425행을 보면 카르타고인들이 밭고랑을 파고 있다. 그들은 성벽과 성채를 세우고 성문과 도로를 포장하고 주거 지역을 정하였고, 법과 관리와 원로원을 설치하고 부두와 극장도 마련했다. 제3권 137행 이하에서 아이네아스가 도시를 건설하는데, 그들은 토지를 분배하고 법과 주거 지역을 정했다.

756행 예 일리온, 예 트로야로 : 도시명은 아케스타이므로 이 두 명칭은 아마도 아케스타의 일부 지역일지도 모르겠다(Conington). 비유적으로 아케스타에 남기로 한 사람들에게 여기가 그들에게는 옛 고향 도시 일리온이자 트로이아임을 명심할 것을 당부하는 말로 보인다(Williams).

757행 기뻐하며 : 트로이아 혈통의 아케스테스는 트로이아의 옛 도시가 여기에 다시 세워진다는 사실에 기뻐하고 있다(Conington).

758행 민회를 소집해 : 〈forum agere〉와 〈comitia indicere〉는 전문 용어로, 전자는 〈소송 사건을 심리하다〉라는 뜻이고 후자는 〈민회를 소집하다〉라는 뜻이다(Conington).

758행 국법을 제정했다 : 원문 〈dat iura〉는 〈통치하다〉와 〈입법하다〉의 두 가지로 해석 가능하다. 제1권 293행에서는 로물루스와 레무스가 〈국법을 바로 세우는〉 통치자임을 강조했다(Conington).

이달륨 베누스께 바쳤다. 무덤의 수묘 사제와   760
옆에 신성한 금원을 넓게 앙키사께 보태었다.

　　모든 가문이 아흐레 잔치를 벌였고 제단에
제물을 올렸다. 고요한 미풍이 바다를 펼쳤고
잦은 남풍이 불어와 바다로 돌아오라 불렀다.
굽은 해안을 따라 커단 울음이 솟아올랐다.   765
서로를 부둥켜안고 하루 밤낮을 지체했다.
어미들은 물론이고, 한때 사납게 달려드는
대양의 면모, 그 이름조차 염증 난 사내들도
떠나 망명의 모든 노고를 견뎌 내길 원했다.
이들을 에네앗은 좋게 상냥한 말로 위로했고   770
피를 나눈 아케텟에게 눈물을 흘리며 맡겼다.

　　760행 이달륨 베누스 : 이달리움은 퀴프로스섬에 있는 지명으로 베누스
여신이 사랑하는 장소 가운데 하나이다. 제1권 680행 이하에서 베누스 여신은
아스카니우스를 재워 퀴테라섬 혹은 퀴프로스의 이달리움에 데려다 놓을 것
이라고 쿠피도에게 말한다.
　　762행 아흐레 잔치 : 64행 이하에서 아이네아스는 아버지 앙키세스를 위
해 아흐레 동안 장례식 경기를 개최했다. 이제 다시 아흐레 동안 잔치를 베푸
는 것은 도시를 건설한 것을 기념하기 위해서다(Williams).
　　765행 굽은 해안을 따라 커단 울음이 솟아올랐다 : 『일리아스』 제24권
512행.
　　766행 하루 밤낮을 지체했다 : 서로 헤어지기 싫어 작별 인사를 밤늦게까
지 이어 갔다고 볼 수도 있고(Conington), 혹은 실제로 예정된 시간보다 하루
밤낮을 지체했다고 볼 수도 있다(Williams).
　　768행 그 이름조차 염증 난 : 『오뒷세이아』 제23권 18행 이하. 〈이름조차
입에 담기 싫은 재앙의 일리오스〉.
　　771행 맡겼다 : 원문 〈commendat〉는 주인이 나중에 찾아가겠다고 말하고
남에게 물건을 맡기는 경우에 쓰이는 단어다.

60

에뤽스에게 세 마리 소를, 폭풍의 여신께 양을

바치라, 이어 절차대로 동아줄을 풀라 명했다.

본인은 가지 친 감람나무를 엮어 머리에 쓰고

775 멀리 이물에 서서 반을 들어 제물 내장을 짠물

파도에 던지며 빛나는 포도주를 헌주했다.

778 다투어 전우들은 바다를 지나 파도를 갈랐다.

777 바람이 불어와 나아가는 이들을 뒤따라왔다.

그때 베누스는 근심으로 속 끓이다 넵툰에게

780 말을 걸어 이와 같이 가슴속 불만을 토로했다.

「유노의 채울 수 없는 가슴과 심각한 분노가,

넵툰이여, 제게 간청은 모두 드려 보라 합니다.

오랜 세월도, 충직도 여신을 달래지 못하며

유피테르의 명령, 운명에도 굴하지 않으시니.

772행 에뤽스 : 24행에서 보았듯이 이 지역을 지키는 신이다(Williams).

775행 멀리 이물에 서서 : 흔히 제사는 배의 고물에서 지낸다. 하지만 여기
서는 출항하는 배이므로 바다를 향해 제물을 바치기 위해 이물에서 제사를 지
냈다(Conington). 〈멀리〉는 〈해안으로부터 멀리〉, 뱃머리 내지 〈바닷물에서
멀리 배 위에서〉를 가리키거나(Conington), 혹은 〈사람들에게서 멀리 떨어져〉
(Williams)를 의미한다.

777행 : 제3권 130행과 같다.

778행 : 제3권 290행과 같다.

783행 충직도 여신을 달래지 못하며 : 아이네아스가 유노 여신의 미움을
사야 할 이유가 무엇인지 베누스는 의문을 제기한다. 스토아 철학자 세네카가
『섭리에 관하여』에서 던진 질문, 탁월한 덕성을 가진 훌륭한 사람이 왜 시련
을 겪어야 하는가 하고 물었던 질문과 같다.

784행 운명에도 굴하지 않으시니 : 주어는 〈여신〉인데 바로 직전 783행에
서 〈여신〉은 목적어였다. 매우 갑작스럽게 주어가 바뀌었다(Conington). 제
1권 223행 이하에서 베누스에게 유피테르는 아이네아스의 운명을 들려준다.

잔혹한 앙심으로 앗아 버린 프뤼갸 백성들의   785
도시도 충분치 않아 온갖 징벌로 끌려다닌
트로야 난민. 파괴된 도시의 유해와 유골마저
뒤쫓으니, 여신은 격분의 이유를 아시리라.
그대가 증인으로 보셨으니, 뤼비아 바다에서
유노께서 파도를 일어 온 세상 바다를 하늘과   790
섞어 놓으셨음을, 아욜의 폭풍을 믿고 헛되이
그대 왕국에서 이를 감행하셨음을.
또 트로야의 어미들을 죄 짓도록 부추기시고
끔찍하게도 배를 불태워 강압하시매, 함대를
잃고 전우들을 낯선 땅에 남겨 두게 하셨음을.   795
제 청이 가하고 운명이 저 도시를 허락한다면   798
청하오니, 나머지가 그대 바다를 지나 무사히   796

787행 트로야 난민 : 제1권 30행 〈아킬렛의 피난민〉을 보라.
788행 격분의 이유를 아시리라 : 상식적 판단으로 도저히 이해할 수 없는
유노의 분노를 보며 베누스는 불평하고 있다. 제1권 11행 〈하늘 뜻의 분노는
그런 것인가?〉와 같은 뜻이다(Williams).
789행 그대가 증인으로 보셨으니 : 제1권 84행 이하 아이네아스가 시킬리
아의 서쪽 끝을 돌아 이탈리아로 북상하다가 폭풍을 만나 북아프리카 카르타
고로 밀려간다. 이때 넵투누스가 등장하여 폭풍을 잠재운다.
792행 : 미완성의 시행이다.
794행 함대를 : 정확하게 말하자면 선박 4척을 잃었다. 또 다음 행에서 〈낯
선 땅〉이라고 했지만 사실 트로이아 사람 아케스테스의 도시에 일행이 도착
했었다. 전체적으로 베누스는 아이네아스 일행에게 닥친 일을 과장하고 있다
(Williams).
798행 저 도시 : 넵투누스가 이미 알고 있는 도시여야 하는데 앞서 도시를
언급한 적이 없음에 유의해야 한다. 바로 앞줄의 티베리스강을 보면, 제1권
7행 〈로마 성벽〉을 떠올리게 한다.

항해케, 로렌툼의 튀브릿강에 닿게 하소서.」

사툰의 아드님, 심해의 지배자가 이를 말했다.

「퀴테레, 네가 내 왕국에 기대는 것은 당연하다.

네 출생지이고, 나도 협력자니. 난 종종 광기,

하늘과 바다의 그악한 분노를 제압하였다.

뭍에서도 그랬다. 크산툿과 시멧이 증언할 터.

네 에네앗을 나는 돌보았다. 아킬렛이 트로야

겁먹은 병사들을 추격해 성안에 몰아넣을 때,

죽음에 건넨 수천 목숨에 틀어 막혀 신음하던

하천들, 물길을 찾지도 흘러내리지도 못하여

796행 나머지 : 원문 〈quod superest〉는 이제 베누스 여신에게 아이네아스를 위해 할 수 있는 남은 일을 의미할 수도 있다. 다른 한편 함대 중에 시킬리아섬에 남겨진 사람들을 제외한 나머지 사람들을 의미하며, 뒤에 이어지는 동사 원형들의 의미상 주어가 될 수도 있다. 이는 앞서 691행의 〈나머지〉에서도 확인할 수 있다(Conington).

801행 네 출생지이고 : 『신들의 계보』 188행 이하. 〈그 주위로 불사(不死)의 살에서 흰 거품이 일더니 그 안에서 한 소녀가 자라났다. 그녀는 처음에 신성한 퀴테라로 다가갔다가, 그 뒤 그곳으로부터 바닷물로 둘러싸인 퀴프로스로 갔다.〉

802행 하늘과 바다의 그악한 분노를 제압하였다 : 제1권 81행 이하를 보라.

803행 뭍에서도 그랬다 : 넵투누스가 아이네아스를 구한 이야기는 『일리아스』 제20권 318행 이하 아킬레우스와 아이네아스가 맞대결을 펼치는 장면에서 언급된다.

806행 죽음에 건넨 수천 목숨에 : 『일리아스』 제21권 281행 이하 크산투스강이 살육을 멈추라고 아킬레우스에게 말한다.

807행 물길을 찾지도 흘러내리지도 못하여 : 『일리아스』 제21권 281행 이하에서 크산투스강(호메로스에서 스카만드로스강)이 아킬레우스의 살육을 저지한다. 아킬레우스가 싸움을 멈추지 않자, 크산투스강은 동생 시모에이스강에게 도움을 청한다.

크산툿이 바다에 가지 못할 때, 펠레웃 아들과
맞선 에네앗, 수호신과 완력이 모자란 그를
속 빈 구름으로 빼 왔다. 나도 기단을 뒤엎고   810
내가 쌓은 배신의 트로야를 없애길 원했지만.
지금도 내 생각은 똑같으니 두려움을 버려라.
그는 네가 바라는 아벨눗의 항구에 이르리라.
와류에서 네가 찾게 될 한 명은 잃을 것이니
많은 이들을 위한 한 명의 희생.」   815
이런 말로 여신의 기쁜 가슴을 어루만지면서
아버지는 말들을 황금 틀에 매고 거품 머금은
재갈을 거센 것들에 물리고 고삐를 늦추었다.
감청색 마차로 가볍게 물결 위로 날아갔다.

809행 수호신과 완력이 모자란 그를 : 『일리아스』 제20권 334행. 〈그는 그
대보다 강하며 불사신들의 사랑도 더 받고 있다.〉

811행 배신의 트로야 : 제4권 542행 〈라오메돈 자손의 배은망덕〉과 같은
맥락이다. 트로이아를 건설한 넵투누스에게 라오메돈은 약속한 선물을 바치
지 않았다.

813행 아벨눗의 항구 : 제6권에서 아이네아스 일행은 쿠마이에 도착한다.
797행에서 베누스가 넵투누스에게 요청한 것은 아이네아스가 티베리스강에
도착하는 것이었는데, 넵투누스는 쿠마이에 도착할 것을 약속하고 있다. 어쨌
든 바다의 여행은 마무리되는 셈이다(Conington).

814행 와류에서 네가 찾게 될 : 원문 〈quaeres〉(찾다)와 달리 몇몇 사본에
〈quaeret〉가 보인다. 후자의 주어는 아이네아스이다. 전자는 이하 내용과 일
치하지 않지만, 아이네아스를 돌보며 그의 곁에 베누스가 있는 모습을 상정해
볼 수 있다(Conington).

815행 : 미완성의 시행이다.

817행 황금 틀에 : 원문은 단순히 〈금〉이라고만 언급했다. 호메로스는 말
들의 갈기, 넵투누스의 의복과 채찍이 모두 황금임을 강조했다. 『일리아스』
제13권 23행 이하.

820 　파도는 주저앉고 울어 대는 차축 밑에 부푼
　　　물결은 바다에 눕고 황천의 구름은 사라졌다.
　　　그때 수행들의 여러 얼굴, 커단 바다 괴물들,
　　　글로쿳의 늙은 종자들, 이노의 아들 팔레몬,
　　　재빠른 트리톤들, 포르쿳의 전 군대도 왔다.
825 　왼편에는 테티스와 멜리타와 판오페 처녀가,
　　　니세와 스피오와 탈리아와 퀴모도케도 왔다.
　　　　이때 아버지 에네앗을 위로하는 기쁨이 다시
　　　걱정하는 마음에 인다. 명하되, 서둘러 모든
　　　돛대를 세우라, 돛을 가로대에 펼치라 했다.
830 　모두 함께 돛자락을 고정하고 고르게 왼쪽
　　　오른쪽 돛을 펼쳐, 함께 돛대 뿔을 이리 틀고
　　　저리 틀었다. 제 바람이 함대를 밀고 나갔다.
　　　모두에 앞장서 팔리눌이 진두지휘하는 밀집
　　　함대. 이 사람을 따라 명받은 항로를 유지한다.
835 　젖은 밤은 벌써 하늘 가운데 반환점에 거의

821행 황천의 구름 : 구름이 사라진 〈넓은 하늘〉이 아니라, 구름이 가득한 〈황폐한 하늘〉로 해석했다. 아무도 살지 않는 〈황폐한 사막〉처럼 하늘 주민들이 하나도 보이지 않는 하늘을 가리킨다(Conington).

823행 글로쿳 : 바다의 신으로, 『변신 이야기』 제13권 904행 이하에 나온다. 〈글라우쿠스가 심해의 새 거주자로서 바닷물을 가르며 나타났으니, 그는 얼마 전에야 에우보이아의 안테돈에서 변신했던 것이다.〉

824행 포르쿳 : 『오뒷세이아』 제13권 96행 이하. 〈이타케 나라에는 바다 노인 포르퀴스의 포구가 하나 있는데〉. 앞의 240행 각주를 보라.

825~826행 왼편에는 (……) 퀴모도케도 왔다 : 네레우스의 딸들이라고 『일리아스』 제18권 39행 이하에 언급된 바다 요정들의 이름과 일치한다.

835행 젖은 밤 : 야간 항해는 제3권 518행 이하를 보라.

닿았고 평화로운 휴식에 사지를 늘어뜨린
선원들은 딱딱한 의자, 노 옆에 누워 있었다.
우주의 별에서 부드러운 잠이 떨어져 나와
짙은 대기를 갈라 놓고 어둠을 내몰아 쫓으며
슬픈 졸음을 갖고 그댈, 팔리눌, 그댈 찾았다.   840
죄 없는 그대를. 신이 높은 선미에 앉았던 것.
포르밧을 흉내 내며 이런 말을 입에서 토했다.
「아시웃의 자손 팔리눌, 바다가 배를 실어 가고
바람은 불어 순탄하니, 휴식의 짬이 생겼다.
머리를 뉘고 지친 눈을 노고에서 **빼**주시오.   845
내가 잠시나마 그대 임무를 대신 맡을 테니.」
팔리눌은 간신히 눈을 들어 그에게 말했다.
「**수면이 평화롭고 바다가 고요하다고 내게**
모른척하라, 내게 이런 괴물을 믿으라 하는가?

840행 슬픈 졸음 : 팔리누루스에게 〈죽음의 원인이 되는 졸음〉이다. 또 〈졸음〉 자체를 〈죽음〉으로 볼 경우 〈슬픈 졸음〉은 〈모두에게 슬픔이 될 죽음〉일 수도 있다.

841행 죄 없는 그대를 : 팔리누루스는 의지로 졸음을 극복하려고 하였으나 순간 그럴 뜻이 없었음에도 불구하고 잠이 들고 말았다(Conington). 마지막 행에서 아이네아스는 이런 추락과 실종이 팔리누루스의 방심 때문이라고 생각한다. 시인은 팔리누루스를 변호한다. 783행의 문제 제기에 비추어, 죄 없는 사람도 아무런 잘못 없이 이렇게 불행한 일을 당하는 경우가 있다.

844행 휴식의 짬이 생겼다 : 혹은 〈지금 이 시각은 원래 휴식 시간이다〉, 혹은 〈지금 이 시각 남들은 휴식하고 있다〉로 해석할 수 있다(Conington).

847행 간신히 눈을 들어 : 잠의 신이 다가오자 눈꺼풀이 무거워졌고 겨우 눈을 뜨고 대답했다(Conington).

849행 괴물 : 제2권 245행에서 목마를, 제3권 214행에서 하르퓌에스를, 658행에서 폴뤼페모스를, 제4권 181행에서 소문을 〈괴물〉 내지 〈흉물〉이라

851 하늘의 잔잔한 속임수에 번번이 속았거늘

850 에네앗을 (안 될 일) 거짓된 바람에 맡겨 둘까?」

이렇게 말하며 그는 방향타를 단단히 붙잡고

일절 놓지 않았다. 눈을 별들에 붙들어 박았다.

보라, 신은 레테의 이슬로 적신 나뭇가지를,

855 스튁스 같은 졸음의 가지를 머리 좌우에서

흔들고, 버티던 그의 초점 잃은 눈을 풀었다.

깜박 찾아든 휴식이 사지를 이제 막 풀었을 때

쏟아져 내린 잠은 선미 한 조각을 잘라 내어

키와 함께 그를 빛나는 파도 속에 던져 넣었다.

860 꼬꾸라지며 전우들을 헛되이 거듭해 불렀다.

날개 달린 신은 아련히 하늘로 날아가 버렸다.

그런데도 함대는 변함없이 뱃길을 달려갔다.

아버지 넵툰의 약속대로 거침없이 나아갔다.

그리고 이제 배는 시렌의 바위로 항해했다.

865 한때 많은 백골로 창백하고 험악했던 바위로.

(그때 완고한 파도로 암초가 멀리 울고 있었다)

그때 아버지는 키잡이도 없이 배가 떠가는 걸

알아채고, 직접 저녁 바다에서 배를 조종했다.

고 불렀다(Williams).

854행 레테의 이슬로 적신 : 『변신 이야기』 제11권 592행 이하에 잠의 신 솜누스의 동굴이 묘사된다.

865행 많은 백골 : 『오뒷세이아』 제12권 44행 이하. 오뒷세우스가 무사히 지나가자 세이렌 자매들은 모두 스스로 목숨을 끊었다고 한다.

867행 그때 : 아이네아스의 배가 다가갈 때로 해석한다(Conington).

친구의 운명에 마음이 흔들려 크게 통곡했다.
「하늘과 고요한 바다를 아주 믿어 버린 자여!   870
묻히지 못한 채 무명의 땅에 눕겠구나, 팔리눌!」

870행 하늘과 고요한 바다를 아주 믿어 버린 자 : 847행 이하에서 팔리누
루스는 하늘과 바다를 전혀 믿을 수 없다고 말했다.
871행 팔리눌 : 아이네아스는 팔리누루스를 저승에서(제6권 337행 이하)
다시 만나 그가 당한 운명을 듣게 된다.

제6권

이렇게 눈물로 말하며 함대의 고삐를 풀었다.

마침내 에우보아의 해안 쿠마이에 닿았다.

뱃머리를 바다로 돌려세웠다. 깨무는 이빨의

닻가지가 배를 고정하였고 해안선은 굽은

5 선미들이 가득 메웠다. 청년들이 불같이 달려

1행 함대의 고삐 : 돛을 묶고 있던 밧줄을 가리킨다. 바람을 받아 전속력으로 달리기 위해 밧줄을 푼다(Conington; Austin).

1~2행 : 두 시행을 제5권의 끝으로 옮기는 경우도 있다. 그러나 『일리아스』 제7권 1행과 『오뒷세이아』 제13권 1행처럼 〈이렇게 말하며〉로 시작하는 경우는 있어도, 3행의 〈뱃머리를 바다로 돌려세웠다〉로 시작하는 경우는 없다 (Horsfall; Conte).

2행 에우보아의 해안 쿠마이 : 〈에우보아〉는 시대를 착각한 것이다. 쿠마이는 네아폴리스의 남쪽에 있는 도시로 에우보아의 칼키스 사람들(17행을 보라)이 세운 식민지이지만 그것은 기원전 750년경이다. 아이네아스가 이탈리아에 도착하고 한참 뒤에 세워진 도시다(Williams).

3행 뱃머리를 바다로 돌려세웠다 : 유사시 배가 빨리 출항할 수 있도록 뱃머리를 바다 쪽으로 돌려 놓는 것이 관행이다. 제3권 277행은 정박의 관례를 보여 준다.

4행 닻가지가 배를 고정하였고 : 『일리아스』 제1권 435행 이하. 〈돌 닻을 여러 개 던지고〉. 호메로스에서는 돌을 닻 대신 사용했다(Austin).

저녁 땅에 내렸다. 일부는 숨겨진 불씨를 돌의
혈관에서 찾았고 일부는 짐승들의 우거진
거처, 숲을 약탈했고 강물을 찾아 표시했다.
한편 충직한 에네앗은 아폴론이 높이 자리한
성채와 멀리 섬뜩한 시뷜라의 은밀한 거처,   10
큰 굴을 찾으니, 그미에게 커단 정신과 마음을
델로스 예언자가 불어넣어 미래를 보게 했다.
이내 삼위 여신의 성림, 황금 저택에 들어섰다.
    소문에 데달룻은 미노스 왕국을 도망치며
빠른 날개로 감히 몸을 하늘에 맡겼다 전한다.   15

6행 불씨 : 『오뒷세이아』 제5권 489행 이하. 〈불씨를 보존하고.〉『사물의 본
성에 관하여』 제6권 160행 이하. 〈같은 식으로 번개도 생긴다. 구름들이 서로
충돌하여 많은 불의 씨앗들이 떨어질 때. 돌이 돌을, 혹은 쇠를 때릴 때와 마찬
가지다.〉

3~8행 : 제1권 168행 이하의 상륙 장면과 비교하라. 선원들은 나무를 베
어 땔감을 마련하고 불을 지펴 음식을 준비한다. 마실 물을 확보하는 것도 잊
지 않았다.

10행 시뷜라의 은밀한 거처 : 제3권 441행 이하 헬레누스와, 제5권 722행
이하 앙키세스의 지시에 따라 도착하자마자 시뷜라를 찾아 길을 떠난다. 『변
신 이야기』 제14권 101행 이하에서 오비디우스는 시뷜라와 아이네아스의 만
남을 이야기하고 있다.

13행 삼위 여신 : 헤카테를 가리킨다. 헤카테는 디아나 여신인즉, 디아나는
하늘의 달, 숲의 사냥꾼, 하계의 안내자라는 세 가지 얼굴을 가지고 있다. 제
4권 511행을 보라. 시뷜라는 〈삼위 여신〉을 모시는 사제로 아이네아스를 저승
으로 안내한다.

13행 황금 저택 : 아마도 아폴론 신전을 가리킨다. 시뷜라가 아폴론과 헤카
테를 동시에 모시고 있는 것으로 보는 것이 좋겠다(Austin). 이하 35행도 이를
지지한다.

14~15행 데달룻은 미노스 왕국을 도망치며 (……) 전한다 : 다이달로스는
미노스 왕의 부인 파시파에가 황소와 몰래 사랑하도록 도왔기 때문에 혹은 아

낯선 길을 따라 차가운 북극성으로 날아갔고
마침내 칼키스의 성채에 가볍게 내려앉았다.
첫 기착지가 된 땅에, 포이붓이여, 당신께
날개 달린 노를 바치고 웅장한 신전을 세웠다.

20   그 문에는 안드록의 죽음, 대가를 치르도록
명받은 케크롭족이 (가련하다) 매년 보낸 일곱
아들딸들의 몸, 놓인 항아리, 뽑힌 제비가 있다.
맞은 편 문에, 바다에서 솟아오른 크노솟 땅,
황소에 끌린 망측한 열정, 은밀하게 밑에 깔린

25   파시파에, 뒤섞인 종족, 두 가지 모습의 자손

리아드네가 테세우스를 돕는 데 일조했기 때문에 크레타섬을 떠났다. 이후 이
탈리아의 시킬리아 혹은 사르디니아 혹은 쿠마이에 도착했다고 한다. 두 번째
전승은 세르비우스의 것이고, 마지막 전승은 실리우스의 것이다(Austin).

16행 낯선 길을 따라 차가운 북극성으로 : 다이달로스는 최초로 하늘을 난
사람이다. 〈낯선 길〉이란 〈하늘 길〉 혹은 〈한 번도 가본 적 없는 길〉을 가리킨
다. 〈북극성〉은 다이달로스가 북쪽으로 비행했거나 혹은 북극성에 닿을 만큼
날아 올랐기 때문에 쓰인 것이다(Austin).

18행 첫 기착지가 된 땅에 : 베르길리우스는 다이달로스가 크레타를 떠나
쿠마이에 도착할 때까지 한 번도 쉬지 않은 것으로 보고 있다(Austin). 땅에
무사히 착륙한 것에 감사하기 위해 도착한 곳에 다이달로스는 아폴론 신전을
바친다(Conington).

19행 날개 달린 노를 바치고 : 제3권 288행에서 아이네아스는 이타카를 마
지막으로 희랍 땅을 벗어나자 악티움에서 신전에 방패를 바쳤다. 또 흔히 바다
에서 조난을 당했다 살아난 뱃사람도 신전에 배에서 쓰던 물건을 감사의 선물
로 바쳤다. 다이달로스는 자신의 날개를 감사의 선물로 바쳤다(Conington).

20행 대가 : 아테네인들은 미노스의 아들 안드로게오스를 살해했고, 그 대
가로 매년 소년과 소녀를 희생 제물로 바쳐야 했다.

23행 맞은 편 문에 : 신전의 문은 좌우 날개 두 짝으로 되어 있으며 각각에
아테네 장면과 크레타 장면이 그려져 있다(Austin).

25행 뒤섞인 종족, 두 가지 모습의 자손 : 둘 다 미노타우로스를 설명하고

미노타우룻이 들어 있다. 금지된 사랑의 기억.
집안의 고단한 재앙과 벗어날 수 없는 미로.
그러나 왕녀의 커단 사랑을 안타깝게 생각한
데달룻은 거처의 속임수, 굽은 길을 풀었으니
눈먼 발길을 이끈 건 끈이다. 그대 또한 여기,   30
슬픔만 아니었어도, 이카룻, 크게 자리했으리.
그의 추락을 두 번이나 황금에 새기려 했건만
두 번이나 아비는 손을 떨궜다. 차근히 모두
살펴보았을 것이나 그때 앞서 보낸 아카텟이
포이붓과 삼위 여신의 만신과 함께 돌아왔다.   35
글로콧의 딸 데포베가 왕에게 이렇게 말했다.
「시방 이참은 그런 걸 구경하라 요구치 않으니,

있다. 인간의 몸에 얼굴과 꼬리가 황소인 경우와, 상반신은 인간이고 하반신
은 황소인 경우로 나뉜다.

  26행 기억 : 제4권 497행 이하. 〈없애라! 잔인한 사내를 기억하는 모든
걸.〉 디도 여왕은 아이네아스를 기억하게 할 모든 것을 태워 없앴다. 미노타우
로스는 파시파에의 끔찍한 음욕을 기억하게 할 괴물이었다(Austin).

  27행 미로 : 제5권 588행 이하. 〈마치 지난날 있던 웅장한 크레타의 미로처
럼. 눈먼 담장으로 이어진 길과 둘로 갈라지는 속임수의 수천 갈래 통로. 따라
가는 표식마다 좌절시키는 알 수도 돌아 나올 수도 없는 미궁.〉

  31행 슬픔만 아니었어도, 이카룻, 크게 자리했으리 : 이카루스는 아버지
다이달로스와 비행 중 추락하여 사망했다. 다이달로스는 신전 문에 아들을 새
겨 넣으려고 시도하였으나 슬픔 때문에 이를 완성하지 못했다. 베르길리우스
는 아들의 〈추락〉과 아버지의 〈낙심〉(손을 떨굼)을 교차시키고 있다.

  34행 살펴보았을 것이나 : 아이네아스와 그를 수행하는 부하들이 주어이
다(Conington).

  36행 데포베 : 시뷜라는 예언을 하는 무당을 아울러 일컫는 말이며, 특히
쿠마이의 시뷜라는 여러 이름으로 등장한다(Conington). 여기 시뷜라의 이름
은 데이포베다.

지금은 멍에 진 적 없는 수소 일곱을 잡는 것이
우선일 것이며, 예법대로 뽑은 양도 같은 수로.」
40 이런 말로 에네앗과 (지체 없이 제례를 명대로
행한 사내들) 테우켈족을 신전에 부르는 만신.
　에우보아 암벽, 측면에 커단 굴이 패어 있었다.
거기로 열린 일백의 넓은 입구, 일백의 출구,
일백의 소리로 시뷜라의 대답은 터져 나온다.
45 문턱에 다가선다. 처녀 만신은「운명을 여쭐
시간이다. 신께서, 여기, 신께서.」말했다. 그미는
문턱에서 갑자기 표정이, 안색이 달라지고
머리가 온통 흐트러지고 가슴이 헐떡이고
감격에 심장이 부풀었다. 평소보다 커 보였고
50 사람 음성이 아니었다. 신이 들렸던 것. 신령이

40행 제례를 명대로 : 원문 〈sacra iussa〉는 무엇을 명사로 보느냐에 따라
〈신성한 명령〉이라고 볼 수도 있다(Austin).
42행 에우보아 : 2행의 언급처럼 쿠마이는 에우보이아 사람들이 개척한
식민지다.
43행 일백의 출구 : 시뷜라가 예언을 시작하면 예언의 목소리를 밖으로 전
달하기 위해 〈저절로〉 열리는 문이다. 81~82행 참조.
45행 문턱에 다가선다 : 제사를 마치고 아이네아스 일행은 동굴 밖에 머물
고 시뷜라만 동굴 속으로 들어간다.
46행 시간이다 : 52행 이하에서 다시 한 번 강조하는 바 시뷜라는 아이네아
스에게 신탁을 여쭐 때가 되었음을 알리며 이를 종용하고 있다(Conington).
49행 평소보다 커 보였고 : 제2권 773행에서 아이네아스의 부인은 평소보
다 커 보였는데 아이네아스가 본 것은 죽은 아내의 망령이었다. 시뷜라는 평
상시의 모습이 아니라 신들린 상태였기 때문에 평소보다 크게 보였던 것이다
(Conington).『로마의 축제일』제6권 537행 이하. 〈그녀는 조금 전보다 그만
큼 더 신성하고 그만큼 더 컸던 것입니다.〉

점점 가까이 왔다. 「소망과 기원을 주저하는가?
트로야의 에네앗, 주저하는가? 그 전엔 안 열릴
신들린 집의 커단 입일진대.」 이렇게 말하고
침묵했다. 테우켈의 강인한 뼛속까지 싸늘한
두려움이 찼다. 왕은 심중의 소망을 쏟아 냈다.   55
「트로야의 고생을 늘 불쌍타 하신 포이붓이여!
달다냐의 무기, 파리스의 손을 옳게 겨누시매
아킬렛의 몸을 맞히시니. 커단 대지를 에워싼
바다를 당신의 인도 아래 다니며 깊이 자리한
마쉴리 종족과 쉴티스를 두른 땅에 갔었으며   60
마침내 도망치는 이탈랴 해안에 닿았습니다.
트로야의 불운이 따라온 건 여기까지이기를.
펠가마 종족을 이젠 구하심도 가할까 믿노니,
신들이여! 한때 미워하셨던 일리온과 높은

53행 신들린 집의 커단 입 : 동굴 입구가 아직 벌어지지 않았다. 시뷜라는
동굴 입구가 열리도록 아이네아스에게 그의 소원과 간청을 신에게 고하도록
요구한다(Conington).

55행 두려움이 찼다 : 제2권 120행과 같다.

57행 파리스의 손을 옳게 겨누시매 : 『일리아스』 제22권 359행 이하 죽어
가는 헥토르는 아킬레우스에게 이렇게 말한다. 〈파리스와 포이보스 아폴론이
스카이아이 문에서 그대를 죽이는 날〉.

60행 마쉴리 종족과 쉴티스를 두른 땅 : 제1권 111행, 제4권 132행과 483행
등에 비추어 디도 여왕과 카르타고를 가리키는 것으로 보인다(Williams).

61행 도망치는 이탈랴 해안 : 제3권 496행 〈물러나는 대지〉와 제5권 629행
〈도망치는 이탈랴〉와 비교하여 원문 〈fugientis〉를 〈이탈랴〉에 연결하느냐,
아니면 〈해안〉에 연결하느냐를 놓고 논란이 있지만, 장식적 형용사를 명사와
떼어 놓는 것이 베르길리우스의 특징이다(Conington). 오늘날 논쟁은 〈해안〉
쪽으로 기울었다(Horfall).

달다냐의 영광을. 신령한 만신이여! 그대도,

앞날을 아는 이여! 허하오. (내 정당히 구하는 건

내 운명의 왕국) 테우켈이 라티움에 정착토록!

떠돌아다닌 신들이, 트로야의 시달린 신주가.

그때 포이붓과 삼위 여신께 큰 대리석 신전과

포이붓의 이름으로 축제일을 세우겠습니다.

그대도 우리 왕국에서 커단 성소를 가지시라.

거기에 그대의 예언과 비밀스런 운명으로

우리에게 해준 말을 보관하며 사제를 선별해

두리다. 허니, 자모여! 노래를 낙엽에 적지 말고

바람의 장난거리로 흩어져 날리지 않도록

그대가 직접 노래하오.」 말로써 말을 맺었다.

64행 한때 미워하셨던 일리온 : 제2권 610행 이하에서 신들이, 특히 유노 여신과 넵투누스, 아테네 여신이 트로이아를 공격한다. 제1권 8행의 유노 여신처럼 번영하는 트로이아를 신들이 질투했다(Horsfall).

66행 허하오 : 제3권 85행처럼 허락하고 말고 할 힘을 가진 신에게 소원을 빌 때 쓰는 말이다(Conington). 하지만 소원을 비는 입장에서는 신의 뜻을 전하는 무녀도 신과 마찬가지로 간주되었다(Horsfall).

68행 떠돌아다닌 신들이, 트로야의 시달린 신주가 : 제1권 6행에는 〈신들을 라티움에 모셨다〉는 구절이 있고, 제2권 293행 이하에서 헥토르는 아이네아스에게 트로이아의 신주를 맡겼다(Austin). 제7권 229행에서 일리오네우스는 라티누스에게 똑같은 내용을 말한다.

73행 사제를 선별해 : 오만왕 타르퀴니우스가 시뷜라의 예언서를 로마 카피톨리움 언덕의 유피테르 신전에 보관한다. 예언서는 아우구스투스 시대에 다시 팔라티움 언덕의 신축된 아폴론 신전으로 옮겨진다. 이를 지키는 사제로 소위 〈2인 예언서 박사 duoviri sacris faciundis〉는 기원전 367년 10인으로 증원되었고, 이후 술라 시대에 15인으로 다시 증원되었다(Austin).

74행 노래를 낙엽에 적지 말고 : 헬레누스가 제3권 441행 이하에서 아이네아스에게 해준 조언을 그대로 실행하고 있다(Williams).

아직 포이붓을 견디지 못하여 동굴 속에 크게
무녀는 진저리쳤다. 가슴에서 위대한 신을
떨칠 수 없을까 하여. 그럴수록 더욱 지치는
성난 입, 진정된 거친 심장, 제압되어 따른다.   80
그리하여 이제 집의 커단 입 일백 개가 열렸다,
저절로. 무녀의 대답이 허공중에 퍼져 갔다.
「망망대해의 커단 위험들을 겪어 낸 그대여,
허나 뭍에 더 큰 위험이 남았다. 라비늄 왕국에
달다냐가 갈 것이오. (이런 염려는 내버려라)   85
허나 안 왔으면 할 것이오. 전쟁, 끔찍한 전쟁을,
많은 피로 거품 이는 튀브릿강을 나는 보오.
시멧과 크산톳강도 도리아 막사도 그대에게

77~80행 : 시뷜라에게 신이 들리는 장면을 묘사한 것인데, 많은 주석가들
이 설명하듯 베르길리우스는 시뷜라를 아직 길들여지지 않은 야생마처럼 그
리고 있다.

82행 저절로 : 문이 저절로 열리는 것은 신의 현현을 상징한다(Austin).
『일리아스』 제5권 748행 이하. 〈이윽고 헤라가 채찍으로 서둘러 말들을 후려
치자 하늘의 문들이 크게 신음하며 저절로 열렸다.〉

84행 라비늄 : 고대 주석가는 〈라비늄Lavini〉 대신 〈라티움의Latini〉라고
읽은 전승 사본이 있다고 전한다. 라비니움은 투르누스와의 전쟁에서 승리한
후 아이네아스가 처음 세우게 될 미래의 나라로, 여기서 시뷜라는 미래를 벌
써 이루어진 현실인 양 예언하고 있다(Conington).

87행 많은 피가 거품 이는 튀브릿강 : 『일리아스』 제7권 328행 이하 〈그리
하여 날카로운 아레스는 그들의 검은 피를 아름답게 흘러가는 스카만드로스
강변에 뿌렸고 그들의 혼백들은 하데스의 집으로 내려갔소이다.〉

88행 시멧과 크산톳강 : 아이네아스가 라티움에 정착하기 위해 투르누스
와 싸우게 될 전쟁을 트로이아에 비유하고 있다. 시모이스강과 크산투스강은
모두 트로이아에 흐르는 강 이름이며 라티움의 티베리스강과 누미키우스강
을 의미한다. 누미키우스강에서 아이네아스가 죽었거나 사라졌다고 전한다

없지 않겠소. 라티움이 낳은 또 다른 아킬렛도.

90 그도 여신의 아들. 테우켈에게 붙은 유노는

절대 떨어지지 않으리. 곤란 지경에 탄원자로

이탈랴 백성과 도시 중에 안 청한 곳이 없으리!

이방의 신부가 또 테우켈에게 큰 고난의 원인.

이방의 혼인이 또.

95 고난에 굴하지 마오. 맞서 더욱 과감히 나가오.

운명이 그댈 이끄는 대로. 안녕의 첫 도약은

생각지 못했던 그래웃 도시에서 시작되리다.」

    쿠마이의 시뷜라가 심처에서 이런 말들로

두려운 미혹을 노래하여 암굴에 울리게 하니

(Conington).

  90행 그도 여신의 아들 : 아킬레우스는 바다의 여신 테티스의 아들이며, 투르누스는 제10권 76행에 보면 요정 베닐리아의 아들이다(Austin).

  93행 이방의 신부가 또 테우켈에게 큰 고난의 원인 : 트로이아 사람들에게 불행을 가져다준 첫 번째 신부는 헬레네를 의미한다. 이탈리아에 도착한 트로이아 사람들에게 이번에는 라비니아가 불행의 원인이 된다(Conington).

  94행 : 미완성의 시행이다.

  96행 운명이 그댈 이끄는 대로 : 전승 사본들 대부분은 비교의 접속사 〈quam〉으로 읽고, 〈더욱 과감히audentior〉와 연결하여 〈운명과는 반대로〉라는 의미로 읽는다. 방향의 접속사 〈qua〉로 읽은 사본이 하나 존재하며 『아이네아스』 제2권 387행에 비추어 벤틀리Bentley도 이렇게 추정했다(Austin, Horsfall).

  97행 그래웃 도시에서 : 희랍 이주민들이 세운 도시를 가리킨다. 『아이네아스』 제8권 51행 이하, 에우안드로스는 희랍의 아르카디아, 팔란테이움 사람으로 이탈리아에 이주하여 로마의 팔라티움 언덕 아래 팔란테움이라는 도시를 건설했다고 한다.

  99행 두려운 미혹 : 〈두려운〉은 아마도 〈미혹〉 때문이다. 〈미혹ambages〉은 미로 또는 비유적으로 불명확한 말을 가리킨다. 오비디우스 『변신 이야기』 7권 761행의 스핑크스의 수수께끼, 혹은 타키투스에서 여러 차례 신들린 상

진실은 어둠에 싸였다. 실성한 여인의 고삐를   100
휘두르며 아폴로가 흉중에 채찍을 가하더니,
광증이 가라앉고 성난 입들이 잦아들자 곧
영웅 에네앗은 말을 꺼냈다. 「고생 중 무엇도,
처녀여, 내겐 예상치 못한 새로운 얼굴이 없고
모두를 예상했고 진작 마음속에 각오하였소.   105
한 가지 청은, 일찍이 저승 왕의 문이 여기에,
아케론이 역류한 검은 늪이 여기 있다 들었소.
내 선친의 모습과 얼굴을 뵈러 갈 수 있도록
허락하오. 길을 일러 신성한 입구를 열어 주오.
선친을 나는 화염과 뒤쫓는 수천 화살을 뚫고   110
이 어깨로 탈출시켜 적진 한복판에서 구했소.
선친은 내 방랑의 동반자로 온 세상 바다를,

태로 내뱉은 말을 가리키는 데 쓰였다(Conington).
　101행 휘두르며 아폴로가 흉중에 박차를 가했던 것 : 5권 147행에서도 고
삐를 채찍처럼 휘두른다. 9권 717행에도 반복되는 바 〈신이 힘을 주다〉라는
뜻으로 해석한다. 『일리아스』 17권 569행 이하. 〈그래서 그녀는 그의 어깨와
무릎에 힘을 넣어 주고, 그의 가슴속에는 파리의 대담성을 불어넣었다.〉
　102행 광증 : 100행의 〈실성한〉과 마찬가지로 신들린 무당의 상태를 가리
킨다(Austin). 2권 345행, 3권 443행을 보라(Horsfall).
　103행 영웅 에네앗 : 아이네아스에 〈영웅〉을 붙이는 것은 여기가 유일하
다. 〈트로야 영웅〉(6권 451행) 혹은 〈영웅〉(4권 447행, 5권 289행) 단독으로
쓰인다(Austin).
　109행 신성한 입구 : 저승의 문을 가리키며 저승의 신들에게 바쳐졌다는
뜻에서 신성하다고 볼 수 있다. 6권 573행 〈신성한 성문〉을 보라(Conington).
〈저주 받은〉이라고 해석하는 경우도 있다(Horsfall).
　111행 이 어깨로 탈출시켜 : 2권 707행 이하에서 아이네아스는 디도에게
이렇게 설명했다.

114 원래 약한 분이 노인의 기력을 넘어선 운명,

113 대양과 하늘의 온갖 위협을 함께 겪으셨소.

115 더구나 탄원자로 그댈 찾아 그대 문턱에 가라

간곡히 당부한 분도 선친이셨소. 우리 부자를,

자모여, 청컨대 불쌍타 하오. (전권을 쥔 그대,

허투루 헤카테가 아벨눗 숲을 맡긴 건 아니니)

120 트라캬 키타라, 노래하는 칠현금에 기대어

119 올페가 제 아내의 망령을 데려갈 수 있었을 때,

폴뤽스가 번갈아 죽음으로 형을 풀어 냈을 때

여러 번 그 길을 오고갔으며, 위대한 테세웃은,

헤르쿨은 또 어떤가? 나도 유피테르 자손이오.」

이런 말로 간청하여 제단에 매달리고 있을 때

125 무녀는 말을 시작했다. 「신들 혈통을 잇는 이여!

114행 원래 약한 분이 노인의 기력 : 2권 596행 〈세월에 지친 아비〉, 4권 599행 〈세월에 지친 부친〉 등 노령 때문이거나, 또 2권 649행 이하처럼 번개를 맞았기 때문에 몸이 불편함을 언급한다(Austin).

116행 간곡히 당부한 분 : 5권 722행 이하를 보라.

118행 헤카테 : 4권 511행에서 보았듯, 디아나 여신이 하늘의 달이나 숲의 사냥꾼이 아닌 하계의 안내자로 등장할 때의 이름이다(Williams).

120행 노래하는 칠현금 : 호라티우스 『서정시』 I 12, 11행 이하. 〈노래하는 뤼라에 귀 기울이는 떡갈나무를 시인은 이끌었습니다.〉

119행 데려갈 수 있었을 때 : 원문 〈accerso〉를 〈arcesso〉의 이형(異形)으로 〈소환하다, 불러서 데려가다〉라는 뜻으로 본다. 트라키아의 시인 오르페우스는 아내를 찾아 저승을 찾았다.

121행 번갈아 : 카스토르가 죽었을 때 불멸의 동생 폴뤽스는 1년 중 반년을 형 대신 저승에 머물거나 혹은 둘은 매일 자리를 바꾼다(Conington).

122~123행 테세웃은, 헤르쿨은 : 392행 이하에서 저승의 뱃사공 카론은 이 둘이 저승을 찾은 사연을 언급한다.

트로야 앙키사 소생, 아벨눗의 저승길은 쉬워
밤낮으로 내내 검은 명왕의 문은 열려 있으니.
허나 걸음을 되돌려 이승으로 빠져나오기가
어렵고 고단하다. 관대한 유피테르가 아끼는
소수, 혹 불타는 용기로 천상에 올라간 소수의   130
하늘 자손만이 할 수 있소. 숲은 모든 걸 감추고
이를 코퀴툿이 검게 굽이쳐 휘감아 돌아가오.
마음속에 열망이 커다랗고 욕망이 그리 커서
두 번씩 스튁스 호반을 건너길, 두 번씩 흑암의
타르타라를 보길, 미치도록 그 일이 즐겁다면   135
먼저 해야 할 일들을 들으시오. 어둠 속 거목에
잎과 여린 줄기의 황금 가지가 숨겨져 있소.

129행 관대한 : 원문 〈*aequus*〉를 〈아끼다〉와 일맥상통하게 연관지어 〈친
절한〉으로 이해할 수도 있다(Conington). 죽어 저승에 내려간 영혼이 다시 돌
아오지 못한다는 똑같은 운명을 모두에게 부여한 유피테르도 131행 〈하늘 자
손〉에게는 관대하게 예외를 만든다(Horsfall).

130행 불타는 용기로 천상에 : 호라티우스 『서정시』 III 2, 21행. 〈용기는
불멸에 합당한 이에게 하늘을 열고〉. 또는 III 3, 9행. 〈폴뤽스와 방랑자 헤라
클레스는 이런 용기로 불의 성채에 이르렀다.〉

131행 숲은 모든 걸 감추고 : 저승에 이르는 길에 놓인 장애물들이 언급되
는데 이는 저승으로 내려가기 위해 풀어야 할 과제다. 우선 숲속에 감추어진
황금가지를 얻어야 하고, 이어 저승의 강을 건너야 한다.

134행 두 번씩 : 『오뒷세이아』 12권 21행 이하. 〈대담한 자들이여! 그대들
은 살아서 하데스의 집으로 내려갔으니 다른 사람들은 모두 한 번 죽는데 그
대들은 두 번 죽는 셈이네요.〉

137행 잎과 여린 줄기의 황금 가지 : 잎이며 줄기며 전체적으로 황금색인
가지다. 베르길리우스가 참조한 황금 가지 신화의 출처는 불명하다(Williams,
Austin).

저승 유노게 바쳐졌다 하고, 이를 감추는 사방

성림. 어두운 계곡 깊이 칠흑이 숨겨 놓았소.

140 누구도 대지의 숨겨진 곳에 내려가지 못할 터,

그 나무에서 황금 잎의 가지를 꺾기 전에는.

어여쁜 펠세포네는 이것을 선물로 가져오라

정하셨소. 앞서 가지가 꺾이면 솟아나는 다른

황금 가지. 비슷한 금속의 가지가 솟아난다오.

145 숲 깊이 눈으로 더듬어 가되, 찾으면 격식대로

손으로 꺾으오. 자진해 쉽사리 그댈 따르리니

운명이 그댈 부른다면. 아니면 어떤 힘으로도,

강한 칼로도 이기거나 떼어 내지 못할 것이오.

151 그대가 조언을 구해 내 문턱에 매달리는 동안,

149 헌데 그대 친구는 영혼 잃은 시신으로 누웠고

150 (모르는군요) 함대 전체를 주검으로 더럽혔소.

자리를 보아 그를 먼저 데려다 매장해 주시오.

검은 가축을 데려가 우선 속죄물로 바치시오.

138행 저승 유노게 : 페르세포네를 가리킨다. 플루토의 다른 이름은 4권 638행에 나오듯 〈스튁스의 유피테르〉다(Conington). 고대 주석가 세르비우스는 원문 〈dictus〉를 〈dicatus〉의 의미로 보았다.

139행 어두운 계곡 : 쿠마이의 성소에서 아래로 굽어보이는 계곡을 무녀가 지시하고 베르길리우스는 계곡을 쳐다본다(Horsfall).

150행 모르는군요 : 아이네아스는 161행까지도 미세누스가 사망한 것을 알지 못한다. 시뷜라는 아이네아스의 표정을 보고 이런 사실을 유추한다.

152행 매장해 주시오 : 뒤에 보는 바와 같이 아이네아스는 장례 절차에 따라 화장하고 남은 유골을 모아 매장한다.

153행 검은 가축을 데려가 우선 속죄물로 바치시오 : 미세누스의 장례 때문이 아니라 산 자가 저승을 방문하기 위한 절차다(Conington). 이것은 앙키

마침내 스튁스 성림과 산 자는 갈 수 없는 왕국,
그곳을 보리다.」 말하고 입을 다물어 침묵했다.   155

　　에네앗은 심각한 표정에 망연한 눈빛으로
동굴을 떠나 나왔다. 막막하기만 한 일들이
마음속에 맴돌았다. 함께한 듬직한 아카텟이
다가와서 같은 걸 고민하며 발걸음을 옮겼다.
이런저런 이야기를 주고받으며 이어갔다.   160
누가 죽었다고, 누구 시신을 묻어 주라 무녀가
말한 건지. 그러다 마른 해안에서 미세눗이
억울하게 죽어 쓰러진 걸 지나다 목격했다.
나팔로 군사를, 노래로 군신을 분기시키는 데   165
아욜의 아들 미세눗보다 뛰어난 자는 없으니.   164
그는 위대한 헥토르의 전우, 헥토르 옆에서
전투를 맞던 전사로 나팔과 창에 탁월했다.
승자 아킬렛이 그에게서 목숨을 앗아 가자
용감무쌍한 영웅은 달다냐의 에네앗에게

세스가 5권 736행에서 검은 양을 언급한 것과 일맥상통한다(Austin). 하지만
〈속죄물〉이 산 자에게 허락되지 않은 행동이라기보다 장례가 미루어진 것에
대한 속죄물이라는 주장도 있다(Horsfall).

　157행 막막하기만 한 일들 : 83행 이하 쉬빌라가 언급한 황금 가지는 물론
아직 확인되지 않은 전우의 죽음을 가리킨디(Conington).

　161행 묻어 주라 : 152~153행은 매장을 언급했고 183행 이하는 먼저 화
장을 하고 매장을 이어 갔다.

　163행 억울하게 죽어 : 171~174행을 보면 미세누스의 죽음은 정당한 처
벌이다. 〈억울한 죽음〉은 베르길리우스의 의견이 반영된 것으로 보이는 바,
그는 173행에 〈믿을 수 있다면〉이라는 단서를 달았다.

전우로 의탁했다. 못지않은 이를 추종했던 것.

허나 그때 속 빈 소라 나발로 바다를 울리며,

어리석은 자, 신들을 불러 노래로 도전했고,

믿을 수 있다면, 도전받은 트리톤이 낚아채

그를 갯바위 틈 거품 파도 속에 수장시켰다.

하여 모두가 통곡 소리로 사방을 가득 채웠다.

특히 충직한 에네앗이. 그때 시빌라의 당부,

지체 없이 서둘러 눈물 흘리며 무덤 제단을

하늘에 닿도록 나무로 다투어 쌓아 올렸다.

오래된 숲, 짐승들의 깊은 거처로 들어갔다.

소나무가 눕고 도끼 맞은 떡갈나무가 울린다.

170행 못지않은 이를 추종했던 것 : 11권 289행 이하를 보라. 『일리아스』
5권 467행 이하. 〈우리가 고귀한 헥토르만큼 존중하던 전사가 쓰러져 누워 있
소이다. 고매한 앙키세스의 아들 아이네아스 말이오.〉

171행 소라 나발 : 오비디우스 『변신 이야기』 1권 333행. 〈트리톤이 속이
빈 고동을 집어 들었다.〉 소라고둥은 트리톤의 전용 악기다. 따라서 소라고둥
을 미세누스가 불었다는 사실에 트리톤은 크게 분노했다(Austin).

173행 믿을 수 있다면, 도전받은 트리톤 : 미세누스를 시샘한 트리톤이 그
를 죽인다는 이야기에 베르길리우스는 공감하지 못한다(Horsfall). 오비디
우스 『변신 이야기』 6권 1~145행의 미네르바에게 도전한 아라크네, 6권
382~400행의 아폴론에 도전한 마르쉬아스, 『일리아스』 2권 594행 이하의
무사 여신들에게 도전한 타뮈리스 등은 신들의 분노를 샀다(Austin).

177행 무덤 제단 : 215행에 언급되는 〈화장목〉을 가리킨다(Conington).
고대 주석가는 사람들이 화장목을 제단 모양으로 쌓았다고 주석하였다. 또한
화장목은 일종의 무덤이다(Austin).

179행 오래된 숲, 짐승들의 깊은 거처 : 179~182행의 화장 준비 장면은
『일리아스』 제23권 114행 이하와 엔니우스 『연대기』 187 Vahlen을 모방하였
다. 한편 원문 〈alta〉가 주변 나무들의 높이를 의미한다고 보기도 하지만
(Austin), 186행 〈끝이 없는 숲〉과 연결해야 한다.

물푸레나무 기둥, 쐐기에 갈라져 참나무가
짜개진다. 커다란 마가목이 산에 굴러 내린다.
　뒤에 서지 않고 에네앗은 일들 사이를 누비며
전우들을 독려했고 나란히 연장을 들었다.
또한 슬픈 제 마음속에 곰곰 생각을 거듭하여　　　　　185
끝이 없는 숲을 바라보다 이렇게 빌게 된 맘에
「이제 내게 나무에 달린 황금 가지가 제 모습을
큰 숲 어딘가에 보였으면! 모든 게 진실인즉,
미세눗, 널 두고 무녀가 말한 게 너무 진실인즉.」
말을 마치자 마침 비둘기 두 마리가 짝을 지어　　　190
사내의 면전으로 하늘을 날아 다가오더니
푸른 대지에 내려앉았다. 그때 위대한 영웅은
모친의 새들을 알아보고 기뻐하며 간청했다.
「길이 있다면 길잡이가 돼다오! 하늘 길을 따라
숲속으로 인도해 다오. 울창한 나무의 그늘,　　　　195
비옥한 땅으로. 어림없다 떠나지 마시오!
어머니 여신이여!」 그리 말하고 발길을 멈추어
비둘기들의 낌새, 어디로 가려할지 살폈다.
먹이를 쪼다가 날아올라 저만큼씩 앞서간다.

　186행 끝이 없는 숲 : 원문은 측량 불가능한 크기를 나타낸다. 숲이 가늠할
수 없을 정도로 큰 만큼 그가 황금 가지를 만날 가능성은 희박하다(Austin).
　196행 비옥한 땅으로 : 원문 〈pinguis〉를 우거진 숲을 키워 낸 땅의 〈기름
진〉 모습을 나타낸다고 볼 수도 있다(Williams, Austin). 아무도 들어가지 않
은 원시림은 〈어림짐작도 어려운 상황 dubiis rebus〉과 맞물려 두려움을 만들
어 낸다.

뒤따르는 눈길이 놓치지 않고 따라올 만큼씩.

        역겨운 악취의 아벨눗 목구멍에 이르렀을 때

        재빨리 높이 날아올라 맑은 대기를 미끄러져

        원하던 자리에, 이종의 나무에 내려앉았다.

        거기 이채로운 황금 기운이 가지 틈에 빛났다.

205   마치 숲속에서 겨울 한파 속에 겨우살이가,

        나무가 낳은 게 아닌데 새순으로 무성하고,

        또 노란 열매로 미끈한 나무를 휘감을 때처럼,

        꼭 그처럼 황금 잎이 제 모습을 드러낸 그늘진

        참나무. 여린 바람에 바스락거리는 금박 잎.

210   곧장 덤벼들어 꺾으려 욕심내는 에네앗과

        켕기는 가지. 무녀 시뷜라 집으로 가져갔다.

            그새 테우켈족은 해안에서 미세눗을 기리는

        통곡, 보답 모르는 유해와 마지막 예를 갖춘다.

        먼저 소나무로 융숭하고 쪼개 놓은 참나무로

201행 역겨운 악취 : 240행 이하에서 냄새의 원인이 설명된다.

        202행 맑은 대기를 : 240행 이하에 따르면 극히 치명적인 연기를 피하기 위해 새들이 재빨리 하늘로 솟아오른다.

        203행 원하던 자리에 : 원문 〈sedibus optatis〉를 비둘기가 고른 장소가 아니라 아이네아스가 소망한 장소로 해석할 수도 있다(Williams, Austin).

        209행 금박 잎 : 황금 가지의 이파리들은 나뭇잎처럼 보이지만 실제 재료는 황금이었다(Horsfall).

        211행 켕기는 : 앞의 147~148행과 모순되는 것으로 보인다. 145행 〈격식대로〉를 무시하고 아이네아스가 〈욕심냈기〉 때문일 수도 있다.

        213행 보답 모르는 유해와 마지막 예를 갖춘다 : 망자를 화장하는 장례식을 치르고 망자와 마지막 인사를 나눈다. 당연한 일이지만 망자는 이에 감사는커녕 대답도 없다. 아직 화장되지 않은 시신을 〈유골〉이라고 부른다.

큼지막한 화장목을 쌓았고, 거기 검은 잎을　　　　　　　215
옆에다 두르고 앞에는 장례식의 삼나무를
세웠다. 그 위를 빛나는 무구들로 치장했다.
일부는 불을 피워 물을 데우니 청동 솥은 끓어
넘쳤다. 차가운 시신을 씻기고 기름을 발랐다.
호곡이 있었다. 애도받은 사지를 침대에 뉘고　　　　　220
그에게 친숙했던 의복, 자주색 웃옷을 그 위에
덮어 주었다. 일부는 커단 상여를 짊어졌다.
슬픈 과업, 조상들의 예법에 따라 밑자락에
외면한 채 불을 놓았다. 쌓아 올린 게 타올랐다.
유향 제물, 제사 음식, 기름을 담은 항아리가.　　　　　225

215행 화장목 : 화장목을 크게 쌓을수록 그것은 망자의 명예를 더욱더 드높이는 일이다(Conington).『일리아스』23권 164행. 〈그들은 사방 백 보의 장작더미를 만들고〉.

216행 장례식의 삼나무 : 고대 주석가는 바로Varro를 인용하여 삼나무 연기로 시신 태우는 냄새를 덮기 위한 것이라고 주장한다(Conington).

219행 차가운 시신을 씻기고 기름을 발랐다 :『일리아스』18권 344~353행에 파트로클로스의 시신을 염하는 장면이 자세히 묘사된다. 전투 중 죽은 시신에 묻은 핏덩이를 씻어 내고 기름을 바르고 상처에는 고약을 채워 넣는다.

220행 침대 : 침대는 시신과 함께 화장된다. 4권 508행과 659행에서 디도는 결혼 침대에 누운 채 화장되었다.

221행 자주색 웃옷 : 미네누스가 평소 입고 다니던 무장을 시신 옆에 놓으며 동시에 성대한 장례식의 관례인 바(Conington, Williams) 자주색 웃옷을 덮어 주었다. 11권 72행의 장례식에서도 자주색 웃옷(76행)과 평소 즐겨 쓰던 것들(193행 이하)을 같이 화장하였다.

224행 외면한 채 : 불을 붙일 때 얼굴을 돌리는 것은 장례식의 관례로, 망자의 혼이 떠나가는 것을 보지 않기 위해서다(Austin).

225행 기름을 담은 항아리 : 당연히 망자에게 제물로 바쳐진 것은 항아리가 아니라 항아리에 담긴 기름이다(Conington).

재가 되어 주저앉고 불길이 잦아들어 꺼진 후
유해와 목마른 잿더미를 포도주로 씻어 냈다.
코뤼넷은 유골을 추려 내 청동 함에 담고 나서
전우들 주변을 세 번 돌며 맑은 물을 가지고
230 풍성한 감람나무 가지에 적셔 물을 뿌리며
사내들을 정화했다. 마지막이 될 말을 남겼다.
그때 충직한 에네앗은 커단 봉분의 무덤을
쌓았고 노와 나팔, 사내가 쓰던 무구를 바쳤다.
천공에 뜬 산 아래. 그를 따라 이제 미세늣이라
235 불리게 된 산은 수세기 억겁의 이름을 얻었다.
　　　이렇게 하고 시뷜라의 지시를 서둘러 따랐다.
벌린 아가리가 어마어마하고 깊숙한 동굴,
너설 암굴을 검은 호수와 숲 그늘이 감추었다.

227행 포도주로 씻어 냈다 : 『일리아스』 제23권 250행 이하에서 불이 꺼
지면 포도주로 나머지 불을 끄고 뼛조각을 모아 기름 조각에 싸고, 이를 다시
황금 항아리에 넣고 항아리를 아마포로 덮어 막사로 가져갔다. 이어 남은 잿
더미는 주변에 둥글게 돌을 쌓고 흙으로 봉분을 만들었다. 제24권 797행 이하
에서 트로이아인들은 황금 항아리를 구덩이에 넣고 그 위에 봉분을 쌓았다
(Conington).
230행 풍성한 감람나무 : 〈풍성한 felix〉은 흉조를 씻어 내는 정화 의식과 연
관된다(Austin). 감람나무 외에 월계수도 정화 의식에 사용되었다(Conington).
231행 마지막이 될 말을 남겼다 : 제4권 650행과 같다. 제4권에서 디도는
세상과 작별 인사를 나눈다. 시신과의 접촉 뒤 혹시 있을지도 모를 오염을 정
화하고 난 이후 사람들은 망자와 작별 인사를 나눈다.
233행 사내가 쓰던 무구 : 미세누스가 사용하던 다른 무기가 아니라 직전
에 언급된 〈노와 나팔〉을 가리킨다(Austin). 다른 무기들은 215행 이하에서
언급된 것처럼 시신과 함께 화장되었다. 『오뒷세이아』 제11권 77행에서 엘페
노르는 무덤에 그가 쓰던 노를 꽂아 달라고 부탁한다.

그 위로 어떤 날짐승도 무사히 날개를 펼치고

길을 내어 지나갈 수 없을 그런 연기가 시커먼   240

목구멍에서 뿜어져 하늘의 궁륭에 닿았다.

[이곳을 그래웃은 아오르늣이라고 불렀다]

가장 먼저 예서 등이 검은 황소들 네 마리를

무녀는 세워 놓고 이마에 포도주를 부었다.

이어 쇠뿔 사이 터럭 끄트머리를 잘라 내어   245

제단의 불길에 던졌다. 첫 번째 제물이었다.

천상과 하계의 지배자 헤카테를 외쳐 불렀다.

일부는 칼로 희생물의 목을 긋고 더운 피를

접시에다 받았다. 온통 검은 털의 양을 손수

에네앗이 자비 여신들의 모친과 그 자매에게,   250

238행 검은 호수와 숲 그늘 : 아베르누스 호수의 검은 물은 저승에 흐르는 강물에 이어져 있다(106~107행). 나무 그늘의 어둠도 저승으로 내려가는 입구를 말해 준다(Horsfall). 240행 〈시커먼 목구멍〉도 저승과의 연관을 말해 준다.

242행 아오르늣 : 242행은 후대에 삽입된 것으로 보인다. 베르길리우스는 〈Aornus = Avernus〉라는 지명을 〈a+ornis〉로 어원 분석하면서 〈새가 없는〉으로 이해했었다.

243행 검은 황소들 : 153행을 보라. 『오뒷세이아』 제10권 523행 이하에서 저승의 망자들에게 바치는 제물은 검은색이다(Conington).

245행 터럭 끄트머리 : 『오뒷세이아』 제3권 445행에서 네스토르도 제물에서 잘라 낸 터럭을 태웠다.

247행 헤카테 : 저승의 안내자로서 디아나 여신의 또 다른 이름이다. 제4권 511행을 보라.

249행 온통 검은 털의 : 『오뒷세이아』 제10권 525행(제11권 32행 이하)에서 키르케는 테이레시아스에게 검은 양을 바치라고 오뒷세우스에게 명령한다.

250행 자비 여신들의 모친과 그 자매에게 : 자비 여신들의 모친은 밤의 여신으로, 제7권 331행에서는 복수 여신들 가운데 하나를 〈밤이 낳은 처녀〉라고 호명한다. 제12권 845행 이하를 보라. 〈그 자매〉는 대지의 여신을 가리킨

펠세포네 당신께 불임의 암소를 칼로 보냈다.

그는 스튁스의 왕에게 밤의 제단을 바치고

황소들의 살코기를 통째로 불 위에 올렸다.

타가는 내장 위로 감람기름을 듬뿍 부었다.

255 보라, 태양의 첫 새벽이 솟아오를 문턱에서

발아래 울어 대는 대지와 요동치는 숲들의

능선. 어둠 속 암캐들이 울어 대는 듯 보이니

여신의 도착이었다.「물러라, 잡것들은 물러라!」

무녀는 외쳐 댄다.「일체 숲에서 물러서거라!

260 그대는 길에 들어서서 칼집에서 칼을 빼시오.

다(Austin).

251행 불임의 암소 :『오뒷세이아』제11권 30행 이하에서 오뒷세우스는 이타카로 돌아가면 새끼를 밴 적 없는 암소를 망자들에게 바치기로 약속한다 (Conington).

252행 밤의 제단을 : 〈스튁스의 유피테르〉(제4권 638행) 플루토에게 지내는 제사는 밤에 집행된다.

253행 황소들의 살코기 : 고대 주석가는 원문 〈viscera〉를 내장이 아니라 살코기로 해석했다. 불에 익힌 〈살코기〉는 트로이아 사람들이 먹고, 254행의 〈내장〉은 끝까지 태워 플루토에게 바친 것으로 보인다.

258행 여신의 도착이었다 : 247에 언급된 헤카테 여신이 분명하다. 헤카테는 흔히 개들과 같이 등장한다(Williams). 아폴로니오스 로디오스『아르고호 이야기』제3권 1217행. 〈그녀를 둘러싸고 하계의 개들이 날카로운 외침으로 짖어 댔다.〉

258행 잡것들은 물러라 : 호라티우스『서정시』III 1, 1행 이하. 〈속된 무리를 멀찍이 물리노니, 너희 경건히 침묵하라!〉

260행 칼집에서 칼을 빼시오 : 오뒷세우스는『오뒷세이아』제11권 48행 이하에서 저승의 영혼들이 다가와 피를 마시려고 할 때 이를 저지하기 위해 칼을 뽑았다. 아이네아스에게 칼을 뽑아 들라는 이유를 밝히지 않았던 시뷜라는 290행 이하에서 저승의 흉물들을 향해 칼을 휘두르려는 아이네아스를 말린다. 따라서 칼을 뽑은 것은 저승 여행의 출발과 함께 각오를 다지는 행위로 이제 용기가, 에네앗, 굳은 심지가 필요하오.」

말하고 신들린 무녀는 열린 굴로 뛰어들었다.

그는 앞선 길잡이를 주저 없는 발길로 좇는다.

　　망령을 다스리는 신들, 침묵하는 영혼들이여!

혼돈, 플레게톤, 어둠 속 깊은 침묵의 장소여!　　　　　　　　265

제가 들은 걸 말하게 하소서! 그대들의 뜻이길,

대지 깊숙이 암흑에 잠긴 것들을 들춰 냄이.

　　희미한 이들이 오직 밤뿐인 어둠 속을 걸었다,

명왕의 공허한 거처를 지나, 텅 빈 왕국을 지나.

마치 애매한 달의 야박한 달빛 아래 지나가는　　　　　　　　270

밖에 볼 수 없으며, 261행이 이를 암시한다(Austin).

　　262행 신들린 무녀는 : 헤카테 여신이 나타났고 시뷜라는 다시 신들린 상태가 되고 그런 상태에서 저승 여행을 안내한다(Horsfall).

　　264행 망령을 다스리는 신들, 침묵하는 영혼들이여 : 여기서 베르길리우스는 신의 허락과 도움을 간청하는 전통적인 서사시의 문학 장치를 사용한다. 흔히 무사 여신들에게 도움을 청하는 것이 관례지만, 여기서 베르길리우스는 저승을 지배하는 신들과 저승에 거주하는 영혼들에게 허락을 구한다(Austin).

　　265행 혼돈, 플레게톤 : 혼돈은 에레보스(저승)와 밤을 낳았다. 플레게톤은 저승에 흐르는 불의 강이다.『오뒷세이아』10권 513행에서 퓌리플레게톤과 코퀴투스는 아케론강으로 합류한다. 코퀴투스는 스튁스강의 지류다. 디도는 제4권 510행 이하에서 혼돈과 에레보스를 부른다.

　　266행 제가 들은 걸 : 베르길리우스는 호메로스가 전함 목록을 열거할 때(제2권 486행)처럼 저승에 관한 정보를 누군가에게 들은 것이라고 밝힌다(Conington).

　　268행 희미한 : 다른 전승에 〈희미한 어둠 속에 외로이obscura soli sub nocte〉도 보인다. 〈오로지〉 밤만이 있는 곳을 지나는 사람들의 윤곽이 어둠 속에 〈희미하게〉 보인다.

　　269행 공허한, 텅 빈 : 망자들의 실체 없는 그림자들이 기거하는 장소임을 강조한다(Conington).

　　270행 애매한 달의 야박한 달빛 : 숲 속으로 들어가 빼곡한 나무들에 가려

숲속 길, 어두운 그림자로 하늘을 감춰 버린
유피테르, 사물의 색깔을 뺏은 검은 밤 같았다.
하계로 드는 관문 앞마당, 길목 초입 어귀에
비탄과 복수자 회한이 침대를 마련하였고,
275 창백한 병마와 서글픈 노년이 살고 있었고
두려움과 죄를 부추기는 굶주림과 추한 가난,
죽음과 노고, 참혹한 모습들이 거기 있었다.
또한 죽음의 혈육 되는 잠, 마음속 사악한
쾌락들, 마주한 문턱엔 죽음을 부르는 전쟁,
280 자비 여신들의 강철 침상, 광기 어린 불화는
피 묻은 머리띠로 독사 머리카락을 묶는다.
한가운데 세월이 쌓인 가지를 팔 벌리고 선
그늘진 느릅나무 거목, 거기에 거짓 꿈들이

달이 있는지 없는지 분간할 수 없고, 앞길을 밝히는 달빛도 거의 없는 상황이
다(Horsfall).
　272행 사물의 색깔을 뺏은 : 268행 〈희미한 이들이〉를 설명한다.
　276행 죄를 부추기는 굶주림 : 『오뒷세이아』 17권 286행 이하. 〈배는 인간
들에게 수많은 재앙을 가져다주는 녀석이오.〉(Williams)
　278행 죽음의 혈육 되는 잠 : 『일리아스』 14권 231행. 〈죽음의 신의 아우
인 잠의 신〉. 16권 682행 이하. 〈잠과 죽음에게 맡겨 이들 쌍둥이 형제가〉. 헤
시오도스 『신들의 계보』 756행. 〈죽음과 형제 간인 잠〉.
　279행 마주한 문턱엔 : 하계로 내려가는 아이네아스와 시뷜라의 정면에
문턱이 나타났다(Horsfall).
　280행 자비 여신들 : 570행 이하에 복수 여신들의 모습으로 등장한다.
　281행 독사 머리카락 : 머리카락이 뱀의 형상을 한 것은 복수 여신들의 특징
인 바, 베르길리우스는 불화의 여신을 복수 여신들과 동일시한다(Conington).
　282행 한가운데 : 고대 주석가의 설명에 따르면 〈관문vestibulum〉(273행)
의 문턱(279행)을 지나 이제 안으로 들어선 것으로 보인다(Austin).

온통 자리 잡고 나뭇잎에 매달렸다 전한다.

그밖에 여러 괴수들의 수많은 모습이 보였다. 285

켄토르들이 문간에 머물고, 두 형상의 스퀼라,

팔이 백 개 달린 브리아렛, 레르나의 씩씩대는

소름끼치는 괴수, 불덩이로 무장한 키메라,

고르곤, 할퓌아, 몸뚱이 셋인 망령의 모습.

이때 갑작스런 흉물에 진저리치며 칼을 뽑아 290

에네앗은 다가오는 것들에 칼끝을 겨눈다.

만일 동행한 현자가 육신 없는 허한 목숨들의

텅 빈 형상이 떠가는 거라 말해 주지 않았다면,

덤벼들어 칼로 망령들을 헛되이 베었을 게다.

　　여기서 길은 타르타라의 아케론에 이어졌다. 295

283행 거짓 꿈들 : 느릅나무에 거짓 꿈들이 매달려 있다는 표상은 〈황금 가지〉와 마찬가지로 달리 전거를 확인할 수 없다(Austin). 〈거짓〉은 참 거짓의 문제가 아니라 다만 〈실체가 없는〉 또는 〈허무한〉의 뜻일 수 있다(Conington).

286행 이하 켄토르, 스퀼라 : 켄타우로스는 반인반마(半人半馬)의 형상이며, 스퀼라는 위는 여자이고 아래는 괴물인 형상이다.

287~288행 레르나의 (……) 괴수 : 레르나의 괴수는 헤라클레스가 해치운 휘드라를 가리킨다. 레르나는 희랍 아르고스의 한 고장이다. 8권 300행을 보라.

288행 키메라 : 입으로 불을 뿜는 괴물로, 보통 사자와 염소와 뱀 등이 결합된 모습이다. 7권 785행 이하에 투르누스의 투구를 장식한다.

289행 몸뚱이 셋인 망령 : 게뤼온을 가리키며 헤라클레스에 의해 살해되었다.

295행 아케론 : 아케론강은 코퀴투스강으로 이어진다. 코퀴투스강은 다시 스튁스강과 하나가 된다(323행). 여기 스튁스강에서 뱃사공 카론이 망자들을 강 건너로 실어 나른다. 『오뒷세이아』 제10권 513행 이하를 보라. 호메로스의 설명은 베르길리우스의 설명과 다르다. 다만 스튁스와 코퀴투스강이 하나라는 것은 일치한다.

오니와 큰 심연으로 소용돌이치는 와류가

끓어오르며 코퀴톳강에 모래를 토해 냈다.

여기 물과 강을 섬기는 섬뜩한 나루지기는

꾀죄죄한 몰골의 카론인데, 턱엔 헙수룩한

300   흰 수염이 엉켜 있고 불이 든 눈은 미동도 없고,

어깨엔 지저분한 겉옷이 매듭지어 걸려 있다.

몸소 배를 삿대로 밀고 돛으로 조정해 가며

검붉은 조각배로 죽은 육신을 실어 날랐다.

벌써 고령인데, 신의 노년은 푸르고 생생하다.

305   여기 강가로 모두 무리 지어 쏟아져 들어온다.

어미들과 사내들과 삶을 다한 육신을 남긴

긍지의 영웅들, 소년들과 미혼의 소녀들이,

부모의 면전에서 화장목에 눕혀진 청년들이.

첫 추위가 찾아온 가을의 숲에서 수도 없이

298행 섬뜩한 : 섬뜩한 모습은 다시 〈꾀죄죄한squalore〉, 〈헙수룩한inculta〉, 〈지저분한sordidus〉 등으로 상세히 묘사되는 바, 300행의 〈눈〉도 이런 맥락에 따라 섬뜩함을 강조하는 것으로 해석된다(Austin).

302행 몸소 : 카론은 나루터를 지키는 사람이면서 동시에 뱃사공의 역할도 맡았다.

304행 신의 노년은 푸르고 생생하다 : 일종의 모순 어법이다(Conington). 『일리아스』 제23권 791행에서 오뒷세우스를 〈새파란 노인〉이라고 부르는데, 그가 아직 젊지만 옛 세대에 속한다는 것이다. 300행 〈흰 수염〉은 고령의 노인임을 말해 주지만, 카론은 아직 혈색이 좋고 활기가 넘친다. 웨스트West는 이를 헤시오도스의 『일들과 날들』 705행 〈때 이르게 늙은〉과 비교하여 〈신의 deo〉가 아니라 〈아직은adeo〉으로 읽는다.

305행 여기 : 295~297행에서 언급된 강들을 가리킨다(Horsfall).

305행 이하 : 『오뒷세이아』 제11권 36행 이하. 〈혼백들이 에레보스에서 모여들었소.〉

떨어지는 나뭇잎만큼, 깊은 바다에서 뭍으로   310
무리 지어 몰려드는 새 떼, 혹한에 바다 건너
따뜻한 대지로 쫓겨 가는 새 떼만큼이나 많이.
그들은 먼저 건네 달라 애원하며 서 있었고
강 건너 둑을 열망하며 손을 내밀고 있었다.
하나 엄정한 사공은 여기저기 골라 태웠고   315
여타는 멀리 쫓아내며 강둑에서 떼어 놓았다.
에네앗은 이런 소란에 놀라고 마음이 흔들려
「말해 주오. 처녀여! 강변에 뭘 바란 무리인지?
혼백들은 뭘 원하는지? 무슨 차별로 강변을
이들은 떠나고 저들은 검은 물에 노를 젓는지?」   320
말했다. 그에게 짧게 노령의 만신은 말했다.
「앙키사의 아드님, 신들의 틀림없는 후손이여!
그대가 보는 건 깊은 코퀴툿 늪과 스튁스 펄,
신들도 게 맹세하고 저버릴까 두려워하는 강.

310행 나뭇잎만큼 : 『일리아스』제6권 146행 이하. 『아르고호 이야기』제
4권 216행 이하. 〈혹은 낙엽 지는 달에 두루 가지 뻗은 나무에서 땅으로 잎들
이 떨어지는 만큼 (……) 그렇게 헤아릴 수 없이 많은 이들이 강둑을 따라 달
렸다, 광란하여 외치며.〉
312행 새 떼만큼 : 『일리아스』제3권 3행 이하. 〈마치 두루미 떼들이……〉.
320행 떠나고 : 거절되어 강변에 머물지 못하고 물러가는 영혼들도 있다
(Conington).
321행 노령의 만신 : 아폴로는 시뷜라에게 그녀가 한 움큼 손에 쥔 모래알
의 수만큼 긴 수명을 허락했다고 한다(Conington). 플레곤Phlegon의 기록에
따르면 시뷜라는 거의 천 년을 살았다(Horsfall).
324행 맹세하고 저버릴까 두려워하는 강 : 『일리아스』제15권 37행. 〈스
튁스는 신들에게 가장 크고 또한 가장 무서운 맹세이니까요.〉

보이는 이들 모두는 묻히지 못한 처량한 무리.

저긴 나루지기 카론. 물 건넌 이들은 묻힌 자들.

섬뜩한 강둑과 크게 우는 강을 건너는 일은

유골이 안치되기 전엔 누구도 허락되지 않소.

강변 이쪽을 정처 없이 헤맨 백 년 세월이 지나

그때야 원하던 늪을 다시 찾게 허락된다오.」

앙키사의 아들은 발을 멈추고 그대로 서서

불공평한 운명이 가여워 많은 생각에 잠겼다.

게서 그는 망자의 명예를 빼앗기고 시름하는

류카핏과 뤼키아 함을 이끈 오론텟을 보았다.

트로야를 떠나 폭풍의 바다를 함께한 이들을,

배와 선원들을 물에 묻을 때, 남풍이 삼켰다.

　　저기, 조타수 팔리눌이 몸을 움직이고 있었다.

328행 유골이 안치되기 전 : 『일리아스』제23권 71행 이하. 〈나를 장사 지내 하데스의 문을 통과하게 해주시오.〉

329행 백 년 세월 : 『국가』615a 이하. 〈이는 곧 백 년을 단위로 한 것이니, 그건 인간의 수명이 그만큼이기 때문인데, 이렇게 해서 저지른 잘못에 대한 죗값을 치르도록 하기 위해서라네.〉(Austin)

333행 망자의 명예 : 『일리아스』제16권 456행. 〈사자(死者)들의 당연한 권리.〉

334행 류카핏과 뤼키아 함을 이끈 오론텟 : 제1권 113행 이하에서 폭풍을 만나 침몰한 전함이다. 앞서 레우카스피스의 이름은 언급된 적이 없다. 고대 주석가에 따르면 레우카스피스는 아마도 오론테스 전함의 조타수였을 것이라고 한다.

335행 함께한 : 〈함께한〉이라고 해석할 수도 있으나, 〈함께 삼켜〉로 아이네아스가 〈함께 고난을 겪었던〉 전우들을 보는 심정을 강조하는 것이 좋겠다(Conington).

337행 조타수 : 팔리누루스의 지위에 관해서 제5권 833행 이하를 보라.

그는 최근 리뷔아 항로에서 별자리를 보던 중
배에서 떨어져 바다 한가운데로 밀려 갔었다.
슬퍼하는 그를 깊은 어둠 속에 겨우 알아보고   340
먼저 말을 걸었다. 「팔리눌, 그댈 어떤 신께서
우리에게 빼앗아 바다 가운데 떨어뜨리셨소?
말하오. 예전엔 속이지 않는 분으로 알았던
아폴로께서 한 가지 대답에선 나를 놀리셨소.
그대가 대양을 무사히 건너 오소냐의 경계에   345
가리라 하셨거늘. 어찌 이게 약속의 이행인가?」
그때 그는 「포이붓의 세발솥이, 앙키사 혈통의
선구여, 그댈 속인 게, 신이 날 수장한 게 아니오.
방향타가 어떤 큰 힘에 뽑혀 떨어졌을 때,

338행 리뷔아 항로 : 제5권 827행 이하를 보면 팔리누루스는 시킬리아와
쿠마이 사이의 항로에서, 말하자면 이탈리아 항로에서 바다에 추락했다. 글자
그대로는 〈리뷔아로 가는 항로〉다. 일부 학자들은 베르길리우스가 내용을 수
정한 것으로 본다(Williams).

338행 별자리를 보던 중 : 제5권 853행 〈눈을 별들에 붙들어 박았다〉를
보라.

341행 어떤 신께서 : 제5권 838행 이하를 보면 〈잠의 신〉이 그를 바다에 빠
뜨렸다.

344행 아폴로께서 : 이와 관련된 유일한 언급은 제5권 800행 이하에서 넵
투누스가 베누스에게 한다(Conington). 넵투누스는 이탈리아로 가는 항해 도
중 한 명이 희생될 것을 예언했다.

346행 어찌 이게 약속의 이행인가? : 355행 이하를 보면 팔리누루스는 이
탈리아 해안선에 닿았지만, 해안에 닿자마자 살해되었다.

348행 신이 절 수장한 게 아니오 : 팔리누루스는 잠의 신이 그를 물에 빠뜨
린 줄 모른다.

349행 어떤 큰 힘에 : 보통 어떤 신이 이렇게 만든 것인지 모른다고 말할
법한데, 명확히 신이 아니고 〈어떤 큰 힘multa vi forte〉이라고 말하는 것은 특

350 그걸 지키며 조타수로 항로를 유지하다가
함께 떨어져 처박혔지요. 험한 바다에 맹세코
나는 나 때문에 두려움을 느낀 게 아니라
무장을 잃고 조타수를 잃어버린 그대 함선이
치솟는 큰 파도에 기진하진 않을까 두려웠소.

355 남풍이 망망대해를 지나 사흘의 겨울밤 동안
무참히 나를 물로 실어 갔고, 난 나흘째 새벽에
파도의 꼭지에 높이 올라 이탈랴를 보았소.
조금씩 뭍으로 헤엄쳐 갔소. 안착했으련만.
잔인한 종족이 젖은 옷으로 무거운 나를,

360 손끝으로 바위 끄트머리를 잡고 있던 나를
어리석게 노획물로 여겨 칼로 치지 않았다면.
지금 난 파도에 밀려 바람에 해안을 뒹굴지요.
그대에게 하늘의 달콤한 빛과 바람에 걸어

이하다.

351행 함께 떨어져 처박혔지요 : 방향타를 붙들고 놓지 않았기 때문에 바
다에 같이 떨어졌지만, 또한 그렇기 때문에 이탈리아 해안에 닿을 수도 있었
다(Williams).

353행 무장을 : 349행의 〈방향타〉를 가리킨다.

354행 치솟는 큰 파도에 : 팔리누루스의 이런 언급과 달리, 제5권 870행
이하의 장면에서 풍랑의 기미는 없고 오히려 고요하기만 하다.

357행 높이 올라 : 『오뒷세이아』 제5권 392행. 〈오뒷세우스가 큰 너울에
들어 올려져 날카롭게 앞을 주시하자〉.

361행 노획물로 여겨 : 〈잔인한〉 루카니아 사람들은 난파한 사람에게서 물
건을 빼앗겠다고 생각하였고, 〈어리석게도〉 팔리누루스가 뭔가를 가지고 있
다고 착각했다(Williams).

362행 뒹굴지요 : 저승에서 아이네아스와 대화를 나누는 지금 이 순간, 팔
리누루스의 시신은 파도에 밀려 벨리아의 바닷가에 버려져 있다(Williams).

그대 부친과 커가는 율루스의 희망에 비노니
불행에서 절 구하오. 불굴의 사내여, 그대는   365
할 수 있으니, 벨리아를 찾아가 흙을 뿌려 주오.
혹 길이 있고 길을 어머니 여신께서 그대에게
알려 주셨다면 (믿거니와 하늘 뜻이 없었다면
커단 강물, 스튁스 늪지를 건너려 못했을 터)
불쌍한 제게 손을 내밀어, 강 건너 데려가 주오.   370
죽어서라도 고요의 땅에 쉴 수 있게 해주오.」
이렇게 말했다. 그때에 무녀가 말을 꺼냈다.
「팔리눌, 어데서 그런 과한 욕심이 생겼는가?
묻히지 못한 몸으로 스튁스강, 자비 여신들의
준엄한 물을 보려, 허락 없이 강둑에 가려는가?   375
애원으로 천명이 바뀌리라 기대하지 말지니.
다만 내 말을 새겨 험한 몰락의 위안을 삼으라.

364행 커가는 율루스의 희망 : 제4권 274행을 보라.

366행 벨리아를 찾아가 흙을 뿌려 주오 : 아이네아스 함대가 도착한 쿠마
이의 남쪽에 위치한 루카니아 지방의 도시다. 벨리아는 이때 아직 세워지지도
않은 도시였다(Williams). 팔리누루스를 매장하기 위해 아이네아스는 로마
로 북상하기 전에 남쪽으로 내려갔다 와야 한다. 『오뒷세이아』 제11권 72행
이하에서 엘페노르는 오뒷세우스에게 자신의 매장을 부탁한다.

371행 죽어서라도 고요의 땅에 : 고대 주석에 따르면 선원은 늘 떠돌아다
니는 사람이다. 죽으면 쉴 수 있다고 믿었는데 팔리누루스는 죽어서도 쉬지
못하고 있다(Williams).

375행 준엄한 : 자비 여신들, 다시 말해 복수 여신들의 준엄함이라기보다,
〈묻히지 못한〉 자들에게 준엄하게 적용되는 법을 의미한다(Horsfall).

375행 허락 없이 : 뱃사공 카론의 허락을 받지 못했다는 것은 374행의 〈묻
히지 못한〉 까닭이다(Conington).

인근 주민들이 오랫동안 도시들마다 온통

하늘 괴변에 고생한 후, 그대 유골에 속죄하고

380 묘지를 세우고 묘지에 경건히 제를 올리리라.

그곳은 팔리눌이란 이름을 영원히 가지리라.」

이런 말에 덜어진 근심, 또 잠시나마 털어 낸

슬픈 가슴의 고통. 제 이름의 땅에 기뻐했다.

　　그들은 시작한 길을 마저 걸어 강에 닿았다.

385 그때 뱃사공은 스튁스강에서 그들을 보았다.

적막한 숲을 지나 강가로 발을 돌리는 그들을.

그가 먼저 말을 걸며 크게 소리쳐 다그쳤다.

「무기를 걸치고 우리 강에 다가서는 그대 뉘든,

게서 말하라! 어찌 왔는지. 걸음을 멈추어라!

390 여긴 망령들의 자리, 영면과 잠든 밤의 고장.

산 몸으로 스튁스의 배에 오르는 건 불가하다.

내가 안 좋은 꼴을 당했다. 여길 찾은 알케웃

손자와 테세웃과 피리툿을 호수에 받았다가.

아무리 신들의 자손이며 힘은 무적이라지만.

395 그는 타르타라의 경비를 맨손으로 제압하여

382행 잠시나마 : 고어 〈parumper〉를 고대 주석가는 〈조금씩〉으로 해석
했다. 곧 다시 불행한 처지를 한탄했지만, 그래도 〈잠시나마〉 팔리누루스는
기뻐하였다. 그를 묻어 줄 그날까지 그는 다시 기다려야 했다(Austin).

394행 아무리 신들의 자손이며 힘은 무적이라지만 : 카론은 알케우스의
손자 헤라클레스 등을 하계로 실어 온 죄로 나중에 벌을 받았다. 카론은 그들
이 신들의 자손이었고 힘으로도 제압할 수 없었기 때문에 배에 싣지 않을 수
없었다고 탄원했지만 결국 처벌을 면할 수는 없었다(Conington).

395행 그는 타르타라의 경비를 : 알케우스의 손자 헤라클레스는 저승 입

명왕의 옥좌에서 떨고 있던 개를 끌고 갔고,
저들은 저승 안방에서 왕비의 납치를 꾀했다.」
암프뤼수스의 무녀는 이에 짧게 대꾸했다.
「그런 간계는 여기 없소이다. (동요치 마시라!)
그의 창도 폭력을 삼가오. 굴 속 커단 수문장은   400
영원히 짖어 대며 망령들이나 창백케 할지라.
펠세포네는 백부의 문턱에 정결히 계실지니.
트로야 에네앗은 충직과 무공에 탁월한 이로
에레붓의 망령들 속에 선친을 찾아 내려왔소.
커단 충직의 모습이 그댈 움직이지 못한다면   405
여기 가지를 (옷 속에 감춰진 가지를 꺼냈다)
보시오.」 분노로 부풀던 심장은 가라앉았다.
더는 말이 없었다. 경배의 선물에 경탄했다.
긴 세월이 흐른 끝에 마주하게 된 운명의 가지.
그는 검푸른 뱃고물을 돌려 강가에 붙였다.   410
이어 긴 멍에에 걸터앉아 있던 다른 영혼들을

구를 지키는 케르베루스를 끌어 갔다.
　398행 암프뤼수스의 : 암프뤼수스강은 테살리아의 강으로, 아폴론은 여기
서 아드메토스의 가축을 먹였다. 〈암프뤼수스의〉는 〈아폴론의〉를 뜻한다
(Williams).
　402행 백부의 : 페르세포네는 유피테르의 딸이고, 플루토는 유피테르의
형제다.
　405행 : 제4권 272행을 보라.
　409행 운명의 가지 : 고대 주석가는 147행 〈운명이 그댈 청한다면〉에 비추
어 〈운명이 허락한〉으로 해석한다(Conington). 카론이 황금 가지를 앞서 언
제 보았는지는 알 수 없다.

치우고 자리를 만들며 동시에 거룻배에 태운
커다란 에네앗. 그 무게에 신음하는 얼기설기
기운 조각배. 벌어져 많은 흙물이 새들었다.
415 마침내 무사히 강 건너편에 무녀와 사내를
지저분한 진흙, 잿빛 갈대밭에 내려놓았다.

    강 건너 왕국에 커단 켈베룻은 목청 셋으로
맞은편 동굴에 누웠다 엄청나게 짖어 댔다.
목덜미에 곤두선 뱀들을 보고 무녀는 개에게
420 잠 오는 약을 바른, 밀과 꿀로 만든 먹이 한 점을
던져 주었다. 사나워진 허기로 입 셋을 벌려
던져 준 먹이를 낚아챘다. 엄청난 등을 늦추고
땅바닥에 퍼져 동굴 가득히 크게 엎드렸다.
경비가 묻히자 에네앗은 입구로 달려들어
425 서둘러 돌아 나올 수 없는 강둑을 벗어났다.

    곧이어 목소리가 들렸다. 커다란 울음소리,

413행 그 무게에 신음하는 : 『일리아스』제5권 838행 이하 디오메데스의
무게에 신음하는 전차.
413~414행 얼기설기 기운 : 작은 가죽 조각들을 꿰매어 만든 배로 보인
다. 꿰맨 자리가 아이네아스의 몸무게에 〈벌어져〉 물이 들어온다.
419행 목덜미에 곤두선 뱀들을 보고 : 호라티우스 『서정시』III 11, 15행
이하. 〈무서운 저승 문의 문지기 케르베루스도 꼬리를 내렸다. 복수 여신들의
백 마리 뱀들이 머리를 쳐들고 흉측한 숨결이 불타오르고 세 갈래 혓바닥에서
독이 흐르는 괴물인데도.〉
425행 돌아 나올 수 없는 : 제5권 591행에서 미로를 설명하던 형용사다.
424~547행 : 주어진 수명을 다하지 못하고 일찍 죽은 자들이 모여 있는 중
간계가 여기서부터 그려진다. 일찍 죽은 어린아이들, 누명을 쓰고 죽은 이들,
자살을 선택한 이들, 사랑 때문에 죽은 이들, 전쟁에서 명성을 얻고 죽은 이들

울어 대는 어린 것들의 영혼. 문턱을 넘자마자
달콤한 삶도 모르는 것들을 어미에게 빼앗아
어둠의 날이 끌고 와 가혹한 죽음에 빠뜨렸다.
이들 옆에 누명 쓰고 사형된 이들이 있었다.   430
판관과 추첨이 있어 이들은 자리를 얻으니,
심문관 미노스가 함지를 흔든다. 망자들의
평의를 소집하여 그들 삶과 잘못을 청취한다.
옆자리를 차지한 절망한 이들. 스스로 죽음을
제 손으로 택한 무죄한 이들은 세상이 싫어   435
영혼을 버렸지만, 지금은 높은 창공 아래 살길
얼마나 원하는가! 가난, 고된 노고를 겪더라도.
운명이 막고 애통한 물결로 저주스런 강이

등 다섯 무리가 언급된다. 이곳 중간계는 이후 타르타로스의 고통도 엘뤼시움의 행복도 없는, 행복하지 않지만 그렇다고 고통스러운 것도 아닌 세계다 (Austin).

427행 문턱을 넘자마자 : 삶의 문턱이냐(Austin, Horsfall), 하계의 문턱이냐(Williams) 하는 논쟁이 있다. 삶의 문턱에서 죽어 하계의 문턱에 배정받았다고 보는 주석가들도 있다. 우리는 〈달콤한 삶〉의 문턱으로 해석한다.

431행 판관과 추첨이 : 베르길리우스는 로마 법정의 관행을 빌려, 미노스가 추첨으로 망자들을 판관으로 지명하고 지명된 판관들이 억울한 죽음을 위한 재판을 진행하여, 억울하게 죽은 자들에게 자리를 배정하는 것처럼 묘사한다(Williams).

433행 그들 삶과 잘못을 청취한다 : 전생에서 겪었던 거짓 누명을 다시 묻고 따짐으로써 고통의 땅인 타르타로스로 떨어지지 않고 이곳에 있도록 허락해 주게 된다(Austin).

435행 무죄한 : 호라티우스『서정시』I 12, 35행 이하는 카토의 자살을 〈고귀한 죽음nobile lectum〉이라고 부른다.

437행 가난, 고된 노고를 겪더라도 : 『일리아스』제11권 488행 이하 아킬레우스의 한탄과 같은 내용이다(Conington).

묶었고 아홉 굽이 휘도는 스튁스강이 가뒀다.

440 　　예서 멀지 않은 곳에 사방으로 펼쳐져 보이는
통곡의 들판. 그렇게 거길 이름 붙여 불렀다.
가혹한 사랑의 잔인한 시름으로 시든 이들을
은밀히 산길이 숨겨 주었고 사방의 도금양
숲이 감추었다. 죽어서도 근심은 멎지 않았다.

445 예서 페드라와 프로크릿을, 슬픈 에리퓔레가
잔인한 아들에게 입은 또렷한 상처를 보았다.
에바드네와 파시파에를. 이 곁에 라오다먀가
함께 섰고, 한때의 청년, 이젠 여인인 케네웃,
운명에 의해 다시 옛 모습을 회복한 여인이.

450 그 틈에 페니캬의 디도가 갓 입은 상처를 안고
커단 숲속을 헤맨다. 여인을 트로야 영웅은

438행 운명이 막고 : 제4권 440행을 보라.

444행 근심은 : 제4권 1행 디도가 〈간절한 근심에〉 시름한 것처럼, 근심은
사랑을 의미한다(Conington).

445~449행 : 언급된 여인들은 모두 일곱 명이다. 파이드라는 테세우스의
아내로 양아들 히폴뤼토스에 대한 사랑 때문에 자살한다. 프로크리스는 남편
케팔루스가 실수로 죽였는데, 자살한 것은 아니지만 죄 없이 죽었다(435행
insontes). 에리퓔레는 아버지의 죽음을 복수하려는 아들 알크마이온에 의해
죽임을 당했다. 에바드네는 남편의 불타는 화장목에 뛰어들어 죽었다. 파시파
에는 남편 미노스에 의해 감옥에 갇혔다가 죽었다. 라오다미아는 트로이아 전
쟁의 첫 번째 전사자의 아내로 남편을 따라 저승에 갔다. 카이네우스는 여자
로 태어나 포세이돈에 의해 남자가 되었다가 사망 후에 다시 여자가 되었다.

450행 그 틈에 페니캬의 디도가 : 왜 디도가 이들 틈에 있는지 설명하는 것
은 큰 도전이다(Austin). 마치 베르길리우스가 디도가 누구와 닮았는지 고르
라고 문제를 제시하는 듯하다.

450행 갓 입은 : 디도의 상처에서 아직도 피가 흐르고 있다(Conington).

제6권　**103**

옆에 다가서자 곧 망자들 사이로 알아보았다,

희미한 모습을. 마치 구름 속에서 초승달이

뜨는 걸 보거나 보았다 생각하는 사람처럼.

눈물을 흘렸다. 달가운 사랑으로 말을 걸었다.　　　　　　455

「불쌍한 디도여, 그러니까 소식이 사실이던가?

칼로 삶을 끝내고 목숨을 지웠다고 하더니.

그대 죽음이 내 초래한 일인가? 별들에 맹세코,

하늘에 맹세코, 저승 끝에도 신의가 있다면,

여왕이여, 그대 땅을 떠난 건 내 뜻이 아니오.　　　　　　460

신들의 명령, 지금도 영혼의 땅을 지나도록,

곰팡내 나는 땅, 깊은 밤을 지나도록 시키는

힘이 강요했던 것. 낸들 어찌 짐작하였겠소,

453행 희미한 모습을 : 디도(quam, 451행)를 가리킬 수도 있고, 초승달
(lunam, 454행)을 가리킬 수도 있다. 다른 사본에서 〈희미한 그림자 사이에per
umbram obscuram〉로 읽은 경우도 있다. 디도를 마지막으로 본 것(4권 387행)
이 한참 지났기 때문에, 이하 비유에서 확인되는 것처럼, 처음에 정확히 알아
보지는 못한 것으로 보인다(Austin).

455행 달가운 사랑으로 : 디도에 대한 아이네아스의 사랑은 제4권 395행
이하를 보라.

456행 불쌍한 디도여 : 〈불쌍한〉은 제1권 712행, 제4권 596행, 제5권 3행
에서 디도에게 붙여진 별칭이다.

456행 소식 : 소식이 어떻게 전해졌는지는 알 수 없는데, 사실 중요하지도
않다(Austin). 제5권 3행 이하의 언급과 관련되었다고 보기도 어렵다.

458행 그대 죽음이 내 초래한 일인가? : 〈내〉가 원인이 되어 〈그대 죽음〉을
초래했는지를 스스로에게 묻는 수사적 의문문이다(Conington; Austin).

460행 내 뜻이 아니오 : 제4권 361행 이하를 반복한다. 이 행은 카툴루스
66번 39행을 모방한 것으로 유명한 시행이다.

462행 곰팡내 나는 땅, 깊은 밤 : 『오뒷세이아』 제10권 512행, 〈하데스의
곰팡내 나는 집〉. 제4권 26행, 〈깊은 밤〉.

내 작별이 그대에게 이런 커단 고통이 될 줄을.

465　　발을 멈추오. 그대 내 시선을 피하지 마시오.

뉘를 피하는가? 그대와의 대화도 이번뿐이오.」

에네앗은 이런 말로, 분노하며 눈을 흘기는

그미의 마음을 달래려 했다. 눈물을 자아냈다.

그미는 눈을 땅바닥에 고정한 채 외면했다.

470　　말을 걸어도 도무지 표정 하나 바뀌지 않았다.

단단한 부싯돌 혹은 말페솟의 대리석처럼.

이내 몸을 돌려 멀어졌다. 가시지 않는 미움에.

그늘을 보태는 성림으로. 거기 그미의 옛 남편

쉬케웃이 염려로 답하며 사랑에 대꾸했다.

475　　에네앗은 잔인한 운명에 적잖이 망연자실,

가는 그미가 측은하여 눈물로 멀리 배웅했다.

주어진 길을 헤쳐 나갔다. 이어 도착한 땅끝.

466행 뉘를 피하는가? : 아이네아스는 디도가 자신을 알아보지 못한다고 생각한다. 제4권 314행 디도의 대사를 반영한다. 제4권 331행 이하 탄원하는 디도와 이를 외면하는 아이네아스의 모습이 대조를 이루는데, 지금은 그때와 정반대의 상황이다(Austin).

468행 눈물을 자아냈다 : 이하 476행에 비추어 아이네아스의 눈물이다.

470행 말을 걸어도 도무지 표정 하나 바뀌지 않았다 : 『오뒷세이아』 제11권 563행. 〈내가 이렇게 말했으나 그는 한 마디 대답도 없이 세상을 떠난 사자들의 다른 혼백들을 뒤따라 에레보스로 들어가 버렸소.〉

471행 말페솟 : 대리석으로 유명한 파로스섬에 위치한 산이다(Williams).

474행 쉬케웃 : 엄밀히 따지면 쉬카이오스는 〈통곡의 들판〉에 있을 수 없다(Williams). 제1권 343행 이하에서 보는 바와 같이 디도의 오라비 퓌그말리온이 그의 재산을 가로채기 위해 그를 살해했기 때문이다.

474행 염려로 : 원문 〈curis〉를 탈격으로 본다(Horsfall). 〈cura〉를 사랑 혹은 염려로 볼 것인지, 슬픔으로 볼 것인지도 논쟁거리다.

그곳엔 전공 세운 이들이 따로 모여들었다.
예서 그들을 만났다. 튀데웃, 무구로 유명한
팔테노페웃과 창백한 아드라툿의 혼백을.   480
전장에서 쓰러져 이승에서 크게 애도받은
달다늣족 모두가 길게 늘어선 것을 보았을 때,
그는 한탄했다. 글로쿳과 메돈과 테실로쿳,
안테놀의 세 아들, 케레스의 사제 폴뤼베텟,
아직도 마차를 몰고 무기를 잡고 있는 이데웃.   485
영혼들은 좌우에서 몰려들어 그를 에워쌌다.
한 번 본 것에 만족하지 않았다. 계속 머물기를,
동행하기를, 찾아온 이유를 알기를 원했다.
반면 다나웃의 장군들과 아가멤논의 부대는
망자들 사이로 사내와 빛나는 무기를 봤을 때   490
커단 두려움에 떨었다. 일부는 등을 돌렸다,
배로 도망치던 때처럼. 일부는 무력한 비명을

477행 땅끝 : 중간계의 끝에 이르렀다.

479행 이하 : 튀데우스, 파르테노파이우스, 아드라스토스 등은 테베를 공격한 일곱 장수 가운데 세 명이다.

483~485행 : 글로쿳과 메돈과 테실로쿳 등은 『일리아스』 제17권 216행에 명단이 등장한다. 안테노르의 세 아들은 『일리아스』 11권 59행 이하에 등장한다. 폴뤼보이테스는 달리 알려지지 않은 인물이다. 이다이우스는 『일리아스』 24권 325행에 등장한 프리아모스의 마부다.

489행 다나웃의 장군들과 아가멤논의 부대 : 베르길리우스는 앞서와 달리 이들의 이름을 언급하지 않는다(Austin).

492행 무력한 비명을 : 희랍 병사들은 일부 도망치기도 했지만, 일부는 위협적으로 전쟁터의 고함을 지르려고 시도했고, 물론 아무런 일도 벌어지지 않았다(Conington).

내질렀다. 시도된 고함이 벌린 입을 속였다.

　예서 프리암의 아들, 온 사지육신이 토막 난

495　데이폽을 보았다. 끔찍하게 찢겨진 얼굴을,

얼굴을, 양손을, 난자당한 머리와 떨어져 나간

양쪽 귓바퀴를, 잘려 나간 치욕스런 코를.

겨우 알아보았다. 움츠리며 끔찍한 형벌을

숨겼다. 친숙한 목소리로 먼저 말을 걸었다.

500　「전쟁에 능한 데이폽, 테우켈의 숭고한 혈통!

누가 이리도 잔인한 형벌을 골랐단 말인가?

그댈 상대로 뉘게 가능했던가? 소문에, 마지막

밤 펠라스기를 크게 도륙 내다 지친 그대가

뒤섞여 쌓인 시체 더미 위에 쓰러졌다 하였소.

505　그때 나는 로에툼 해변에 주인 없는 무덤을

세웠고 커단 소리로 그대 혼백을 세 번 불렀소.

이름과 무장이 거길 지키오. 전우여, 그대를

495행 데이폽을 : 제2권 310행에서 데이포부스의 집이 불탄다.

496행 얼굴을 : 감정의 고조를 표현하려는 반복이다(Williams).

498행 형벌을 : 파리스가 죽은 이후 헬레네를 아내로 삼은 죄를 물어 희랍군이 데이포부스에게 그런 끔찍한 형벌을 내렸다(Williams).

501행 누가 : 『오뒷세이아』 제8권 517행에 따르면 오뒷세우스와 메넬라오스가 데이포부스의 집을 찾아갔다. 데이포부스의 진술도 이와 일치한다.

502~503행 마지막 밤 : 트로이아가 패망하던 마지막 날의 기록은 제2권을 보라.

505행 로에툼 해변 : 트로이아 도시의 북쪽에 있는 해안이다(Austin).

506행 세 번 불렀소 : 『오뒷세이아』 제9권 65행에서 오뒷세우스는 죽은 전우들을 세 번 부르고 배에 올랐다(Conington).

507행 이름과 무장 : 233행 이하 미세누스의 경우와 같다(Conington).

찾아 안치할 수 없었소, 조국 땅을 떠나면서.」

프리암의 아들이 「전우여, 그댄 할 만큼 했소.

데이폽과 망자의 시신에 모든 할 일을 다 했소.   510

내 운명과 라코냐 여인의 끔찍한 범죄가 날

이런 불행에 빠뜨렸소. 이건 그미의 기념비요.

우릴 속인 기쁨 가운데 마지막 밤을 어떻게

보냈는지 알 것이오. 사무치는 기억일 밖에.

파멸의 목마가 훌쩍 뛰어 높디높은 펠가마에   515

무장한 보병을 뱃속에 가득 품고 들어왔을 때,

합창대를 꾸민 그미는 주신 찬가로 광분한

프뤼갸 여인들을 이끌며 중앙에 서서 횃불을

크게 들고 산성 첨봉에 올라 다나웃을 불렀소.

그때 걱정에 시달리고 졸음에 짓눌린 나는   520

불행한 결혼 침대에 누웠소. 누운 나를 짓누른

달콤하고 깊은 휴식은 평화로운 죽음 같았소.

그새 대단한 아내는 무기들을 모조리 집에서

치웠고, 머리맡 믿음직한 칼은 진작 없앴소.

집안으로 메넬랏을 불러들여 문을 여니, 이는   525

513행 우릴 속인 기쁨 : 제2권 239행 이하를 보라.

519행 다나웃을 불렀소 : 트로이아 최후의 날에 헬레네의 행적에 관해 제
2권 567행 이하와 모순되는 것처럼 보이며, 제2권의 헬레네 장면을 부정하는
근거가 된다(Austin). 혹은 베르길리우스가 앞뒤를 맞추기 위한 손질을 못했
다는 증거가 된다(Conington; Williams). 하지만 데이포부스가 보는 시각과
아이네아스가 보는 시각이 같을 이유는 없다. 아이네아스는 제2권 256행 이
하에서 시논이 신호를 받고 목마를 열었고 뱃속에 숨어 있던 병사들이 성문을
열었다고 진술한다.

결단코 연인에게 커단 선물이 되길 기대하고
옛 악행의 소문이 그리 불식되리라 바랐던 것.
요컨대 그들은 침실로 난입하니, 함께 한 이는
악행의 선동자 울릭셋. 경건히 벌을 청하오니,

530 신들이여, 그래웃에게도 그렇게 갚아 주소서.
이젠 반대로 그대가 말하오. 어인 사고로 살아
이리 오게 됐는지? 바다의 방랑에 떠밀렸는지,
아님 신들의 분부인지? 어인 운명에 시달려
빛도 없는 통한의 거처, 혼돈의 땅에 온 것이오?」

535 이런 문답 가운데 새벽이 장밋빛 사두마차로
벌써 천상의 길을 따라 중천을 지나고 있었다.
주어진 시간이 전부 그렇게 지나갔을 것이나,
길동무 시뷜라가 짧게 언급하여 경고했다.
「밤이 오건만, 에네앗, 눈물로 시간을 지체했소.

540 여기 길이 양 갈래로 갈라지는 곳에 이르렀소.
오른쪽은 위대한 명왕의 도성으로 이어지고

529행 악행의 선동자 : 제2권 122행 각주를 보라. 오뒷세우스를 아이올로스의 자손으로 만든 것은 호메로스 이후의 전승이다(Conington). 여기서는 〈악행〉을 데이포부스가 당한 끔찍한 형벌과 연관 지을 수 있다.

532행 바다의 방랑에 떠밀렸는지 : 『오뒷세이아』 제11권 13행 이하를 보면 저승은 오케아노스 밖에 있고 사람들은 배를 타고 거기에 이른다(Austin).

536행 중천을 지나고 있었다 : 255행에서 아이네아스는 해가 뜰 때 하계로 여행하기 시작했다. 534행에서 〈sine sole〉라고 분명히 말했지만, 하계에서도 시간은 결국 해를 기준으로 할 수밖에 없다(Conington).

537행 주어진 시간 : 아이네아스에게 주어진 시간은 하루였던 것으로 보인다(Williams).

엘뤼슘에 이르는 우리 길이오. 왼쪽은 악인을
엄벌하여 흉악한 타르타라로 보내는 길이오.」
데이폽이 대꾸하되「크신 만신님, 성내지 마오.
떠나리다. 어둠으로 돌아가 머릿수를 채우리다.   545
가시게, 내 자랑, 가시게. 밝은 명운을 바라오.」
이렇게만 말하고, 말하며 발걸음을 돌렸다.

　　에네앗은 급히 돌아보았다. 왼쪽 절벽 아래
삼중의 성벽으로 에워싼 넓은 성곽을 보았다.
불타며 쏟아지는 용암의 급류가 휘감아 돈다.   550
타르타라의 플레게톤. 시끄럽게 구르는 바위.
맞은편에 커단 성문. 굳건한 강철의 기둥들.
이를 인간 힘은 물론 하늘 주민도 전쟁으로
뜯어 낼 수 없으리라. 철탑이 하늘을 찔렀다.
티시폰은 피 묻은 장옷을 걸치고 주저앉아   555

543행 흉악한 타르타라 : 〈무자비한〉이라고 번역하는 것이 자연스럽겠지
만, 〈impia〉에 그런 뜻은 없다. 타르타로스의 거주자들에게 붙여질 법한 별칭
을 장소가 공유한다(Conington).

546행 가시게, 내 자랑, 가시게. 밝은 명운을 바라오 : 이 구절이 제6권의
중요한 전환점이며, 이제 아이네아스는 자신의 과거와 작별하고 미래를 향해
나아가야 한다고 설명한다(Williams). 500행에서 아이네아스가 데이포부스
에게 건넸던 인사에 대해 데이포부스가 아이네아스에게 건네는 답으로 보는
것이 간명하다(Austin).

548~627행 : 타르타로스의 모습이 묘사된다.

551행 시끄럽게 구르는 바위 : 550행 〈용암의 급류〉를 가리킨다(Austin).

554행 철탑이 하늘을 찔렀다 : 561행처럼 〈하늘〉은 저승의 상층부를 지시
한다(Conington).

555행 티시폰 : 570행에 언급되는 것처럼 복수 여신들 가운데 한 명이다
(Williams).

밤낮으로 잠들지 않고 출입구를 지키고 있다.
이곳에서 비명이 들려왔고 울리느니 잔혹한
매질, 쇠사슬이 질질 끌리는 소리가 들렸다.
에네앗은 대경실색하여 괴성에 집중했다.

560 「뭔 범죄의 면면인지? 처녀여, 말해 보오! 뭔
형벌의 고문인지? 하늘에 퍼지는 소리는 뭔지?」
무녀는 말을 꺼내 「테우켈의 이름난 지도자여!
무죄한 자가 범죄의 문턱을 넘는 건 불경이오.
허나 헤카테께서 아벨눗 숲을 내게 맡기시며
565 곳곳으로 이끌어 신들의 형벌을 알려 주셨죠.
크노솟 라다만툿이 불관용의 땅을 다스려
단죄하니, 기만을 심문하고 자백케 압박하오.
이승에서 아무개가 헛된 도둑질에 기뻐하여
죽는 날까지 늦도록 속죄를 미룬 범죄 행각을.

563행 범죄의 문턱 : 죄를 범하고 타르타로스에 다다른 자는 우선 심판을 받으며, 이후 판결이 내려지면 문이 열리고 죄인들은 타르타로스에 던져진다.

565행 곳곳으로 이끌어 : 헤카테가 무녀를 데리고 타르타로스를 돌아다니며 타르타로스의 형벌에 대해 알려 준 것으로 설명함으로써 무녀가 아이네아스에게 전달하는 정보의 출처가 확인된다(Austin). 582행과 585행 〈vidi〉는 이때 목격했음을 말한다.

566행 크노솟 라다만툿 : 라다만토스는 『일리아스』 제14권 321행에 따르면 크레타 왕 미노스의 동생이다. 432행에서 미노스는 억울하게 사형당한 자들의 재판을 주재한다.

568행 헛된 도둑질 : 결국 심판받으면서 밝혀질 것이기 때문에 〈헛된〉이라는 수식어가 붙었다(Conington).

569행 죽는 날까지 늦도록 속죄를 미룬 범죄 행각을 : 원문 〈piaculum〉은 일차적으로 〈속죄〉를 의미하지만 또한 〈범죄〉 자체를 가리킨다. 죽는 순간까지 미루었다가 죽음 직전에 〈속죄〉를 구한 범죄에 대해 저승에서 죄를 묻는

곧이어 채찍을 두르고서 복수 여신 티시폰이   570
뛰어와 죄인들에게 휘두르며, 왼손에 섬뜩한
독사들을 내보이고 잔혹한 언니들을 부르오.
마침내 돌쩌귀가 소름 돋게 삐걱대며 신성한
성문이 열리오. 그대 보이는가? 어떤 수문장이
문간에 앉았고, 어떤 표정이 문턱을 지키는지?   575
오십의 검은 아가리를 가진 큼직한 휘드라는
더욱 끔찍하게 안에 앉았고, 이어 타르타라가
심연으로 곤두박질, 천공의 올림풋에 이르는
하늘 높이보다 두 배나 깊이 어둠으로 이르오.
여기엔 대지 여신의 옛 족속, 티탄 청년들이   580
번개를 맞고 바닥에 떨어져 굴러다니고 있소.

것이라고 해석할 수도 있다(Williams). 라다만토스는 죽는 날까지 속죄하지
않고 숨겼던 〈범죄〉를 단죄한다(Austin).

　　571행 죄인들에게 : 티시폰은 라다만토스의 재판으로 유죄가 확정된 자들
을 지옥의 문을 열어 안으로 들여보낸다(Conington).

　　574행 어떤 수문장 : 556행 이하에 비추어 수문장은 티시폰이 분명하다.
티시폰은 문 앞에, 휘드라는 문턱을 넘어 문간에 자리한다(Conington). 티시
폰과 티시폰의 표정이 얼마나 무서운지 확인을 촉구하는 의문문이다.

　　577행 더욱 끔찍하게 : 문이 열리면서 문간에 서 있던 휘드라가 보이는데,
휘드라는 티시폰보다 끔찍하게 생겼다.

　　579행 하늘 높이보다 두 배나 : 헤시오도스 『신들의 계보』 720행 이하에
서 보면, 지상에서 하늘에 이르는 거리와 지상에서 타르타로스에 이르는 거리
는 같다. 여기서 〈두 배〉는 과장된 것이다(Horsfall).

　　580행 대지 여신의 옛 족속 : 대지의 여신이 낳은 올림포스 신들 이전의 세
대인 티탄족은 올림포스 신들과 싸우다 패하여 타르타로스에 감금되었다.

　　581행 굴러다니고 있소 : 두 발을 딛고 일어서지 못함은 상처의 물리적 크
기를 포함하여 심리적 위축의 크기를 나타낸다. 오스틴Austin은 번개의 형벌
때문에 뜯겨진 사지의 상태로 해석한다.

알뢰웃의 쌍둥이 아들들도 보았는데 굉장한
몸집이었소. 이들은 커단 하늘을 손으로 찢고
하늘 왕국의 유피테르를 쫓아내려 시도했소.
585 또 보았는데 가혹한 죗값을 치르는 살모네웃.
올륌풋 유피테르의 불과 소리를 모방했던
그는 그때 사두마차를 타고 횃불을 휘두르며
그래웃 인민들과 엘리스 도심을 가로질러
당당하게 달려갔고 신의 명예를 요구했었소.
590 정신 나간 그는 흉내 불가능한 구름과 천둥을
끌리는 청동판과 말 발굽소리로 모방했는데,
전능하신 아버지는 짙은 구름 속에서 창을
던지셨으니, 그건 횃불도 아니며, 연기 나는
솔불도 아니니, 큰 회오리로 그를 내리치셨소.
595 또한 만물을 낳은 대지가 양육한 티튀옷도
볼 수 있었소. 아홉 유게룸에 걸친 몸뚱이로

582행 알뢰웃의 쌍둥이 아들들 : 오토스와 에피알테스는 『오뒷세이아』 제
11권 307행 이하에 언급된다. 이에 따르면 그들은 알로에우스의 아내가 포세
이돈의 아들로 낳은 쌍둥이다. 올륌포스 신들에게 도전하려다가 아홉 살에 죽
음을 맞는다. 아홉 살의 어린 나이에 이미 몸집이 거인에 가까웠다고 한다.

595행 티튀옷 : 『오뒷세이아』 제11권 576행에 따르면 가이아의 아들이며,
레토 여신을 납치하는 죄를 범했고 이에 간을 뜯기는 벌을 받는다. 오비디우
스 『변신 이야기』 제4권 456행 이하에서 그는 〈범죄자들의 거처〉에 머물고
있다. 루크레티우스는 『사물의 본성에 관하여』 제3권 984행 이하에서 저승에
서 티튀오스가 간을 새들에게 뜯기는 것은 현실 세계에서 사랑의 욕망에 시달
리는 사람의 비유라고 주장한다. 또 그에 따르면 티튀오스의 몸집이 커서 간
도 크지만 크기의 한계로 고통도 끝을 가진다. 하지만 루크레티우스와 달리
베르길리우스는 여기에 간의 재생을 추가했다. 호라티우스 『서정시』 III 4,

길게 늘어졌고, 커단 독수리가 굽은 부리로

불멸의 간을 뜯어 먹으니, 죄 받을 비옥한

내장, 만찬을 파헤쳐 가며 가슴을 깊이 처박고

붙어 간장이 다시 자라나면 가만두지 않았소.

라피테족 익시온과 피리투스는 말해 뭣하리까?

머리 위엔 검은 바위가 떨어질 듯 떨어질 듯

매달려 위협했소. 높다란 잔치용 장의자에

빛나는 황금 방석들과 눈앞에 펼쳐진 잔치,

77행을 보라.

598행 불멸의 간 : 헤시오도스 『신들의 계보』 523행은 프로메테우스의 간을 두고 불멸한다고 말한다.

601행 익시온과 피리툿 : 익시온은 라피타이족의 왕이며 피리투스의 아버지다. 616행의 〈수레바퀴살에 사지가 묶인〉 자일 것이다. 오비디우스 『변신 이야기』 제4권 461행 이하에서 익시온은 바퀴에 묶여 영원히 돌고 있다. 오르페우스가 저승을 방문했을 때만 한 번 멈추었다고 한다(오비디우스 『변신 이야기』 제10권 42행 이하). 호라티우스 『서정시』 III 4, 79행에서 피리투스는 〈호색한〉으로 불린다. 피리투스는 테세우스와 함께 하데스에서 페르세포네를 납치하려다 저승에 붙잡혔다. 『일리아스』 14권 317행 이하에 따르면 피리투스는 익시온의 아내가 제우스에게 낳아 준 자식이다.

601행과 602행 : 고대 주석가 세르비우스에 따라 이어지는 이야기를 탄탈로스의 이야기로 본다면, 여기는 시행 훼손으로 볼 수 있다(Conte). 물론 베르길리우스가 신화 전승을 바꾸었을 수도 있다. 콩테Conte는 〈신들에게 미움받는 널, 탄탈로스, 뭐라 말할까?〉 정도가 지워졌을 것으로 본다. 『오뒷세이아』 제11권 576행에서 탄탈로스의 턱밑까지 물이 닿았고 머리 바로 위에는 과일들이 나뭇가지에 달려 있었다.

603행 머리 위엔 검은 바위 : 에우리피데스 『오레스테스』 5행 이하에 탄탈로스에게 내려진 형벌 가운데 하나로 묘사된다. 파우사니아스가 전하는 바, 델포이에 있는 폴뤼그노토스의 그림에 탄탈로스는 에우리피데스와 『오뒷세이아』가 묘사한 형벌을 받고 있었고, 이는 아르킬로코스에서 시작되었다고 한다(Conington).

604행 펼쳐진 잔치 : 탄탈로스는 아버지 제우스의 만찬에 초대받았는데,

성대한 만찬. 복수 여신의 맏이가 식탁 바로

옆에 누웠다가 손들도 대지 말라 막아섰고,

횃불을 번쩍 들고 일어서 고함을 질러 댔소.

여기 살아생전 형제들을 증오했던 자들과

혹은 친부를 구타한 자, 피호민을 사해한 자,

혹은 벌어들인 재산을 혼자서 독차지하고

친척들과 나누지 않은 자들(이들이 대다수다),

간통하다가 걸려 죽은 자들, 패륜의 무기를

잡은 자들과 주인의 오른손을 배신한 자들이

수감되어 벌을 기다리오. 알려 달라 묻지 마오,

어떤 벌을, 어떤 꼴과 신분이 그들을 처박는지.

일부는 커단 바위를 굴리고 수레바퀴살에

이것은 그에게 몰락의 원인이 되었다.

605행 복수 여신의 맏이 : 제3권 252행을 보라. 이하는 탄탈로스가 아들 펠롭스를 죽여 잔치 음식을 차려 놓고 신들을 초대했을 때의 끔찍한 장면으로 보인다. 이 일로 인해 탄탈로스는 위에 언급된 형벌을 받는다.

608~616행 : 신화 대신 현실을, 개별 대신 유형을 이야기한다(Austin). 열거하면 형제, 부모, 피호민, 친척, 기혼 동료, 조국, 주인 등에 대한 의무를 저버린 자들의 일곱 유형이다(Conington).

609행 피호민을 사해한 자 : 12표법 가운데 제8표 21항 〈두호인(斗護人)이 그의 피호민에게 사해(詐害)를 한 경우에는 그는 저주받는다〉(최병조 역).

612행 간통하다가 걸려 죽은 자들 : 호라티우스는 『풍자시』 I 2, 41행 이하에 간통자의 최후를 이렇게 기록한다. 〈누구는 머리를 처박고 지붕에 떨어졌고, 누구는 채찍으로 맞아 죽었습니다. 누구는 도망가다 사나운 도적 떼를 만나 봉변당하고, 누구는 몸값을 치르고 살아났답니다. 누구는 군대 노예들이 박살 냈다 하고, 심지어 이런 일도 있었답니다. 누군가는 그들이 그 불알과 탱탱한 물건을 칼을 들어 잘랐답니다.〉

612행 패륜의 : 제1권 294행 이하를 보라. 패륜은 내전을 가리킨다.

615행 어떤 벌을 : 앞 문장의 〈기다리오〉를 보충할 수 있다(Conington).

사지가 묶여 있소. 앉아 있고 영원히 앉아 있을
불행한 테세웃. 누구보다 가련한 플레귀앗은
하계 두루 커단 목소리로 증언하여 경고하오.
〈날 교훈 삼아 정의를 배우라. 신들께 복종하라.〉   620
아무개는 황금에 국가를 팔아 강력한 주인을
앉히고, 돈을 받고 법을 새기고 다시 새겼소.
아무개는 딸의 침실을 범하고 금기를 어겼소.
모두는 커단 불경을 감행하고 감행을 이루니.
나에게 일백의 혀와 일백의 입, 강철의 목이   625
있다 한들 그 죄상을 모두 헤아릴 수도 없고,
그 형명을 이루 다 열거하지도 못할 것이오.」

615행 어떤 꼴과 신분이 : 최병조의 해석을 참조한 것이다. 저승에서 벌을
받는 자의 현재 모습을 〈꼴 *forma*〉이며, 벌을 받는 자는 〈신분 *fortuna*〉을 나타
낸다. 626행에 언급된 〈죄상 *scelerum formas*〉과 같지만, 번역으로 구분하자
면 여기선 〈벌의 상〉이다.

618행 테세웃 : 123행에서 베르길리우스는 테세우스가 저승으로 내려왔
다고 말한다. 헤라클레스가 테세우스를 구조했다는 전승과 달리 여기서는 계
속 저승에 붙잡혀 있다.

618행 플레귀앗 : 〈수레바퀴살에 사지가 묶인〉익시온의 아버지다. 아폴론
이 그의 딸을 납치하자 델포이에 있는 아폴론의 신탁소에 불을 질렀다고 한다
(Austin).

622행 새기고 다시 새겼소 : 로마는 법률을 흔히 돌에 새겨 많은 사람이 볼
수 있는 곳에 공시하곤 했다(Conington).

625행 일백의 혀와 일백의 입, 강철의 목 : 『일리아스』제2권 491행 이하
를 모방한 것이다. 호메로스에는 〈청동의 심장〉이 추가되어 있다.

626행 죄상 : 원문 〈*scelerum formas*〉은 560행의 〈범죄의 면면 *scelerum
facies*〉혹은 615행의 〈꼴 *forma*〉과 연관된다. 여기서 〈*scelus*〉는 저지른 〈죄〉
를 뜻하며 그래서 받는 〈벌〉을 뜻하기도 한다. 615행과 연결하면 〈처벌의 모
습〉을 뜻한다.

포이붓의 연로한 사제는 이렇게 대답하고
「허니 이제 길을 서둘러 맡은 선물을 바치시오.
630 서두릅시다.」 말했고 「퀴클롭의 용광로서 뽑은
성벽, 홍예를 얹은 성문이 맞은편에 보이오.
선물을 거기 놓도록 우리가 명 받은 곳이오.」
말했다. 그들은 나란히 걸어 그늘진 길을 지나
걸어 남은 거리를 좁히면서 문으로 다가섰다.
635 에네앗은 입구로 달려들었고 몸에 신선한
물을 끼얹고 나서 황금가지를 문턱에 꽂았다.
　마침내 이렇게 하여 여신께 선물을 바치고
그들은 들어섰다. 즐거운 공간, 행복한 숲의
사랑스러운 풀밭으로, 축복받은 거주지로.
640 　한층 광대한 하늘은 들판을 찬란한 빛으로

　　630행 퀴클롭의 용광로 : 많은 주석가들에 따르면 베르길리우스는 엘뤼시
움의 입구를 지키는 문이 강철로 만들어졌다고 믿었다(Conington). 대장장이
의 신 불카누스는 퀴클롭스들과 함께 일한다.
　　635~636행 신선한 물을 끼얹고 나서 : 제2권 719행과 제4권 636행과 마
찬가지로 정화 의식을 의미한다. 엘뤼시움으로 들어가는 입구에 정화 의식에
필요한 물이 준비되어 있는 것으로 보인다(Conington).
　　637행 이하 : 142행, 629행을 보라. 『오뒷세이아』 제4권 423행 이하에 바
다 노인은 〈엘뤼시온 들판〉을 묘사한다. 그런데 엘뤼시온은 저승의 한 부분이
아니라 독립된 장소였고, 헤시오도스의 『일들과 날들』 170행 이하에서 〈축복
받은 자들의 섬〉으로 일컬어진다.
　　640행 한층 광대한 하늘 : 인간 세상의 하늘보다 넓은 하늘(Austin)이거나
고대 주석가의 생각처럼 하계의 다른 구역보다 넓은 하늘을 의미한다. 아리스
토파네스의 『개구리』 155행에 비추어 오스틴Austin의 의견을 따른다.
　　640행 찬란한 빛 : 우리는 제1권 590행 〈lumen iuventae purpureum〉을 〈청
년의 홍조〉로, 호라티우스 『서정시』 IV, 1, 10행 〈purpureis ales oloribus〉를

옷 입혔다. 나름의 태양과 별들을 갖고 있었다.
일부는 풀 덮인 씨름장에서 육체를 단련하며
놀이에 열중했고 금 모래판의 씨름을 펼쳤다.
일부는 발장단을 맞추어 춤추고 노래했다.
길게 옷을 늘어뜨린 트라캬 사제는 함께하며   645
일곱 음을 구분하여 운율에 따라 맞추었다.
현금을 때로 손으로, 때로 상앗대로 뜯었다.
여기 테우켈의 오랜 종족, 더없이 훌륭한 후손,
복된 시절에 태어난 용감한 영웅들이 있었다.
일루스, 앗살쿠스, 트로야의 개국 시조 달다늣.   650
멀리 사내들의 무기, 주인 잃은 전차에 놀랐다.
창이 땅에 꽂혀 있었다. 여기저기 멍에 벗은

〈백조의 빛나는 날개〉로 번역했다. 아리스토파네스는 『개구리』 155행에서 저
승의 〈더없이 아름다운 햇살〉을 언급한다. 『오뒷세이아』 6권 45행은 신들이
기거하는 올림포스의 거처를 감싼 〈맑은 대기〉와 〈찬란한 광휘〉를 말해 준다
(Conington).
　645행 트라캬 사제 : 호라티우스 『시학』 391행은 오르페우스를 〈신들의
사제이고 전달자〉라고 말한다. 길게 늘어뜨린 옷은 〈가수〉를 상징한다.
　646행 일곱 음 : 일반적으로 현금(絃琴)은 일곱 개의 현을 가진 것이 보통
이다.
　646행 맞추었다 : 오르페우스는 〈춤추고 노래하는〉 합창대에 맞추어 칠현
금을 연주하며 노래한다.
　648행 테우켈 : 제3권 104행 이하를 보면 테우케르는 크레타섬에서 트로
이아로 이주하여 트로이아의 첫 번째 왕이 된다.
　650행 일루스, 앗살쿠스 : 『일리아스』 제20권 232행 이하의 가계도를 보면,
일로스는 프리아모스의 할아버지이고, 아사라코스는 앙키세스의 할아버지다.
　651행 주인 잃은 전차 : 원문 〈inanis〉는 말하자면 전차의 영혼 내지 그림
자라고 볼 수도 있지만, 제1권 476행 〈주인 잃은 전차〉와 땅에 꽂힌 창 내지
멍에 벗은 말들과 맥을 같이 한다.

말들이 풀을 뜯는 초원. 살아 있을 때 기쁨이던
마차와 무기. 빛나는 말들을 먹이느라 들이는
655 정성은 하계에 쉬는 이들도 예전 그대로였다.
문득 다른 이들이 보였다. 펼친 풀밭 좌우에서
먹으며 즐겁게 아폴론 찬가를 합창하는 이들.
월계수로 향기로운 숲. 그곳에서 지상을 향해
숲을 가로질러 에리다눗 장한 물길이 흘렀다.
660 이곳에 조국을 위해 싸우다 부상당한 무리,
생명이 붙어 있을 때까지 정결했던 사제들,
포이붓 시종답게 노래하던 충직한 시인들,
기술을 발명하여 삶을 윤택하게 만든 이들,

652행 창이 땅에 꽂혀 있었다 : 『일리아스』 제3권 132행 이하에서 메넬라
오스와 파리스의 맞대결이 벌어질 때 나머지는 〈긴 창을 꽂아 놓고〉 전쟁을
중단했다.

655행 예전 그대로였다 : 『오뒷세이아』 제11권 573행 이하에서 오리온도
살아생전 그가 쫓던 야수들을 저승에서도 똑같이 몰고 있다(Austin).

657행 아폴론 찬가를 합창하는 : 『일리아스』 1권 473행을 모방한 것으로,
오뒷세우스 일행은 아폴론에게 제사를 올리고 제사 음식을 나누며 찬가를 부
른다(Conington).

659행 에리다눗 : 베르길리우스는 이를 파두스강과 동일시한다(Williams).
베르길리우스는 고향의 강에 〈장한plurimus〉이라는 수식어를 붙였다. 희랍
수학자 아리스타이오스는 많은 강이 지하에서 솟아올라 지상의 강이 된다고
생각했다고 한다(Conington).

662행 충직한 시인들 : 호라티우스, 『시학』 118행 이하는 〈충직한〉 시인들
의 활동을 기록하고 있다.

663행 기술을 발명하여 삶을 윤택하게 만든 이들 : 루크레티우스, 『사물의
본성에 관하여』 제5권 1011행 이하는 인류가 기술을 발명함으로써 인류의 삶
이 윤택해지는 과정을 그리고 있다. 불의 사용, 언어, 정치제도와 국가, 법, 종
교, 금속 사용, 동물 사용, 직조 기술, 과수원, 음악 등의 기술을 루크레티우스

세상이 기억할 공적을 세운 이들이 있었다.

이들 모두는 이마에 순백 머리띠를 동여맸다.   665

이들이 옆에 모여들자 시뷜라는 말을 걸었다.

누구보다 먼저 무세웃에게. (군중은 한가운데

높은 어깨만큼 두드러진 그를 올려다보았다)

「복된 혼백들아, 당신 최고의 시인이여, 말하오.

어디 어느 곳에 앙키사가 계시오? 그분 때문에   670

우리는 에레봇의 커단 강들을 건너 찾아왔소.」

그러자 영웅은 이에 답하여 짧게 대꾸했다.

「정해진 거처 없이 우린 그늘진 숲에 기거하오.

강둑을, 강물이 적신 푸른 초원을 침실 삼아

살지요. 허나 진실로 그대들 소망이 그렇다면   675

산등에 오르시오. 그럼 쉬운 길을 보여 주리다.」

말하고 앞서 걸음을 옮기더니 아래 빛나는

초원을 가리켰다. 게서 언덕 마루를 내려갔다.

는 열거한다. 『투스쿨룸 대화』 I 62에 〈농사법과 의복과 주택과 생활 도구, 짐승들을 물리치고 사람들을 보호하기 위한 방어 장치〉 등이 언급된다.

665행 순백 머리띠를 동여맸다 : 제2권 221행 이하의 사제 라오콘도 머리띠를 묶었다.

667행 무세웃 : 무사이오스는 오르페우스와 함께 자주 등장하는 신화 속의 시인이다. 아리스토파네스, 『개구리』 1033행 이하에 오르페우스, 무사이오스, 헤시오도스, 호메로스가 나란히 언급되며, 이는 플라톤, 『변명』 41a에서도 마찬가지다. 『프로타고라스』 316d, 『국가』 364e에서 오르페우스와 무사이오스가 같이 언급된다.

671행 에레봇의 커단 강들 : 295행 이하를 보면 아이네아스가 건넌 강은 분명 하나다. 게다가 나룻배를 타고 그 강을 건넜다. 만신 시뷜라는 험난했음을 과장하고 있다.

아버지 앙키사는, 푸르른 골짜기 깊은 곳에
680   갇혀 있다 장차 높이 태양으로 떠날 영혼들을
찬찬히 훑으며 살펴보았고 일일이 그의 모든
자손들과 소중한 후손들을 마침 점검하였다.
사내들의 운명과 재산과 행실과 업적 등을.
그때 그는 보았다. 들판 건너편에 다가오는
685   에네앗을. 그는 양팔을 벌려 반갑게 다가갔다.
양 볼에 흐르는 눈물, 입에서 쏟아지는 목소리.
「마침내 왔느냐? 애비가 바라고 바라던 너의
충직으로 험로를 이겼느냐? 네 얼굴을 보고,
아들아, 친숙한 목소리를 듣고 답하게 된 게냐?
690   실로 마음속으로 장차 이러리라 생각하여
날짜를 세었더니, 내 바람이 날 속이지 않았다.
어떤 땅, 어떤 바다를 떠돌아다닌 너를 내가

678행 내려갔다 : 문맥상 무사이오스는 강둑 위로 아이네아스 일행을 안
내했고 강둑 위의 〈언덕 마루〉에 올라 그들에게 길을 알려 주었을 것으로 보
인다. 아이네아스 일행은 무사이오스와 헤어져 다시 반대쪽으로 언덕을 내려
갔다(Conington).

679행 아버지 앙키사 : 오뒷세우스는 제11권 152행 이하에서 어머니를 저
승에서 만난다.

680행 갇혀 있다 : 703행 이하를 보라.

680행 높이 태양으로 떠날 영혼들을 : 환생하게 될 영혼들을 가리킨다.

682행 마침 : 684행 이하에서 아이네아스가 갑자기 아버지 앞에 등장하던
순간 앙키세스는 환생을 앞둔 자손들을 살펴보고 있었다.

689행 친숙한 목소리를 듣고 답하게 된 게냐 : 제1권 409행과 같다.

692행 어떤 땅, 어떤 바다를 : 사실 앙키세스는 아이네아스와 시킬리아까
지 동행하였다. 그가 같이 하지 않은 것은 시킬리아에서 카르타고, 카르타고
에서 이탈리아까지의 여정이다(Conington).

맞는가! 아들아, 얼마나 큰 위험에 던져졌더냐!
리뷔아 왕국이 널 해칠까 얼마나 두려웠던가!」
그는 말했다. 「아버지, 아버지의 슬픈 환영이 절   695
자주 찾아와 여기 문턱을 넘어오라 하셨지요.
함대가 튀레눔 소금 바다에 왔어요. 손을 잡게
허락하세요, 아버지. 제 포옹을 피하지 마세요.」
이렇게 말하여 넘치는 눈물로 얼굴을 적셨다.
세 번이나 그는 부친을 끌어안으려 시도했고   700
세 번이나 안긴 환영은 헛된 손을 빠져나갔다.
가벼운 바람처럼. 덧없이 날아가 버린 꿈처럼.

　　그새 에네앗이 계곡의 끝자락에서 발견한 건
외따로 떨어진 숲, 숲에서 웅성이는 수풀과
평화로운 거처를 흘러가는 레테강이었다.   705
강 주변엔 무수한 종족과 인민이 날고 있었다.

694행 리뷔아 왕국 : 디도 여왕을 떠난 일을 두고 앙키세스는 아이네아스의 충직(pietas, 688행)이 거둔 성과라고 생각한다(Austin).

697행 튀레눔 소금 바다 : 제3권 385행 〈오소냐 소금 물결〉과 같은 표현이다. 아이네아스 일행은 현재 쿠마이에 정박해 있다. 제3권 385행 이하의 예언처럼 아이네아스는 이승으로 돌아와 이제 티베리스강 하구를 향한다.

700~702행 : 제2권 792행 이하와 같다.

704행 숲에서 웅성이는 수풀 : 제3권 442행과 같다. 엘뤼시움에도 수풀을 흔드는 바람이 분다고 생각해야 한다(Conington). 『오뒷세이아』 제4권 563행 이하에서 엘뤼시온 들판의 〈요란한 서풍의 입김〉이 언급되어 있다.

705행 레테강 : 호메로스는 레테강을 몰랐고, 아리스토파네스의 『개구리』 186행에 〈레테의 들판〉이, 플라톤의 『국가』 621a에 〈레테의 평야〉와 〈무심의 강〉과 〈망각의 강〉이 언급된다. 적어도 이들에게 〈레테〉는 강의 이름이 아니다. 〈레테〉는 715행의 〈망각〉을 뜻한다. 고대 주석가 세르비우스에 따르면 레테와 엘뤼시움을 본격적으로 다룬 이는 바로Varro였다고 한다(Conington).

그건 마치 맑은 한여름, 벌 떼들이 풀밭 위로
수도 없는 꽃에 내려앉되, 순백 백합화 주변에
몰려들 때 같았다. 들판은 소리로 시끄러웠다.
710 느닷없는 광경에 얼어붙어, 그 연유를 물었다.
에네앗은 몰랐다. 앞쪽 저 강이 무슨 강인지,
어인 이들이 그리 많이 강둑에 가득한지를.
아버지 앙키사는「저 혼백들에게 다른 운명의
육신이 주어질 것인즉 물결 이는 레테강에서
715 근심을 없애 줄 음료, 오랜 망각을 들이킨다.
실로 이들을 너한테 이야기하고 보여 주길
진작부터, 이들 내 후손을 점고하길 원했느라.
이탈랴 발견에 네가 더욱 크게 기뻐하게끔.」
「아버지, 가당키나 한가요? 홀가분한 혼백들이
720 하늘 아래 다시 무거운 육신으로 돌아간다니?
가련한 인생에게 왜 그리 가혹한 빛의 욕망이?」
「그럼 말해 주마. 네게, 아들아, 미혹함이 없도록.」
앙키사는 대답하여 하나씩 순서대로 펼쳤다.
　　「태초에 하늘과 대지와 물결치며 흐르는 평원,

707행 한여름, 벌 떼들 : 제1권 430행 이하 꿀벌 비유를 보라. 『아르고호 이야기』 제1권 879행 이하의 〈마치 꿀벌들이 바위 구멍에서 쏟아져 나와 아름다운 백합들 주위에서 윙윙대며〉를 베르길리우스가 번역한 것이다(Conington).
718행 이탈랴 발견에 네가 : 앙키세스는 이탈리아에서 이어 갈 트로이아의 후손에 커다란 자부심을 드러낸다(Austin).
721행 가련한 인생에게 : 아이네아스는 환생 이야기를 들으며 불행만이 가득한 인생을 왜 다시 살려 하는지 이해하지 못하는 모습이다(Austin).
724행 물결치며 흐르는 평원 : 바다를 가리킨다.

태음의 빛나는 구체와 티탄족의 별들을 거기   725
스민 호흡이 양육하노니, 각 지체에 퍼져 전체
우주를 물체에 섞여 든 정신이 움직여 간다.
예서 인간과 길짐승들과 날짐승들의 생명이,
대리석 파도 밑 바다 괴물들이 생겨 나왔다.
이들에게 불에서 온 생명이 있고, 하늘에서 온   730
씨앗이나, 다만 얼마를 해로운 육신이 무겁게,
흙에서 생긴 지체, 필멸의 사지가 둔감케 한다.
하여 공포, 욕망, 슬픔, 기쁨이 생기고, 창공을
못 보게 되고, 어둠과 맹목에 갇혀 있게 된다.

725행 태음의 빛나는 구체와 티탄족의 별들 : 앞서 724행은 순서대로 풍(風), 지(地), 수(水)에 해당한다면, 725행 전체는 마지막 남은 원소인 화(火)를 가리킨다. 〈별들〉은 일반적으로 티탄족과 무관하지만, 만약 여기 별들에 베르길리우스가 태양을 포함시켰다면 불가능한 것도 아니다(Conington). 헤시오도스 『신들의 계보』 371행 이하에서 가이아와 우라노스가 낳은 열두 티탄 가운데 태양의 신 휘페리온이 있고, 휘페리온은 태양의 신 헬리오스와 달의 여신 셀레네, 그리고 새벽의 여신 에오스를 낳았다.

726행 호흡 : 희랍어로 〈πνεῦμα〉다. 키케로, 『신들의 본성에 관하여』 제2권 19에 따르면 〈하나의 신적이고 연속된 숨결〉이 전체 우주의 운동과 조화를 관장한다.

729행 대리석 파도 : 『일리아스』 제14권 273행을 보라.

730행 불에서 온 생명 : 키케로, 『신들의 본성에 관하여』 제2권 41에 따르면 〈몸속의 불은 생명을 주는 것이고 건강하게 하는 것〉이다.

731행 해로운 육신 : 플라톤의 『파이돈』 66b에서 〈영혼이 나쁨과〉 섞인다.

733행 하여 : 불에서 유래하는 영혼이 육체와 섞이게 되면 영혼에 생겨나는 것들이다.

734행 어둠과 맹목 : 플라톤, 『파이드로스』 248e에서 육체로 떨어진 영혼은 〈참된 것을 보지 못하고 망각과 미숙함으로 가득 차게〉 된다.

734행 갇혀 있게 된다 : 734행 〈clausae〉, 740행 〈aliae〉, 748행 〈has omnes〉에 비추어 주어로 〈영혼animae〉을 넣어야 한다(Austin). 플라톤 『크라튈로

124

735 심지어 마지막 빛과 함께 생명이 다하고도
가련한 영혼에 모든 악덕이, 뿌리 깊은 온갖
육신의 질병이 소멸치 않으니, 필시 깊숙이
오랜 고질이 놀랍도록 억세게 자리 잡은 탓.
그러므로 형벌로 단련 받으며 과거의 악덕에
740 영혼은 죗값을 치른다. 일부는 매달려 공허한
바람에 나부끼며, 일부는 커단 와류 속에서
찌든 죄악을 씻어 내거나, 불로 태워 없앤다.
우리는 저마다의 사후를 겪는다. 이후 광대한
엘뤼슘에 온 소수는 행복의 대지를 누린다.
745 시간의 궤도를 종주하여 완결된 긴 하루는
굳은 고질을 쳐내 버리고, 남기노니 순수한
하늘의 정신이며, 순진무구한 숨결의 불이라.
천년 내내 세월의 바퀴를 돌린 이들 영혼들을
한꺼번에 신께서 레테 강변으로 부르시니.
750 분명 그들은 모두 잊고 이승 궁륭을 찾아가길,
육신으로 다시 돌아가길 희망하게 될 것이다.」
앙키사스는 말했다. 아들과 더불어 시뷜라를
시끄럽게 모여 있는 무리 한가운데로 이끌어
높은 데 자리 잡는다. 게서 전부 길게 늘어서서

스』 400c에 따르면 오르페우스를 추종하는 사람들은 〈육체는 무덤이다σῶμα
σῆμα〉라는 사상을 가진다.
749행 신께서 : 특정 신은 아니다(Conington). 신의 부름을 받은 영혼들은
환생을 희망하게 된다고 앙키세스는 719행 이하에서 아이네아스가 품었던
의혹에 답을 제시한다.

다가오는 얼굴들을 살펴 분간할 수 있었다.

　「이제 달다냐의 후손들이 앞으로 누리게 될
영광을, 이탈랴 부족에게서 태어날 자손들을,
우리의 이름을 이어 나갈 위대한 영혼들을
말로써 풀어 보리니, 네게 네 운명을 알려 주마.
보이느냐, 창두 없는 창에 기대선 저 청년은
광명에 제일 가까운 곳에 섰다 제일 먼저 하늘
아래로 올라갈 것이니, 이탈랴의 피가 섞인
알바의 이름 실비웃으로 네 막내아들이다.
그를 느즈막에 고령의 네게 아내 라비냐가
왕으로, 왕들의 시조로 숲에서 낳을 것이다.
그가 이은 우리 씨족이 알바롱가를 다스린다.

　757행 이탈랴 부족에게서 태어날 자손들 : 아이네아스가 라비니아를 통해
얻은 자손을 가리킨다.
　758행 우리의 이름 : 트로이아 왕족의 혈통을 가리킨다고 보는 것이 이하 문
맥에 좀 더 적합해 보인다. 〈트로이아 민족〉으로 해석하기도 한다(Conington).
　760행 창두 없는 창 : 원문 〈pura hasta〉는 고대 주석가가 인용한 바로
Varro의 설명에 따르면 창끝의 쇠붙이 없이 〈오직 작대기만〉을 의미한다. 처
음 전투에 참여하고 승리한 젊은이에게 이를 기리기 위해 주었던 선물이다.
　761행 광명에 : 721행의 〈빛의 욕망〉을 보라.
　763행 실비웃 : 알바롱가는 아스카니우스가 세운 나라이며, 훗날 로마의
뿌리가 된다. 제1권 7행을 보라. 리비우스에 따르면 아스카니우스의 아들인데,
베르길리우스는 아이네아스의 아들, 아스카니우스의 동생으로 기록하고 있다.
　764행 고령의 네게 : 제1권 265행 이하 아이네아스는 3년을 통치하고 세
상을 떠난다. 고령에 이렀다고 할 수 없을 것이다.
　765행 왕들의 시조로 숲에서 : 베르길리우스에 따라 신화를 재구성하면,
아이네아스가 죽고 임신 중이던 라비니아는 아스카니우스가 두려워 숲으로
몸을 피해 실비우스를 낳았다. 그리고 아스카니우스는 라비니아를 떠나 알바
롱가를 세웠으며, 알바롱가는 다시 실비우스에게 유증되었다(Conington).

바로 옆은 트로야 민족의 자랑 프로캇이며
카퓌스와 누미톨이며, 네 이름을 이어받을
실비웃 에네앗이다. 충직과 무공에서 너처럼
알바의 통치를 물려받아 대단함을 보이리라.
보라, 어떤 청년들인지! 어떤 역량을 펼치는지!
참나무 시민관을 머리에 써 얼굴을 가렸다.
이들이 노멘툼과 가비이와 피데나 도시를,
이들이 산 위에 콜라탸 성채를 세울 것이다.
포메탸와 카스트롬 이누이와 볼라와 코라를.
지금은 무명의 땅들이 장차 그리 불릴 것이다.
또한 할아비의 전우로 싸우게 될 마르스의
로물룻, 그를 앗살쿳 혈통의 일리아가 어미로

770

775

767행 프로캇 : 프로카스는 알바롱가의 12번째 혹은 14번째 왕이다. 누미
토르는 프로카스의 아들이며, 로물루스와 레무스를 낳는 레아 실비아의 아버
지다.

768행 카퓌스 : 카퓌스는 제1권 183행 등에서 아이네아스의 일행으로 등
장하는데, 카퓌스라는 이름은 아이네아스의 할아버지 이름이기도 하다. 알바
롱가의 6번째 왕이다.

769행 실비웃 에네앗 : 실비우스를 이은 알바롱가의 3번째 왕이다.

769행 충직과 무공 : 403행을 보라.

772행 참나무 시민관 : 전투에서 동료의 생명을 구한 자에게 수여하는 화
관이다. 알바롱가의 왕들을 마지막으로 드높이는 것으로 보인다. 특히 〈시민
의 영원한 구원자〉 아우구스투스에게 기원전 27년 참나무 시민관을 수여한다
(Williams).

773~775행 : 라티움 연맹에 속하는 도시들이 언급된다(Austin).

778행 로물룻 : 누미토르 왕에게서 동생 아물리우스가 왕위를 찬탈했고,
누미토르의 딸 레아 실비아 혹은 〈일리아〉를 베스타 여사제로 만들었다. 엔니
우스에 따르면, 마르스에게서 레아 실비아는 로물루스와 레무스를 낳으며, 누
미토르의 손자 로물루스는 아물리우스를 물리치고 할아버지의 왕권을 되찾

낳을 것이다. 보느냐? 정수리의 깃털 한 쌍을,
신들의 아버지가 존엄으로 수여한 훈장을?   780
보라, 이자의 상서로움이 서린 로마는, 아들아,
패권을 대지에, 용기를 올림풋에 견주겠고
일곱 언덕을 통째로 성곽으로 둘러쌀 터이니,
배출할 인물들로 복되다. 마치 대모 베레퀸이
탑관을 쓰고 마차로 프뤼갸의 도시들을 돌며,   785
신들을 낳고 기뻐서 일백 자손을 품을 때처럼.
이들 모두는 하늘 사는 하늘 주민이 되었다.
이리로 이제 두 눈을 돌려 보아라, 이 가문과
너희 로마 백성을. 여기 카이사르, 모든 율루스
혈통들이 커단 하늘 축 아래로 가게 될 게다.   790

아 준다.

779행 정수리의 깃털 한 쌍 : 로물루스의 투구를 묘사하는 것으로 보인다.
〈삼중깃의 투구〉가 제7권 785행에 언급된다.

780행 신들의 아버지 : 원문 〈superum〉을 단수 대격으로 보느냐 복수 속
격으로 보느냐에 따라 전체 문장의 해석이 달라진다. 〈마르스가 로물루스를
명예로 높이 장식하다〉라고 볼 수도 있다.

781행 상서로움 : 로물루스와 레무스가 경쟁하여 조점auspicium을 칠 때
유피테르는 독수리를 보내 로물루스를 선택했다. 엔니우스에 따르면(72~90
Skutsch) 다음과 같다. 〈아주 아름다운 새가 길조를 가지고 왼쪽으로 날아갔
다. 동시에 황금 태양이 뜨고 하늘에서 세 번 네 마리 새들의 신성한 몸이 떨
어졌다. 길하고 아름다운 장소에 내려앉았다. 이때 로물루스는 자신에게 특별
히 조점을 통해 왕권의 안정된 옥좌와 터전이 주어짐을 보았다.〉

788행 이 가문과 : 율리우스 집안과 아우구스투스(~807행), 로마의 왕들
을 비롯하여 카이사르와 폼페이우스까지(~835행), 그리고 다른 로마 가문들
(~853행)과 아우구스투스의 조카 마르켈루스(~886행)를 연달아 앙키세스
가 말해 준다.

여기 있는, 여기, 너도 종종 장차 올 것이라 들은
아우구스투스 카이사르, 신의 아들은 황금
세대를 다시 일찍이 라티움, 사툰이 다스리던
평원에 열고, 나아가 가라만텟과 인도에 걸쳐
795 제국을 넓히리라. (영토가 펼쳐지니 별들 너머,
태양의 한 해 길 너머, 하늘을 짊어진 아틀랏이
어깨로 불타는 별들의 지축을 돌리는 곳까지)
벌써부터 카스피의 왕국은 그가 오리라는
신들의 예언에 벌벌 떨고 있다. 메오탸의 땅도.
800 또한 일곱 쌍둥이 닐룻강 하구도 어수선하다.
알케웃 손자도 그렇게 넓은 땅을 밟지 못했다.
청동 발의 사슴을 쏘아 맞출 순, 에뤼만톳의
숲을 평정할 순, 레르나를 떨게 할 순 있었지만.
정복자 리베르가 포도 넝쿨 고삐로 범을 차에

791행 너도 종종 장차 올 것이라 들은 : 아이네아스가 언제 어떻게 들었는
지는 알 수 없다.
793행 사툰이 다스리던 : 제8권 349행 이하를 보라.
794행 가라만텟과 인도에 걸쳐 : 가라만테스는 아프리카 부족으로 기원전
19년에 로마와 평화 협정을 맺는다. 〈인도〉는 파르티아와 그 동쪽을 지칭하는
것으로 기원전 20년에 아우구스투스에게 사절단을 보냈다(Conington).
797행 어깨로 불타는 별들의 지축을 돌리는 : 제4권 482행과 같다.
798행 카스피 : 고대의 메디아 왕국을 가리킨다.
799행 메오탸의 땅 : 흑해 북동쪽에, 크림 반도와 우크라이나에 둘러싸인
만을 중심으로 거주하는 고대의 부족이다. 이 만을 고대에 〈마이오티아의 호
수〉라고 불렀다.
801행 알케웃 손자 : 헤라클레스의 열두 가지 모험을 상기시킨다. 레르
나에서 휘드라를 제거했고, 에뤼만토스에서 멧돼지를 제압했고, 케리네이아
에서 암사슴을 생포했다.

매어 뉘사 봉에서 몰고 올 때도 그러진 못했다.   805

헌데 과업으로 용기를 펼치길 여태 주저하고,

혹은 두려움에 오소냐의 정착을 마다할까?

저기 멀리 감람나무 관을 쓴 이는 누구인가?

신상을 모시는 이는? 흰 수염과 백발로 알겠다.

로마의 왕이라. 그는 법으로 나라의 초창기에   810

초석을 놓겠다. 자그만 쿠레스, 가난한 땅에서

커단 왕권을 얻겠다. 이어 뒤를 잇게 될 자는

나라의 고요를 깨고 조용히 사는 백성을 모아

무기를 들게 할 툴루스라. 개선식이 낯설어진

군대를. 그를 뒤이어 오는 우쭐대는 앙쿠스는   815

804행 정복자 리베르 : 에우리피데스의 『박코스의 여신도들』 시작 부분을 보라. 디오뉘소스는 뉘사산에서 성장하여 아시아를 정복하고 추종자들과 함께 희랍으로 들어온다.

807행 마다할까 : 앙키세스는 아이네아스에게 훌륭한 미래가 보장되어 있는 것을 보면서도 왜 주저하고 마다하느냐며 다그친다.

808행 저기 멀리 : 로마의 7왕 중에 입법자로 알려진 누마 왕을 가리킨다.

809행 백발 : 고대 주석가는 누마가 젊어서부터 백발이었다고 전한다 (Conington).

811행 쿠레스 : 엔니우스에 따르면 누마는 티투스 타티우스의 딸 타티아와 혼인했다. 리비우스는 그가 왕으로 선출되기 전까지 쿠레스에 은거하여 살았다고 전한다.

814행 툴루스 : 누마의 뒤를 툴루스가 이었다. 누마 왕의 통치 기간에 전쟁이 없었으므로 로마 백성들은 〈개선식〉도 보지 못했다. 엔니우스의 『연대기』에 따르면, 툴루스는 메티우스 푸페티우스가 다스리던 알바롱가와 전쟁을 벌여 이를 점령하였고, 알바롱가를 파괴한 후에 알바롱가 사람들을 로마의 카일리우스 언덕에 정착시킨다.

815행 우쭐대는 앙쿠스 : 앙쿠스는 누마 왕의 손자다. 하지만 앙쿠스의 성격은 역사가들의 전승과 다르다(Conington).

벌써 백성들의 인기에 너무 즐거워하는구나.
타르퀸 가문 왕들과 복수자 브루툿의 지고한
영혼과 그가 받은 권표를 보기를 원하느냐?
그는 최초로 집정관 대권과 잔혹한 도끼를
820 받게 되겠고, 반역을 획책한 자식들을 아비가
자유의 미명 아래 처벌하려고 소환하겠다.
불행하다. 후세가 그 처신을 어떻게 여기든,
승리한 것은 과도한 조국애와 명예욕인데.
또한 데키웃 집안, 멀리 드루숫 집안, 도끼로
825 사나운 톨콰툿, 깃발을 되찾은 카밀룻을 보라.
짝을 이룬 무장으로 빛나는 게 보이는 저들은
어둠 속에 머무는 지금은 한마음의 혼백이나,
얼마나 큰 전쟁을 벌일지! 생명의 빛에 그들이
닿을 때 얼마나 큰 충돌과 살육을 야기할지!

817행 지고한 : 흔히 타르퀴니우스 왕의 별칭은 〈오만왕Superbus〉인데,
베르길리우스는 이를 〈의도적으로〉 브루투스에게 주고 있다(Conington). 원
문 〈Superbus〉를 아버지로서 자식들마저 처벌하는 〈과도함〉에 비추어 〈오만
한〉이라고 번역할 수도 있다. 베르길리우스는 이렇게 제4권 424행에서
〈Superbus〉를 사용했다. 하지만 제2권 556행과 제3권 475행에 비추어 〈지고
한〉이라는 좋은 뜻으로 해석한다(Austin).

820행 반역을 획책한 자식들을 : 브루투스의 아들들은 타르퀴니우스의 복
위를 획책했다.

822행 불행하다 : 겁탈당한 루크레티아의 〈복수자〉로서 올바른 처신을 한
브루투스지만, 그는 자신이 세운 새로운 법과 원칙 때문에 스스로 자식을 죽
일 수밖에 없었다.

825행 깃발을 되찾은 카밀룻 : 알리아강 전투에서 켈트족에게 패전하여
빼앗긴 로마 군단 깃발을 나중에 카밀루스가 돌아가는 켈트족을 공격하여 되
찾아온다(Conington).

장인은 알페스 방벽과 모뇌쿳 요새를 지나   830
남하하고, 사위는 동방군으로 맞설 것이다.
결코, 아이들아, 그런 전쟁을 마음에 품지 말며
부디 굳센 무력을 조국의 심장에 겨누지 마라.
네가 먼저, 올림풋 혈통을 가진 네가 양보하며
손에 쥔 무기를 내려놓아라. 내 핏줄아.   835
저 사람은 코린툿을 정복하고, 높은 카피톨로
마차를 몰고 갈, 아카야를 무찌른 뛰어난 승자.
저 사람은 아르곳, 아가멤논의 뮈케네를 엎고
에아쿳 후손, 전쟁에 강한 아킬렛 후손에 맞선
트로야 선조, 훼손된 미넬바 신전의 복수자.   840
위대한 카토, 누가 널, 코숫, 누가 널 빼놓을까?
누가 그락쿳 집안, 전쟁의 뇌성벽력 두 명의

830~831행 장인, 사위 : 카이사르의 딸은 폼페이우스와 혼인했다. 카이사
르의 군대를 로마로 이끌었고, 동방 원정군을 이끌던 폼페이우스는 파르살루
스에서 카이사르와 대결했다.

832행 아이들아 : 앙키세스는 카이사르와 폼페이우스에게 호소하며, 특히
카이사르에게 〈내 핏줄아〉라고 부르며 더욱 간곡히 부탁한다(Williams).

835행 : 미완성의 시행이다.

836행 저 사람은 : 루키우스 뭄미우스다(Conington).

838행 저 사람은 : 제일 유력한 후보는 루키우스 아이밀리우스 파울루스
다(Conington). 168년 집정관으로 마케도니아의 왕 페르세우스를 물리쳤다.

839행 에아쿳 후손, 전쟁에 강한 아킬렛 후손 : 마케도니아의 왕 페르세우스는
퓌로스의 후손이라고 주장했고 퓌로스는 아킬레우스와 연결된다(Conington).

841행 코숫 : 아울루스 코르넬리우스 코수스는 기원전 428년의 집정관으
로 베이이 사람들과의 전투에서 에트루리아의 왕 라스 톨룸니우스를 맞대결
에서 무찔렀다. 로물루스 이후 두 번째로 〈최고 무공의 전리품 spolia opima〉
을 바친 사람이다.

스키피오, 리뷔아의 파괴자, 청빈으로 강력한

파브리쿳, 누가 널, 세라눗, 밭에 파종하는 널?

845 파비웃들아, 지친 날 어디로 이끄는가? 네가 그

막시뭇, 혼자 늑장 전술로 국가를 구한 자로다.

어떤 이들은 청동을 곱게 두드려 숨 쉬게 하며,

(내 믿노니) 대리석에 살아 있는 표정을 새기며,

더 훌륭한 법정 연설을 행하며, 천체의 운행을

850 측간으로 측정하여 별이 뜨는 걸 예측하리라.

로마여, 기억하라! 준엄하게 인민을 통치하고

(이것이 너의 기술인저) 평화에 법을 부여하고,

복종엔 관용을 베풀고 오만은 응징하리라.」

　경탄하는 이들에게 아버지 앙키사가 보태길,

842행 전쟁의 뇌성벽력 : 루크레티우스 제3권 1034행 〈스키피오 집안의 아들, 전쟁의 벼락, 카르타고의 공포〉.

844행 파브리쿳 : 퓌로스에 맞서 싸운 로마 장군으로 기원전 282년과 278년의 집정관이다. 키케로 『투스쿨룸 대화』 제3권 56에 파브리키우스는 가난하고 검소한 사람이었다고 한다.

844행 세라눗 : 가이우스 아틸리우스 레굴루스의 별명이다. 그가 기원전 257년의 집정관으로 선출되었다는 소식을 가지고 전령이 그를 찾았을 때 마침 그는 밭을 갈고 있었다고 한다. 사실 밭을 갈고 있던 것으로 유명한 사람은 킹키나투스다(Conington).

846행 혼자 늑장 전술로 국가를 구한 자 : 엔니우스의 『연대기』 363행 이하. 〈사내가 느림보 작전으로 홀로 우리 나라를 구했다. 그는 평판을 나라의 안녕에 앞세우지 않았다. 지금도 앞으로도 더욱더 사내의 명예는 빛나라.〉

846~850행 : 희랍 사람들은 여기 제시된 것처럼 청동 부조와 대리석 조각, 연설과 수사학, 천문학 등에서 탁월함을 보여 주었다.

853행 복종엔 관용을 베풀고 오만은 응징하리라 : 기원전 17년 호라티우스는 「백년제 찬가」 51행 이하에 이렇게 노래했다. 〈오만한 적은 응징하고, 복종하는 적에겐 관용을 베풀기를.〉

「보라, 최고 무공의 전리품으로 드높은 마르켈,   855
모두를 능가하는 위풍당당한 승리자가 온다.
그는 커단 전란으로 혼란한 로마를 지키고,
기병으로 페니캬와 갈리아 폭도를 평정하며
아버지 퀴리눗에게 세 번째 무장을 바치리라.」
그러자 그때 에네앗이 (함께 오는 걸 보았으니,   860
생김새와 빛나는 무장으로 돋보이는 청년을.
허나 표정은 무겁고 고개는 떨구고 있는 이를.)
「아버지, 저 사내를 동행한 이는 누구입니까?
아들입니까? 장한 혈통의 손자 중 하나입니까?
동무들의 함성, 본인도 얼마나 대단하지요!   865
근데 그의 머리를 맴도는 슬픈 어둠의 검은 밤.」
그때 아버지 앙키사는 솟는 눈물로 말했다.
「아들아, 네 후손들의 커단 슬픔은 묻지 마라!
운명은 그를 세상에 잠깐 보여 줄 뿐 그 이상은

855행 마르켈 : 마르쿠스 클라우디우스 마르켈루스는 기원전 222년 집정
관이다. 갈리아에서 적장과 맞대결을 벌여 적장을 물리치고 로마 역사상 세
번째이면서 마지막으로 〈최고 무공의 전리품spolia opima〉을 바친 장군이다.
또 칸나이 전투 이후 한니발에 대항하여 로마를 지켜 냈다.
859행 퀴리눗에게 : 최고 무공의 전리품은 유피테르에게 바치는 것이 관
례인데 베르길리우스는 신격화된 로물루스, 다시 말해 퀴리누스에게 바치는
것으로 쓰고 있다(Williams).
863행 저 사내를 동행한 이 : 아우구스투스의 누나 옥타비아가 낳은 아들
마르쿠스 클라우디우스 마르켈루스다. 그는 기원전 23년 19세의 나이로 병사
했다.
866행 그의 머리를 맴도는 : 『오뒷세이아』 제20권 352행에서 〈머리와 얼
굴과 무릎은 밤의 어둠에 싸여 있다〉고 한 것은 죽음을 암시한다.

870   허락지 않겠다. 후손의 로마가 너무 강해질까

      싶습니까, 하늘이시여, 그 선물을 차지하면?

      광장에서 큰 마르스 도시로 울리는 사내들의

      커단 곡소리. 티베릿강아, 어떤 장례식 행렬을

      너는 새로 쌓은 무덤 옆을 흐르며 볼 것인가!

875   일리온 혈통의 어떤 소년도 결코 라티움족의

      어른들께 그런 희망을 줄 수 없고, 어떤 자손도

      로물룻의 대지를 그만큼 기쁘게 하지 못할 것.

      충직이여! 옛 신의여! 전쟁에서 패할 줄 모르는

      손이여! 무장한 그에게 맞서 감히 무사할 수

880   없을지니, 그가 걸어서 적에게 다가설 때나,

      거품을 부걱대는 말에게 박차를 가할 때에.

      불쌍한 소년아! 모진 운명을 돌파할 수 있다면!

      넌 마르켈이 될 것이다. 두 손 가득 백합화를,

      찬란한 꽃들을 뿌려 손자의 영혼 위에 마지막

885   제물을 놓으리니. 비록 쓸모없는 헌화여도

      허락하여라.」 이렇게 여기저기 지역을 돌며

870행 후손의 로마 : 앙키세스의 입장에서 트로이아의 후손이 세운 로마를 가리킨다.

874행 새로 쌓은 무덤 : 요절한 마르켈루스는 아우구스투스가 마르스 연병장에 세운 율리우스 집안의 묘소인 마우솔레움에 묻혔다(Conington).

881행 거품을 부걱대는 : 제1권 324행, 제4권 158행에서 멧돼지를 꾸미는 말로 쓰였다.

882행 돌파할 수 있다면 : 화자의 소원을 나타낸다(Williams).

886행 허락하여라 : 앙키세스는 마치 요절한 마르켈루스의 장례식에 참석한 아우구스투스처럼 행동하고 있다(Conington).

대기가 드리운 넓은 들판의 모든 걸 살폈다.

앙키사는 하나하나 아들을 데리고 다니며

찾아올 명성을 열망토록 영혼에 불을 지핀 후,

사내가 앞으로 치러야 할 전쟁을 주지시키고,   890

로렌툼 백성과 라티눗의 도시를 알려 주었다.

각각의 노고를 어찌 피할지, 어찌 감당할지.

　　꿈의 문은 둘이었다. 하나는 사람들이 말하길

우각 문인데 진짜 혼령들에게 열린 문이며,

또 하난 순백 상아로 황홀히 빛나는 문이지만,   895

하늘 아래로 망령들이 거짓 꿈을 내보내는 문.

거기 앙키사는 아들과 시뷜라를 함께 따라 나와

이런 말을 건네면서 상아문으로 배웅했다.

그는 길을 가로질러 전함과 전우들에게 갔다.

내처 해안을 따라 곧장 카예타 항구로 떠났다.   900

[이물에 닻을 내리고 고물을 바닷가에 세웠다.]

887행 대기가 드리운 : 엘뤼시움을 가리키는 또 다른 표현이다(Austin).

892행 각각의 노고를 어찌 피할지, 어찌 감당할지 : 제3권 459행을 거의 그대로 반복하고 있다(Conington).

893행 꿈의 문은 둘이었다 : 『오뒷세이아』 제19권 562행 이하 꿈의 문은 마찬가지로 뿔의 문과 상아의 문인데 상아의 문은 이루어지지 않을 꿈이 나오는 문이고, 뿔의 문은 반드시 이루어질 꿈이 나오는 문이다.

894행 진짜 혼령들에게 열린 문 : 제1권 353행외 쉬카이우스, 제2권 270행의 헥토르가 등장한다(Austin).

900행 카예타 항구 : 제7권 서두를 보면, 아이네아스의 유모가 그곳에서 죽어 이름을 남겼다. 쿠마이 북쪽 해안가에 위치한 도시로 라티움 지방에 속한다.

901행 이물에 닻을 내리고 고물을 바닷가에 세웠다 : 제3권 277행과 같다.

제7권

그대 또한, 에네앗의 유모여, 우리 바닷가에,
카예타여, 거기에 죽어 영원한 이름을 남겼다.
지금도 그대 명예는 자릴 지키며 이름은 커단
저녁 땅의 무덤을, 그게 영광이라면, 말해 준다.
5 충직한 에네앗은 제대로 갖춘 장례를 치르고
무덤 봉분을 세웠다. 얼마 후 잔잔해진 바다의
파도, 돛을 펼쳐 길을 재촉했다. 항구를 떠났다.
저녁이 되면서 불어오는 바람, 항로를 밝히며
숨지 않은 달, 물결치는 달빛 아래 잔잔한 파도.
10 이어 키르케 땅의 끝자락을 베고 지나갔다.

1행 그대 또한: 미세누스와 팔리누루스도 이탈리아 해안에 묻힌다(Conington).

4행 무덤: 오비디우스는 『변신 이야기』 제14권 443행에 비문을 이렇게 적었다. 〈나 카예타를 충직으로 이름난 내 아이가 아르곳의 불길에서 구해 적법하게 화장하였다.〉

9행 물결치는 달빛: 제3권 508행 이하에서 아이네아스 일행은 야간에 휴식을 취했다. 현재는 달빛이 밝아 항해를 지속할 수 있다(Conington).

10행 키르케 땅: 카예타에서 북서쪽으로 해안선을 따라 이동하면 키르케 이곳이 나타난다. 제3권 386행에서는 〈키르케의 섬〉이라고 했다. 멀리 바다

거기 살림이 넉넉한 태양의 딸은 길 없는 숲에

끝없는 노랫가락을 울리며 지붕 높은 거처에

향기로운 삼나무를 태워 저녁 불을 밝히고

가는 날실 틈에 스르륵대는 북을 밀어 넣었다.

결박을 뿌리치려고 늦은 밤까지 신음하는   16

사자들의 성난 포효가 여기서 들려 나왔다.   15

억센 털의 돼지들과 우리에 붙들린 곰들이,

커단 늑대 모양의 탈들이 분을 토하고 있었다.

사람 꼴이던 이들에게 독초로 무서운 여신

키르케가 짐승의 얼굴과 껍데기를 씌웠다.   20

충직한 트로야가 이런 흉사를 당하지 않도록,

항구로 드가거나 흉한 해안에 닿지 않도록

넵툰은 돛이 가득 찰 때까지 순풍을 보내 주며

노호하는 바다를 피하여 지나가게 도왔다.

에서 보면, 주변은 평지이면서 산이 바닷가에 돌출했기 때문에 섬처럼 보일
수도 있다(Conington).

11행 살림이 넉넉한 태양의 딸 : 키르케는 헬리오스의 딸로 알려져 있다.
『오뒷세이아』 제10권 348행 이하는 키르케의 훌륭한 살림을 보고한다.

13행 향기로운 삼나무를 태워 : 노래하며 베틀 앞에 앉은 여신은 키르케
이외에 칼륍소가 있다. 삼나무를 태우는 장면은 『오뒷세이아』 제5권 59행 이
하의 칼륍소 장면에 등장한다.

12~14행 : 『오뒷세이아』 제10권 220행 이하에 오뒷세우스의 전우들이
도착했을 때 키르케는 노래 부르며 베틀 앞에 앉아 있었다.

15행 성난 포효가 : 『오뒷세이아』 제10권 212행 이하에서 사자들과 늑대
들은 아양을 떨며 낯선 사람에게 다가갔다.

19행 무서운 여신 : 『오뒷세이아』 제10권 136행에서도 키르케를 이렇게
불렀다.

이제 바다가 햇살로 붉어졌고 높은 천공에서
      노란 새벽이 장밋빛 쌍두마차로 밝아 왔다.
      그때 주저앉은 바람, 갑자기 가라앉은 모든
      대기의 흐름. 잔잔한 금파와 씨름하는 노 자루.
      그리고 이때 에네앗은 바다에서 커단 숲을
30   보았다. 숲을 지나 아름다운 물의 티베리눗,
      많은 황토의 누런 강이 빠르게 소용돌이치며
      바다로 쏟아졌다. 강 주변과 강 위에 여러 가지
      날짐승들이 강둑과 오미에 깃들어 살아가고
      노래로 하늘을 어루만지며 숲을 날고 있었다.
35   전우들에게 항로를 꺾어 함수를 뭍에 돌리라
      명했다. 기뻐하며 그늘진 강으로 다가갔다.

      이제 에라토여, 어떤 왕들인지, 어떤 시절인지,
      옛 라티움은 어떤 지경인지, 외국의 군대가
      함대를 오소냐 땅에 처음 정박시킬 무렵을,
40   첫 전쟁의 시작을 설명하여 되새길까 합니다.
      여신이여, 그대 뜻을 받아 노래하리. 거친 전쟁,

26행 노란 새벽 : 베르길리우스는 의도적으로 아이네아스가 이탈리아의 목
적지에 도착한 때를 새로운 아침이 밝아 오는 순간으로 설정했다(Conington).
제2권 트로이아의 몰락을 가져온 전투는 야간에 벌어졌다(Williams).

31행 누런 강 : 호라티우스 『서정시』 I 2, 13행 〈누런 티베리스강〉과 I 8, 8행
〈누런 티베리스〉 등 티베리스강에는 늘 형용사 〈누런〉이 붙는다(Conington).

37행 에라토 : 헤시오도스 『신들의 계보』 78행에 무사 여신들 가운데 한
명으로 거명된다. 이름에 비추어 사랑 노래를 담당할 것으로 보인다. 아이네
아스가 라티움에서 겪는 전쟁의 발단은 결국 라비니아와 누가 혼인하느냐의
갈등이었다(Conington).

전선을, 용맹을 떨치다가 죽음에 이른 왕들을,
튀레눔 군대를, 온통 전쟁에 휘말려들게 된
저녁 땅을. 사건들의 더욱 커진 질서가 샘솟아
더욱 커진 저의 작업. 라티눗은 대지와 조용한   45
도시를 오랜 평화 속에 다스리는 늙은 왕이다.
그를 파우눗과 로렌툼 요정 마리카가 낳았다
우린 들었다. 파우눗의 아비 피쿳은 아비로
사툰, 그대를 일컬으니 그대가 혈통의 시조라.
라티눗에게 신들의 운명은 아들, 사내자식을   50
주지 않았다. 태어난 아들은 유년에 빼앗겼다.
벌써 남편을 맞이할 만한, 벌써 혼기가 꽉 찬   53
외동딸이 집안을, 커단 살림을 돌보고 있었다.   52

44행 사건들의 더욱 커진 질서가 샘솟아 : 이제 곧 라티움에서 아이네아스
가 벌인 전쟁이 이야기될 차례다.『아이네이스』제1~4권은 트로이아에서 아
프리카로의 모험을, 제9~12권은 이탈리아 전쟁을 다룬다. 제5~8권은 모험
에서 전쟁으로 바뀌는 이행 과정으로, 제5~6권은 모험의 끝과 미래의 희망
을, 제7~8권은 전쟁의 준비를 다룬다.
    47행 파우눗과 로렌툼 요정 마리카 : 파우누스들과 요정들은 제8권 314행
이하를 보면 사투르누스가 이탈리아에 도래하기 전부터 이탈리아에 살던 토
착민들이다.
    48행 피쿳 : 피쿠스는 파우누스의 아버지이며 라티누스의 할아버지다. 그
는 189행 이하를 보면 키르케의 남편이다.
    52행 외동딸 : 라비니아는 참한 규수라는 극적 장치로서만 기능할 뿐 대사
와 성격을 가지지 않는다. 제6권 769행 〈실비웃 에네앗Silvius Aeneas〉의 어
머니다.
    53행 남편을 맞이할 만한 : 뒷부분이 결혼 적령기에 이른 것을 말한다면,
이 부분은·라비니아의 성격과 생각이 결혼할 만큼 성숙하였다는 것을 말한다
(Conington).

그에게 구혼하려 많은 이들이 널리 라티움과

55 오소냐에서 왔다. 구혼하는 누구보다 어여쁜

투르눗, 권문세가의 자손이던 그를 왕비는

놀라운 사랑으로 사위 삼고자 서둘러 댔다.

허나 신들의 전조가 여러 두려움으로 막았다.

구중심처 왕궁 한가운데 월계수가 있었다.

60 오랜 세월 두렵게 모시던 신성한 잎의 나무.

처음 성채를 쌓던 날 월계수를 발견한 부왕

라티눗은 직접 아폴론에게 바쳤다 전한다.

새 도시가 로렌툼이라 불린 건 나무 때문이다.

그 나무 꼭대기에 (놀라워라) 벌 떼가 새까맣게

65 빛나는 천공을 지나 커단 소리로 몰려들어

나무 끝에 내려앉았다. 서로서로 다리로 엮인

덩어리가 느닷없이 무성한 가지에 매달렸다.

그러자 예언자가 말했다.「나는 보노니, 밖에서

사내가 도착하리니, 군대가 똑같은 곳을 찾아

56행 투르눗 : 라비니아를 두고 경쟁을 벌이는 구혼자로 투르누스가 처음 거명되는 바, 투르누스는 제9권부터 시작되는 전쟁 이야기의 주인공이다. 371행 이하를 보면 투르누스의 조상은 희랍인들이다.

56행 왕비 : 라티누스의 부인 아마타는 343행에 처음 거명된다. 57행의 〈놀라운 사랑으로〉는 사랑은 아마타의 격정적인 성격을 표현한다(Williams).

64행 벌 떼 : 벌 떼는 흔히 불길한 징조이지만(Williams), 양가적이다. 79행 이하에 언급된 것처럼 라비니아가 누릴 명성의 전조이면서 동시에 〈전란〉의 전조이기도 하다.

66행 나무 끝 : 70행의 〈성채〉에 상응한다(Conington).

69~70행 똑같은 곳을 찾아 똑같은 곳에서 : 벌들이 모르는 곳에서 찾아와 나무 끝을 차지한 것과 똑같이 외부인들이 위해 밖으로부터 찾아와 〈성채 꼭

똑같은 곳에서 온다. 성채 꼭대길 차지하리라.」 70
그 밖에 순결한 횃불로 제단에 불을 피우며
처녀 라비냐가 아비와 나란히 참석하였더니
(고약하다) 길게 자란 머리카락에 불이 붙었고
머리 장식도 모두 요란한 불길에 타버렸다.
공주의 머리채가 불타 버렸고 불타는 보석 75
장식의 보관. 그때 붉은 화염과 연기가 왕녀를
휘감았고 집안 곳곳에 온통 불칸을 흩뿌렸다.
그건 정녕 두렵고 놀라운 광경이었다 전한다.
예언하길, 널리 빛나는 명성과 운명을 누릴
왕녀, 인민이 겪게 될 커단 전란의 전조라 했다. 80

　　그때 왕은 이번에 놀라 파우눗의 신탁소를,
예언하는 아비를 찾아갔다. 깊은 알부네 아래
숲에게 물었다. 밀림 중의 밀림으로 신성한
샘이 울고 가혹한 유황 증기 가득한 흑림이라.
이곳에서 이탈랴 백성들, 포도의 대지 모두는 85
의문에 답을 구했다. 여기로 사제가 제물을
가져와 침묵하는 한밤에 배를 가른 양들의
모피를 펼쳐 놓고 그 위에 누워 꿈을 청하면

대기)를 차지한다는 예언이다. 별도의 언급은 없으나, 문맥상 벌들도 아이네
아스 일행과 미친가지로 비다로부터 찾아왔다고 생각된다(Conington).
　73행 불이 붙었고 : 제2권 680행 이하 아스카니우스의 머리에 불이 붙는
전조가 보였다.
　82행 알부네 : 고대 주석가 세르비우스 이래 티부르에 속하는 지명으로 생
각되었으나, 이곳은 라비니움 근처의 지명이다(Williams). 호라티우스 『서정
시』 I 7, 12행은 티부르 지역의 알부네아를 거명한다.

142

놀랍게도 많은 환영이 날아다니는 걸 본다.

90 온갖 목소리를 듣는다. 그가 나눈 신들과의

대화. 깊은 아벨눗의 아케론에게 말을 건다.

여길 그때 부왕 라티눗이 몸소 찾아 답을 구해

털 많은 양 백 마리 제물을 격식대로 바쳤다.

그리고 이것들의 가죽 위에 누웠다. 펼쳐 놓은

95 모피 위에. 갑자기 소리가 깊은 숲에서 들렸다.

「딸을 라티움족과 혼인으로 묶으려 하지 마라.

나의 아들아, 준비했던 혼인 침대는 잊어라.

사위들이 밖에서 도래하여 혈통을 잇고 우리

이름을 하늘에 높이리라. 이 가계의 자손들은

100 만천하가 발아래, 태양이 지나가며 보는 양쪽

오케아눗에서 조아리고 복종하는 걸 보리라.」

아비 파우눗의 답은 이러했고 침묵하는 밤에

들은 가르침을 라티눗은 혼자 감추지 않았다.

벌써 소문은 주변 도시들을 널리 날아다니며

91행 깊은 아벨눗 : 아베르누스는 저승 전체를 대표한다(Williams). 〈아케론〉은 저승에 머무는 강력한 힘들을 가리킨다(Conington). 제6권 말미에서 본 것처럼 저승에서 나온 꿈은 꿈을 꾸는 사람에게 미래의 일을 예언한다.

95행 소리가 : 파우누스는 68행 이하 꿀벌 전조를 해석한다(Williams).

99행 이 가계의 자손들은 : 따라서 라비니아가 낳은 아들로부터 이어진 가계이며, 특히 카이사르와 아우구스투스를 가리킨다(Conington).

100행 양쪽 : 동과 서를 가리킨다(Williams).

101행 조아리고 복종하는 걸 보리라 : 제1권 278행 이하에서 유피테르는 베누스에게 이렇게 약속했다. 〈이들에게 나는 영토와 세월의 끝을 두지 않고 무궁 광활한 제국을 허락했다.〉

104행 벌써 소문은 : 제4권 173행에서도 아이네아스와 디도에 관한 소문

오소냐에 알렸다. 그때 라오메돈의 후손들이
풀이 가득한 물가, 강변에 함대를 정박시켰다.
　에네앗과 우두머리들과 어여쁜 율루스는
높다란 나무 가지 아래 몸을 누이고 있었다.
저녁을 마련했다. 풀 위에 펼쳐 밀떡을 넓게
깔고 음식을 올렸다. (유피테르의 지시였다)
케레스의 밑판 위에 들녘의 곡물들이 쌓였다.
다른 것들을 전부 먹어 치우자 씹던 입을 돌려
얇은 케레스로 식량의 굶주림에 달려들었다.
손으로, 무모한 턱으로 둥근 밑판을 침범하여
운명의 과자, 널찍한 네 조각을 놔두지 않았다.
「밥상마저 먹어 치웁니까?」 율루스가 말했다.
놀려 말하자마자, 들리는 그 소리는 노고의

이 아프리카 땅의 여러 도시에 순식간에 퍼졌다.
　105행 라오메돈 : 제3권 248행, 제4권 542행에서 〈라오메돈〉은 비난의 맥락에서 등장한다. 트로이아를 건설한 넵투누스에게 라오메돈은 약속한 선물을 바치지 않았다. 여기서는 단지 트로이아를 가리킨다(Conington).
　110행 유피테르의 지시였다 : 로마인들의 종교 관습에 따르면 접시 대신 납작한 빵 위에 제사 음식을 올려놓았을 것으로 추정된다(Conington).
　113행 얇은 케레스로 : 얇은 밑판을 가리킨다. 111행 케레스는 빵의 재료를, 113행 〈얇은〉은 빵의 두께를, 114행은 둥근 모양을, 115행은 널찍함을 말해 준다.
　115행 네 조각을 : 원문 〈quadrae〉는 둥근 빵을 4등분한 조각을 가리킨다.
　116행 밥상마저 먹어 치웁니까 : 제3권 255행 이하 칼레노의 저주를 보라. 하르퓌이아는 트로이아의 유민들이 밥상을 갉아먹을 정도의 굶주림을 당하고서야 비로소 나라를 세우게 될 것이라고 저주했다.
　117행 놀려 말하자마자 : 구두점은 콩테와 달리하였으며, 〈들리는 그 소리는 노고의 끝을 알린 첫마디〉를 삽입으로 보았고, 〈막고 가로채다〉의 문장

끝을 알린 첫마디, 첫마디를 뱉은 아들의 입을
막으며 아비가 하늘 뜻에 놀라 말을 가로챘다.
120 즉시 「인사하오. 운명으로 내게 정해진 대지여」
말했다. 「인사하오. 충실한 그대 트로야 신주여.
예가 터전이요 조국이라. 이게 내게 내 아버지
앙키사께서 (이제 알겠다) 남기신 비훈이라.
〈아들아, 낯선 해안에 다다른 네게 굶주림은
125 식량이 떨어지면 밥상을 뜯어 먹게 만들 테다.
그때 지친 너의 집을 희망하며, 명심하라! 거기
네 손으로 첫 터를 정하고 성을 쌓아 올려라.〉
이게 저, 이게 우리를 기다리던 마지막 굶주림.
몰락의 종지부가 될.
130 자, 이제 태양의 햇살이 퍼지는 대로 기뻐하며
어떤 곳, 어떤 사람이 사는지, 어디 읍이 있는지
정박지에서 사방으로 흩어져 살펴봅시다.
지금은 유피테르께 헌주하며, 불러 기도하며

과 병렬로 처리했다. 아이네아스는 아들이 다른 소리를 발설하기 전에 입을 막
았다.

121행 충실한 그대 트로야 신주여 : 제3권 148행에 신주가 꿈에 등장하여
이탈리아에 도착해서 그곳에 정착할 것을 예언하였고, 이제 그대로 이루어졌
으니 〈충실〉하다고 하겠다(Conington).

124행 굶주림 : 제3권 256행 칼레노의 저주, 367행 헬레누스의 예언에
언급되었다. 여기 언급된 앙키세스의 말은 칼레노의 저주와 거의 같다. 앙키
세스가 이런 말을 아들에게 들려주었다면 제6권 890행 이하였을 것이다
(Conington).

129행 : 미완성의 시행이다.

선친 앙키사께 잔치를 드리고 술을 올리라.」

이렇게 말하고 푸르른 나뭇가지를 머리에   135
묶었다. 지역의 신령과 신들 가운데 으뜸인
대지 여신과 요정들을 불렀고, 이제 처음 본
강들을, 밤의 여신과 밤에 떠오르는 별들을,
이다산의 유피테르, 프뤼갸 대모신을 차례로,
하늘과 저승에 계신 두 분 부모를 외쳐 불렀다.   140
이때 전능한 아버지는 맑은 천상에서 세 번
천둥을 쳤고 번개 섬광으로 불타는 붉은 빛
구름을 몸소 손으로 흔들어 천공에 내걸었다.
순식간에 트로야 병사들 사이로 소문이 돌아
정해진 도시를 건설할 날이 도래했다 전했다.   145
앞다투어 잔치 음식을 진설하고 커단 전조에
기뻐하며 술동이를 꺼내 놓고 꽃으로 꾸몄다.

　　등불을 밝혀 들고 대지를 비추는 다음 날의
하루가 솟자 이민족의 도시와 강역과 해안을

135행 머리에 : 호라티우스『서정시』I 7, 23행에서 테우케르는 포풀루스
화관을 머리에 썼다.

136행 신들 가운데 으뜸인 : 소포클레스『안티고네』388행 이하는 대지의
여신 가이아를〈신들 가운데 가장 신성한 대지〉라고 불렀다(Conington).

139행 이다산 : 이다산은 트로이아에도 크레타에도 있다. 제3권 105행 이
하에서는 크레타의 이다산을〈우리 민족의 요람〉이라고 불렀다.

141행 전능한 아버지 : 제2권 692행에서도 유피테르는 앙키세스의 요청
에 답하여 천둥을 크게 울렸다.

147행 술동이를 꺼내 놓고 꽃으로 꾸몄다 : 제1권 724행과 같다. 식사를
마치고 술을 마시는 것은 로마의 관습이다.

150 흩어져 탐사했다. 여기 누미쿳강의 발원지,
　　여기 튀브릿강, 여기 강한 라티움인의 거처.
　　앙키사의 아들은 전 수장들 가운데 가려 뽑은
　　일백의 청원자들을 왕의 존엄한 성벽으로
　　가라 명하여, 팔라스의 가지를 몸에 두르고
155 선물을 가져가 테우켈의 친선을 구하라 했다.
　　지체 없이 서둘러 수행된 명령, 신속히 움직인
　　발걸음. 본인은 실도랑으로 성벽을 표시했고
　　구역을 지정했고 처음 도착한 해안가 일대를
　　숙영지를 마련하듯 방책과 토성으로 둘렀다.
160 한편 길을 나선 이들은 라티움의 탑과 높은
　　성채를 발견했다. 청년들은 성으로 다가갔다.

150행 누미쿳 : 라비니움과 아드레아 사이를 지나는 하천이다. 리비우스
『로마사』 I 2에 아이네아스의 매장지로 거명된다. 〈그를 어떻게 부르는 것이
정당하고 경건한 일인지 모르겠으나, 그는 누미쿠스 강변에 안장되었다. 사람
들은 그를 《지방의 유피테르》라고 부른다.〉

152행 수장들 : 원문 〈ordo〉는 여기서 고대 주석가에 의하면 〈모든 자질을
갖춘 사람〉을 가리키는 말로 쓰였다(Conington). 제5권 713행 이하를 보면,
이탈리아로 항해한 사람들은 아래의 161행 〈청년들〉이라고 할 수 있다. 청년
들을 이끄는 107행의 〈우두머리들〉 가운데 뽑았다고 하겠다.

154행 팔라스의 가지 : 탄원하는 자들이 흔히 손에 드는 감람나무의 가지
를 가리킨다. 소포클레스『오이디푸스 왕』2행 〈양털을 둘러 감은 탄원의 나뭇
가지〉를 보라. 제8권 128행에도 양털 감은 감람나무가 거론된다(Conington).

158행 처음 도착한 해안가 일대 : 리비우스『로마사』 I 1에 따르면 〈트로이
아〉라고 불렸다.

159행 숙영지를 마련하듯 : 베르길리우스가 로마군이 숙영지를 마련하는
방식으로 아이네아스 일행이 정착지 건설을 묘사한 것은 시대를 착각한 것이
다(Conington).

도시 앞에서 소년들과 갓 피어난 청년들이
말들로 훈련하며 먼지 속에 전차를 길들인다.
혹은 잔혹한 활을 겨누거나 팔을 돌려 유연한
창을 던진다. 달리기와 주먹질로 충돌한다.   165
그때 나이 든 왕의 귀에 말을 몰아 앞서 달려간
전령이 소식을 전했다. 낯선 옷을 입은 거대한
사내들이 도착했다고. 왕은 궁으로 들이라
명했고 왕궁 한가운데 선대의 권좌에 앉았다.

　웅장하고 존엄한 건축, 일백의 높다란 기둥,   170
로렌툼 피쿠스의 궁전이 도시 높은 데 있었다.
숲으로 싸여 선조들을 모시는 엄숙한 공간.
여기서 왕홀을 물려받아 첫 권부를 세우는 게
왕들에게 관례였다. 이곳 전당은 원로원 회당,
이곳 마당은 경건한 만찬장. 예서 양을 잡아   175
원로들은 연이은 연석에 나란히 앉곤 했다.

162행 도시 앞에서 : 헤시오도스 『헤라클레스의 방패』 285행 이하 〈도시 앞에서 말 등에 앉아〉라는 구절은 도시 앞에서 훈련하는 장면이라고 생각된다.

166행 말을 몰아 앞서 : 도시 앞에서 훈련하던 청년들 중 마차를 가지고 훈련하던 어떤 이가 라티누스에게 달려가 이방인의 접근을 알렸다(Conington).

167행 거대한 : 흔히 영웅들에 붙는 표현이다(Williams).

169행 선대의 권좌 : 61행 〈처음 성채를 쌓던 날〉에서 라티누스가 성채를 쌓은 최초의 왕이라는 이야기와 불일치한다(Conington).

171행 도시 높은 데 : 흔히 〈아크로폴리스〉라고 하는 곳이다. 제1권 441행 〈도심 한가운데 녹음이 짙게 걸친 숲〉에 비추어 도심의 한가운데에 도시에서 제일 높은 언덕이 위치할 수도 있다.

172행 숲으로 싸여 : 제1권 441행 〈녹음이 짙게 걸친 숲〉에 유노의 신전이 있었다.

또한 여기 열주를 따라 먼 선조들을 새겨 놓은
오랜 향나무 조상들. 이탈룻. 아버지 사비눗은
포도나무를 재배한 이로 굽은 낫을 든 모습.
180 노령의 사툰, 두 얼굴을 가진 야누스의 초상이
건물 입구에 서 있었다. 건국 이래 여러 왕들이,
전쟁에서 조국을 위해 싸우다 부상당한 이들이.
그 밖에도 신성한 기둥을 장식한 많은 무구들.
노획한 전차들과 굽은 도끼들이 걸려 있었다.
185 투구의 볏 장식들, 성문을 지키던 커단 빗장들,
투창들과 방패들, 선박에서 떼어 낸 충각들.
또한 퀴리눗 지팡이를 들고 좌정한, 짤따란
관복을 몸에 두르고 왼손에 신성 방패를 들고
말을 길들이는 피쿳. 그를 욕망에 휩싸인 아내
191 키르케가 색색 깃털 날개의 새로 만들었다.

177행 먼 선조들 : 47행 이하에 언급된 라티누스의 가계도와 크게 다르다.
178행 향나무 조상 : 나무는 대리석 이전에 널리 쓰이던 재료이며, 향나무
는 가장 강한 목질을 가지고 있다(Conington).
182행 전쟁에서 조국을 위해 싸우다 부상당한 이들이 : 제6권 660행과 비
교하라. 전승 사본에 〈Martia qui〉도 보이는데 이를 따를 경우 앞의 〈왕들〉을
꾸미면서 평화롭게 다스렸던 왕들이 배제된다(Conington).
184행 노획한 전차들 :『일리아스』제10권 505행에 따르면, 전차는 디오
메데스가 번쩍 들 수 있을 정도였다(Conington).
186행 선박에서 떼어 낸 충각들 : 시대를 착각한 것이다(Williams). 연단
에 장식한 유명한 충각들은 기원전 338년에 로마가 획득한 것들이다. 물론
『일리아스』제9권 241행에도 벌써 뱃머리 장식을 잘라 내는 관행이 언급된다
(Conington).
187행 퀴리눗 지팡이 : 로물루스가 들고 다니던 굽은 조점관 지팡이이다
(Conington).

황금 가지로 때리고 비약을 써서 변신시켰다.   190

    신들을 모신 이런 성전 안에 라티눗이 선조의
권좌에 앉아 테우켈족을 안으로 불러들였고
다가온 이들에게 차분한 어조로 말을 건넸다.
「말하오. 달다냐여! (알고 있소. 그대들 도시와   195
민족을. 뱃길을 이리로 잡으리라 전해 들었소.)
뭘 찾으시오? 어떤 이유, 어떤 필요가 함대를
검은 바다 멀리 오소냐 해안으로 데려왔는가?
혹 길을 잃고 헤맸거나 혹 폭풍에 밀려왔는가?
망망대해에서 뱃사람들이 흔히 겪는 일들로   200
강 하구에 그대들이 들어와 포구에 내렸다면,
호의를 거절치 마오. 알아 두오. 라티움족이,
사툰의 백성이 바른 건 강압과 법이 아니라
의지에 따른 것임을, 옛 신의 의를 따른 것임을.
내 기억하노니 (세월로 어렴풋한 소문이나)   205
오룽키 노인들이 전하길, 이곳 땅에서 태어난
달다눗이 프뤼갸 이다산의 도시에 도착했고

194행 차분한 어조로 말을 건넸다 : 제1권 디도와 일리오네우스의 대화처럼 평화로운 상태에서 대화가 진행되고 있다(Williams).
204행 옛 신의 의 : 사투르누스가 통치하던 황금시대의 아름다운 모습을 그대로 간직하고 있다(Williams). 제8권 316행 이하에 사투르누스가 도래하기 전에는 〈도의mos〉가 없었다고 한다.
206행 오룽키 노인들 : 이탈리아 반도에 거주하던 원주민들을 가리킨다 (Conington). 〈아우소네스Ausones〉라고도 불리며, 라티움과 캄파니아의 경계 지역에 거주하던 민족이다.
207행 달다눗 : 코뤼투스와 엘렉트라의 아들이다.

트라캬의 사모스, 사모트라캬를 지났다 했소.

이곳 코뤼툿의 튀레눔 땅을 출발했던 그를

210 지금 별 많은 하늘의 황금 궁전이 왕위로써

받아 주매, 그는 신단에 자리를 보냈다 하오.」

　　말했고, 일요넷은 이런 말로 말을 뒤쫓았다.

「파우눗의 위대한 후손인 왕이여! 파도에 쓸린

저희를 검은 삭풍이 그대 영토로 밀어낸 것도,

215 별이나 해안이 여행길을 속인 것도 아닙니다.

작정하고 희망찬 용기로 저희 모두 이 도시를

찾았습니다. 한때 가장 컸던 왕국에서 쫓겨나.

해가 올륌풋 정상에서 보던 대국 중 대국에서.

시조는 유피테르. 달다냐인들은 유피테르를

220 선조로 모시며, 왕도 유피테르의 지고한 혈통.

트로야 에네앗이 그대 문턱에 저흴 보냈지요.

잔혹한 뮈케네에서 불어와 이다산을 휩쓴

폭풍이 어떠했는지, 어떤 파멸을 안고 양쪽의

208행 사모트라캬 : 『일리아스』 제13권 11행은 〈타르키아 사모스〉라고 쓰고 있고, 헤로도토스는 II 51에 〈사포트라케〉라고 쓰고 있다.

209행 코뤼툿 : 제3권 170행에서 아이네아스 일행이 찾아가야 할 선조의 땅을 언급할 때 등장한 이름이다.

212행 일요넷 : 제1권 521행에서 일리오네우스는 디도 여왕 앞에서도 트로이아인들을 대표하여 발언했다.

219행 시조는 유피테르 : 『일리아스』 제20권 215행 이하에서 아이네아스는 아킬레우스에게 〈세상에 널리 알려진〉 그의 가문을 설명하며, 〈제우스가 다르다노스를 낳았다〉라고 말한다(Conington).

220행 왕도 : 다음 행의 아이네아스도 유피테르의 혈통임을 밝힌다.

세계, 유로파와 아시아가 서로 격돌했는지는
들었으니, 대지 끝에 갇힌 사람도 되돌아가는   225
오케안 근처에서, 혹은 네 개 기후대들의 길게
이어진 중앙, 거친 태양의 땅에 고립된 사람도.
그런 폭우를 피해 황량한 바다를 떠돈 저희는
조상 신주를 모실 땅뙈길 청합니다. 폐가 안 될
바닷가 땅을. 모두에게 열려 있는 공기와 물을.   230
우린 그대 왕국의 자랑이 될 것이니, 그대의
명성은 작지 않고, 입은 감사는 영원할 거며
트로야를 안은 걸 오소냐는 후회치 않으리라.
맹세합니다. 에네앗의 운명과 오른손을 걸고.
신의에서나 전쟁과 전투에서나 증명된 손을.   235
많은 인민이 저희를, 많은 (괄시 마시오. 저희가
먼저 화관을 손에 받쳐 들고 탄원을 한다고)

224행 유로파와 아시아가 서로 격돌했는지 : 트로이아 전쟁을 동서의
대결로 이해하는 것은 호메로스 이후이며, 헤로도토스는 『역사』 I 1에서 이를
동서 대결의 한 예로 거명한다.

227행 거친 태양의 땅 : 『변신 이야기』 제1권 48행 이하. 〈신은 하늘에 둘
러싸인 대지도 다섯 쪽으로 나누었다. 가운데는 더워서 살 수 없었고 가장자
리는 눈이 수북했다.〉

229행 폐가 안 될 : 원문 〈innocuum〉은 아이네아스 일행의 정착으로 인해
누구에게도 아무런 손해가 발생하지 않음을 의미한다(Conington).

230행 바닷가 땅을 : 제1권 540행에서 일리오네우스는 디도 여왕에게 해
안 상륙조차 거부하던 카르타고 사람들에 대해 불평했다.

232행 명성은 : 제1권 607행에서 아이네아스는 디도 여왕에게 비슷하게
말했다. 〈당신의 명성, 칭송은 이어지리라〉(Conington).

236행 많은 인민이 : 실제로 아이네아스 일행과 동맹을 맺기를 희망했던
사례는 앞서 디도 여왕이 유일하다(Conington).

민족이 청하여 동맹 맺기를 희망했습니다만,
신들의 운명은 저희에게 그대 나라를 찾길
240 엄명했습니다. 달다늣의 출생지인 이곳으로,
아폴론께서 강력한 명으로 여기로 부르시니,
튀레눔 튀브릿강, 누미쿳 샘의 신성한 여울로.
그대에게 전합니다. 작으나마 예전 풍요의
선물을. 불타는 트로야에서 구해 낸 유물을.
245 이건 선친 앙키사가 제단에 헌주하던 황금 잔.
이건 프리암의 관복으로 그분이 백성을 모아
판결을 할 때 으레 쓰던 것, 왕홀과 경건한 관,
의복, 일리온 여인들의 수고입니다.」
    일요넷이 이렇게 말했고 라티늣은 고정시킨
250 시선으로 땅을 응시한 채 미동도 하지 않았다.
골똘히 눈을 깜박였다. 왕을 움직인 건 붉은빛
자수가, 프리암의 왕홀이 아니라 그보다는
딸의 혼사와 신방을 두고 빠져 있던 생각,
가슴속에 되새긴 옛 파우늣의 신탁이었다.
255 〈이 사람이 운명으로 외방에서 찾아온다던
예언의 그 사위다. 왕권에 초빙되어 똑같은
위엄을 가질 자다. 이에게서 장차 용기 빼어난

248행 : 미완성의 시행이다.
255~258행 : 라티누스 왕은 신탁이 실현되는 것에 크게 놀라며 혼자 이렇게 생각한다.
256행 똑같은 : 로물루스와 타티우스는 〈똑같은 권한으로〉 공동 통치하였고 로마 집정관은 똑같은 권한의 최고 정무관이다(Conington).

후손이 생겨나 온 세상을 힘으로 정복한다.〉

마침내 기쁘게 「신들께서 우리 뜻을 이루시길.

그 전조 또한. 트로야여, 그대 뜻은 성취될 것.   260

선물을 받고, 라티눗 왕의 재산 중에 그대들의

넉넉한 농지가, 트로야 물산이 부족치 않으리.

다만 에네앗이 직접, 우리 땅을 그리 원한다면

선린으로 하나 되어 동무로 불리길 서둔다면

찾아오기를. 친구와의 대면을 피하지 않기를.   265

화친의 조건은 내 그대 왕의 손을 잡는 것이니.

대신 그대들은 내 조건도 왕에게 전하시오.

내겐 딸이 있소. 우리 민족의 사내와 혼인하길

내 부친의 신탁이 금하며, 하늘 뜻의 수많은

전조도 금했소. 외방의 사위들이 도래할 일이   270

라티움에 있으라 예언했소. 그 혈통으로 우리

이름은 별에 이르라. 이 사람이 운명의 그라고

판단하고 또 내 짐작이 맞다면 그걸 환영하오.」

말하고 아버지는 전수를 살펴 말들을 뽑았다.

(높은 마구간에 삼백의 빛나는 말들이 있었다)   275

테우켈 모두에게 차례대로 선사토록 명했다.

262행 넉넉한 농지 : 일리오네우스가 요청한 229행 〈땅뙈기〉에 대한 라티
누스 왕의 대답이다(Conington).

266행 왕 : 원문 〈*tyranni*〉는 여기서 부정적인 의미를 내포하지 않는다
(Williams).

270행 전조도 금했소 : 64행 이하 꿀벌 전조와 71행 이하 불꽃 전조를 가
리킨다. 이에 96행에서 라티누스는 혼인을 금하는 소리를 들었다.

275행 삼백의 빛나는 말들 : 189행의 〈말을 길들이는〉이라는 구절을 보라.

붉게 수놓은 마갑을 입은 빠른 발의 준마들을.
(앞가슴에 황금색 목줄이 길게 늘어져 있었고
황금 마구를 입은 말들은 황금을 씹고 있었다)
280 오지 않은 에네앗에게 전차와 두 필의 말들을,
천마의 씨를 받아 화염을 코로 내쉬는 말들을.
이들 혈통은 영리한 키르케가 아비의 종마에
암말을 교미시켜 훔쳐 낸 잡종에서 얻어 낸 것.
라티눗의 선물과 언질을 갖고 에네앗 일행은
285 말을 타고 득의만만 화평을 받아 복귀한다.

그때 보라. 이나쿳의 아르곳에서 돌아오던
유피테르의 성난 아내가 바람을 타고 오다
멀리 천공에서 행복한 에네앗과 달다냐의
선단을 시킬랴의 파퀴눔곶에서 바라보았다.
290 보았다. 벌써 집을 짓는 걸, 벌써 뭍에 기탁하여
배를 버려 둔 걸. 찌르는 아픔에 얼어붙었다.
고개를 저어 이와 같이 가슴속 말을 토로했다.

276행 모두에게 : 152행 이하에 따르면, 현재 100명의 수장들이 사신으로
왔다.
278행 황금색 목줄 : 원문 〈monilia〉는 장식용으로 말의 목에 걸치는 물건
이다(Conington).
280행 말들을 : 276행 〈선사토록 명했다〉를 반복한다.
282행 아비 : 태양신 헬리오스를 가리킨다. 『일리아스』 제5권 268행 이하에
서 앙키세스는 라오메돈이 보유한 명마에 암말을 몰래 붙여 혈통을 훔쳐 냈다.
287행 바람을 타고 오다 : 유노 여신은 여신이 아끼는 아르고스(제1권
24행)를 방문하고 카르타고로 돌아가는 길에 시킬리아섬의 파퀴누스곶 상공
에 이르러 공중에 잠시 멈추어, 아이네아스 일행이 이탈리아에 정박하고 도시
를 건설하는 것을 목격한다(Conington).

「밉살스런 민족을 보라. 우리 운명에 맞서는
프뤼갸의 운명을. 시게움 들판에서 사라질 수,
패자를 포로로 잡을 수, 불타는 트로야에서   295
잿더미로 만들 수 없었던가? 전선과 불을 뚫고
그들은 길을 찾았다. 아무래도 내 힘이 이젠
고갈됐거나 미움에 물려서 지쳐 버렸나 보다.
심지어 땅에서 쫓겨난 그들이 미워 바다까지
쫓아나가 뱃길 내내 도망자들과 맞섰건만.   300
하늘과 바다의 위력을 테우켈에게 가했건만.
쉴티스나 스퀼라가, 무서운 카륍딧이 아무런
소용이 없었으니. 소망하던 튀브릿강에 닿아
나와 바다를 따돌렸으니. 군신은 잔혹한 종족

293행 우리 운명에 맞서는 : 제1권 239행 이하에 언급된 트로이아의 운명
을 말한다. 유노 여신이 아끼는 아르고스와 카르타고와 운명적으로 대결할 수
밖에 없는 트로이아와 로마를 가리킨다(Conington).

294~296행 : 엔니우스 『연대기』 344 Skutsch, 〈페르가마는 다르다누스의
들판에서 사라질 수 없으며, 패했다고 포로가, 불탔다고 잿더미가 될 수는 없
다.〉 아이네아스 일행은 트로이아가 사라질 때 사라지지 않았고, 트로이아가 포
로로 잡힐 때 포로로 잡히지 않았고, 트로이아가 불탈 때 불타지 않았다.

298행 고갈됐거나 미움에 물려서 지쳐 버렸나 : 자조적이지만 역설적인
표현이다. 제5권 781행 이하 베누스 여신의 말에 따르면 유노 여신은 아이네
아스 일행을 끊임없이 증오한다(Williams).

301행 하늘과 바다의 위력 : 제1권 50행 이하에서 유노 여신은 바람의 신
아이올로스를 부추겨 아이네아스 일행에게 폭풍을 보낸다.

304행 군신은 : 제1권 37행 이하에서 유노 여신은 아이아스를 벌주던 미
네르바와 자신을 비교했다(Conington). 라피타이 종족은 혼식 잔치에 모든
신을 초대할 때 마르스를 빼놓았고 이에 마르스가 전쟁을 초래했다고 한다.
하지만 전승에 따르면 라피타이 종족이 승리한 것으로 되어 있다.

305 라피테를 몰살시켰고, 분을 풀도록 허락하여
    신들의 아버지는 옛 칼뤼돈을 디아나에게.
    라피테나 칼뤼돈이 대체 뭔 죄를 지었던가?
    헌데 나 유피테르의 위대한 아내는 남김없이
    내가 할 수 있는 모든 걸 시도했건만 불행히도
310 내가 에네앗에게 제압당하다니. 만일 내 힘이
    충분치 않다면 뭐든 도움을 청하지 못할 손가?
    하늘 뜻을 꺾지 못한다면 아케론을 흔들겠다.
    라티움 왕국을 줄 수밖에 없다면 그러라지.
    또 꼼짝없이 운명으로 라비냐가 배우자라면.
315 허나 대사를 늦추고 지연하는 건 가능할 터.
    허나 양쪽 왕들의 백성을 섬멸할 수 있을 터.
    이렇게 백성 목숨 값으로 장인 사위가 되어라.
    처녀야, 네 지참금은 트로야와 루툴리의 피며,
320 네 들러리는 전쟁 여신이라. 어찌 불꽃으로
    수태하여 불의 결혼을 낳은 게 헤쿠바뿐이랴.

305행 라피테 : 테살리아에 사는 사나운 종족으로 『일리아스』 제2권 740행
이하에 따르면 트로이아 전쟁에 참여했다.
306행 디아나 : 『일리아스』 제9권 533행 이하에 디아나 여신도 칼뤼돈의
오이네우스가 제물을 바치지 않은 것에 분노하여 복수하기 위해 멧돼지를 보
냈다(Conington). 오비디우스는 『변신 이야기』 제8권 270행 이하에서 이 사
건을 다룬다.
310행 내가 에네앗에게 제압당하다니 : 제1권 47행에서 유노 여신은 〈부
족 하나〉와 싸우면서도 이를 제압하지 못하는 처지를 한탄한다(Conington).
318행 루툴리 : 투르누스가 다스리는 라티움의 한 부족이다. 아이네아스
와 라비니아의 혼인 때문에 루툴리와 트로이아의 전쟁이 벌어졌다.

베누스의 아들도 똑같이 또 다른 파리스로
새로운 펠가마에 또 죽음의 횃불이 되리라.」
　이리 말하고 섬뜩한 여신은 땅으로 내려왔다.
비탄을 부르는 알렉토를 복수 여신들의 거처,
저승의 어둠에서 불러냈다. 슬픔을 주는 전쟁,　　　325
재앙의 분노와 간계와 범죄를 꾀하는 여신을.
아버지 플루톤마저, 언니들마저 꺼려하는
타르타라의 괴물. 수많은 모습으로 바뀌는 몸,
수많은 잔인한 얼굴. 수많은 독사가 돋아났다.
유노는 여신을 말로 부추기며 이렇게 말했다.　　　330
「밤이 낳은 처녀야, 날 위해 네 수고를 마다치,
고생을 마다치 마라. 내 명예가 실추될 수도,
명성을 잃어도 안 될 일. 혼인에 라티눗이 속아
에네앗 백성이 이탈랴 땅을 차지해선 안 될 일.
너는 한 형제라도 다투도록 분쟁을 야기하며　　　335
증오로 집안을 뒤엎으며, 너는 집안에 채찍과

320행 헤쿠바 : 신화에 따르면 헤쿠바는 파리스를 낳기 전에, 불타는 횃불
에 의해 잉태하는 꿈을 꾸었다. 파리스는 헬레네와 결혼함으로써 조국에 전쟁
과 파멸을 초래했기에 파리스와 헬레네의 결혼은 〈불의 결혼〉이다. 베르길리
우스는 헤쿠바를 키세우스의 딸로 생각하는데, 『일리아스』 제16권 718행에
의하면 뒤마스의 딸이다.
325~326행 전쟁, 분노, 간계, 범죄 : 이상 알렉토의 모습은 헤시오도스 『신
들의 계보』 225행 이하에 등장하는 불화의 여신(Eris)과 흡사하다(Williams).
　327행 꺼려하는 : 아이스퀼로스 『자비로운 여신들』 71행 이하에서도 복수
여신들은 모두에게 미움을 받는다(Conington).
　329행 수많은 독사가 돋아났다 : 447행 이하를 보라. 제6권 281행 이하도
자비 여신들 혹은 복수 여신들을 이렇게 묘사하고 있다.

죽음의 횃불을 전달하노니, 너는 수천 이름의
수천 기술의 악업을 안다. 알찬 속내를 열쳐라.
맺어진 화친을 깨고 전쟁의 빌미를 씨 뿌려라.
340   청년이 무기를 찾고 구하여 잡도록 만들라.」
이에 고르곤의 독기를 잔뜩 머금은 알렉토는
우선 먼저 라티움으로, 로렌툼의 높이 솟은
왕궁을 찾아 아마타의 고요한 문턱에 앉았다.
왕후는 테우켈의 도래, 투르눗의 혼사 때문에
345   여자의 근심과 분노로 속을 끓이며 타올랐다.
여신은 검은 뱀 머리카락 한 가닥을 여인의
가슴 안쪽, 깊은 품속으로 던져 기어들게 했다.
흉물에 광분한 여인은 집안을 온통 들쑤신다.
흉물은 옷깃과 가슴 사이로 가볍게 기어들어
350   감촉도 없이 똬리 틀고 광분한 여인도 모르게

341행 고르곤 : 알렉토의 머리카락이 독뱀이기 때문에 〈독기를 머금은〉이
라고 말할 수 있겠다.

343행 고요한 문턱에 : 제4권 473행에서 복수 여신들이 문턱에 앉아 있었
다. 3명의 복수 여신들이 독립적으로 이름을 가진 것은 알렉산드리아 시대 이
후로 보인다(Conington). 이 구절은 알렉토의 조용한 방문을 의미한다
(Williams). 혹은 아마타의 거처가 한적한 곳이거나 아니면 슬픔에 빠져 홀로
있었기 때문이다(Conington).

345행 근심과 분노로 속을 끓이며 : 엔니우스 『연대기』 335 Skutsch, 〈티
투스여, 뭔가 도움이 되고 당신 걱정을 덜어 낸다면, 지금 당신 속을 끓게 하
고 당신 가슴에 박혀 있는 걱정을, 내게는 어떤 보상이 있는가?〉

349행 가볍게 : 문법적으로 〈가슴〉을 꾸미고 있지만, 내용적으로 뱀이 아
마타가 전혀 느끼지 못할 정도로 놀라운 솜씨로 움직였다는 것을 말해 준다
(Conington).

맹독의 숨을 불어넣는다. 목덜미에는 황금의
목걸이가 된 커단 독사. 묶는 긴 머리띠가 되어
머리를 조매고, 설설 기어 온몸을 돌아다녔다.
헌데 우선은 병증이 축축한 독으로 스며들어
감각을 모두 장악했고 뼛속에 불을 지폈으나,   355
아직 가슴속 영혼에는 불길이 닿지 않았을 때
딸과 프뤼갸의 혼사 때문에 크게 눈물지으며   358
어미 자리가 예사 그러하듯 자분자분 말했다.   357
「떠돌이 테우켈에게 라비냐를 주셔야 합니까?
아비여! 불쌍치 않으십니까? 딸이, 당신 자신이,   360
이 어미가? 북풍이 불자마자 내버려질 것이니
배신하고 딸을 납치해 바다로 향할 도적인데.
프뤼갸의 목동도 이리 라케데몬으로 들어가
레다의 헬레나를 트로야로 데려갔었지요?
당신의 신의는 뭣이며, 옛 식구 사랑은 뭐며   365
혈족 투르눗에게 번번이 하던 약속은 뭡니까?

351행 맹독의 숨을 불어넣는다 : 제1권 688행을 보라. 독뱀은 이빨로 물지
않고 독기를 머금은 숨을 아마타에게 불어넣는다(Conington).
354행 축축한 독 : 베르길리우스는 독사의 피부에서 나오는 독성 점액이
아마타의 피부를 통해 흡수된다고 생각한 것으로 보인다.
359행 떠돌이 테우켈 : 아마타는 아이네아스 일행을, 헤로도토스 『역사』
의 서두에 언급된 떠돌이 도적으로 여기고 있다(Conington).
364행 레다 : 레다는 백조로 변한 제우스와 동침하여 헬레네와 클뤼타
임네스트라, 폴뤽스와 카스토르를 낳았다.
365행 옛 식구 사랑 : 원문 〈antiqua〉가 〈과거에 보여 주던 태도〉를 함축한
다(Conington). 제4권 458행과 제5권 688행을 보라.
366행 혈족 투르눗 : 제10권 76행에서 밝혀지는 바 투르누스의 어머니는

160

사윗감을 라티움 밖의 이방에서 찾는다면,

그리 정해져 파우눗의 분부로 어쩔 수 없다면,

실로 우리 왕권이 미치지 못하는 머나먼 땅

370 전부가 이방일 터, 그게 신들의 분부일 겁니다.

투르눗 또한 가문의 애초 근본을 묻는다면

뮈케네 중심, 이나쿳과 아크릿이 조상입니다.」

이런 말들로 헛되이 설득한 끝에 라티눗이

꿈적도 않는 걸 봤을 때 뼛속 깊숙이 파고드는

375 독사의 치명적 악이 흘러들어 온몸을 적시자

그때 불행한 왕비는 끔찍한 환영에 시달려

큰 도시를 미쳐 날뛰며 한없이 돌아다녔다.

마치 휘두르는 채에 맞아 돌아가는 팽이처럼.

팽이를 소년들이 빈 마당에서 큰 원을 그리며

380 놀이에 빠져 몰아가면, 맞은 팽이는 땅바닥에

넓게 원을 그리며 돌아간다. 이에 넋이 나가

철없는 아이들은 회전하는 팽이에 감탄한다.

매질이 힘을 보탠다. 돌아가는 팽이 못지않게

베닐리아이며, 베닐리아는 아마타의 여자 형제다(Williams). 또 투르누스의
고조부는 필룸누스인데, 필룸누스는 라티누스의 할아버지 사투르누스와 연
결된다(Conington).

372행 뮈케네 중심, 이나쿳과 아크릿 : 이나쿠스는 아르고스의 건설자이
며, 아크리시우스는 아르고스의 4번째 왕이었다. 410행 이하를 보면, 아크리
시우스의 딸 다나에가 라티움 지방에 도착하여 아르데아라는 도시를 건설한
다. 아르고스는 뮈케네의 중심 도시 가운데 하나다.

377행 한없이 돌아다녔다 : 제4권 68행 이하에서 디도 여왕도 광기에 휩
싸여 도시를 돌아다녔다(Conington).

도시들 한복판 거친 족속들 속을 돌아다녔다.
심지어 바쿠스의 신명에 홀린 듯 숲에 들어가   385
더 큰 범죄를 저지르고 더 큰 광기를 부리며
뛰어다녔고, 딸을 숲이 우거진 산속에 숨겼다.
테우켈과의 혼인을 막고 횃불을 늦추려고.
〈바쿠스!〉를 외쳐, 그대만이 소녀에게 어울린다
소리 질렀다. 그대를 위해 여린 튀르숫을 들며   390
그대를 위해 춤을 추고 머리카락을 바치리라.
소문이 돌았다. 가슴속 광기에 불타는 어미들
모두를 순간 열기가 사로잡아 새 집을 찾았다.
집을 떠났다. 목과 머리를 바람에 내맡겼다.
일부는 떨리는 울음소리로 대기를 채웠고   395
가죽을 걸친 일부는 포도나무 창을 휘둘렀다.
한가운데 불을 뿜는 왕비는 불타는 횃불을
들어 올려 딸과 투르늣의 혼인 찬가를 불렀다.

386행 더 큰 범죄 : 기원전 189년 바쿠스 축제에 관한 원로원 포고령은 이
탈리아 전역에서 바쿠스 축제를 금지시켰다. 리비우스,『로마사』39.13.8 이
하. 〈만약 누군가가 이런 비행을 거부하고 악행에 염증을 느낄 경우, 이자는
희생물로 바쳐졌다. 무슨 짓이든《일체 불경으로 간주하지 않는 것 nihil nefas
ducere》, 이것이 이들에게는 최고의 종교적 경지였다.〉
388행 횃불을 늦추려고 : 혼인은 흔히 저녁에 횃불을 밝히고 거행된다.
393행 모두를 순간 열기가 사로잡아 : 제4권 581행과 같다.
394행 목과 머리를 바람에 내맡겼다 : 다시 말해 여인들은 머리띠를 풀어 버
리고 산발한 채 빗질을 하지 않는다. 에우리피데스,『박코스의 여신도들』695행
에서 전령은 여인들이 머리털을 어깨 위로 풀어 내리고 있다고 보고한다.
396행 가죽을 걸친 일부는 포도나무 창을 휘둘렀다 : 에우리피데스,『박코
스의 여신도들』24행 이하를 보라.

핏발 선 눈을 부릅뜨고 갑자기 끔찍한 소리로
400 외쳐 댔다. 「어디 있든 들어라, 라티움 어미들아!
만약 불행한 아마타를 그대들 어미 마음으로
아긴다면, 어미의 권리에 아픔을 느긴다면,
머리띠를 풀어 버리고 바쿠스제에 동참하라.」
산속에서, 짐승들이 버린 곳에서 그러하도록
405 왕후를 알렉토가 바쿠스 창으로 사방 몰았다.
      제일 먼저 왕후의 광기를 충분히 돋웠다고,
라티눗의 계획과 집을 온통 뒤엎었다고 여긴
섬뜩한 여신은 이내 검은 날개로 그곳을 떠나
무모한 루툴룻의 성으로 갔다. 전설에 도시의
410 토대는 다나에가 아크릿의 식민들과 더불어
모진 북풍에 밀려왔을 때였다. 옛적 알데아로
조상이 불렀고 아직 알데아 명칭은 남았으나

399행 핏발선 눈을 부릅뜨고 : 제4권 643행과 같다.
406행 제일 먼저 : 알렉토는 제일 먼저 아마타를 부추겼고 이어 405행의
〈몰았다〉에서 보는 것처럼 아마타를 계속 쫓아다녔다고 보는 것이 합리적이
다(Conington).
407행 라티눗의 계획 : 라티누스는 아이네아스 일행에 대해 호의적이었지
만, 알렉토가 이를 뒤집는다(Conington).
409행 무모한 루툴룻 : 투르누스를 가리킨다. 제9권 3행과 126행에서처럼
〈무모한〉이라는 별칭은 투르누스에게 계속 붙는다.
410행 아크릿의 : 372의 각주를 보라.
411행 북풍에 밀려왔을 때 : 다나에는 바다에 던져져 멀리 파도에 밀려가
다 이탈리아에 도착한다. 시모니데스 단편(27 Edmond)은 파도에 밀려가던
다나에를 잘 묘사하고 있다. 〈잘 만들어진 나무 상자가 불어오는 바람에 흘러
가는 물결에 흔들리며 그녀를 두려움으로 몰고, 그녀의 볼에는 눈물이 마르지
않는다.〉

번영은 옛일이다. 이곳 높은 궁궐에 투르눗은
검은 밤 어느덧 한참 단잠을 취하고 있었다.
알렉토는 험악한 얼굴과 광기 어린 사지를   415
벗어 놓고, 제 자신을 노파의 얼굴로 바꾸었다.
불길한 이마에 주름의 고랑을 팠고 백발을
머리띠로 동이며 감람나무 가지로 묶었다.
유노 신전의 무녀, 노령의 칼뤼베가 되어
청년의 눈앞에 이런 말로 모습을 드러냈다.   420
「투르눗, 쏟은 노고가 헛일이 되도록 둘 겁니까?
그대 왕홀이 달다눗 이주민에게 넘어가도록?
왕은 그대 피 흘려 받게 된 지참금과 혼인을
깨버리고 이방의 왕권 상속자를 구하였소.
가서, 우세당한 이여! 배신자들에게 헌신하여   425
튀레눔군을 무찌르고 라티움을 지키시오.
바로 이걸 평화로운 밤에 자고 있는 그대에게

418행 머리띠, 감람나무 : 사제의 상징이다(Williams).

421행 쏟은 노고 : 에트루리아와 라티움이 전쟁을 벌일 때 투르누스는 라
티움을 편들었다(Williams).

421행 그대 왕홀이 : 라비니아와의 결혼을 통해 투르누스는 라티누스로부
터 왕권을 넘겨받을 수 있었다(Conington).

423행 그대 피 흘려 받게 된 : 여기서 튀레눔 사람들과 라티움 사람들이 계
속 전쟁했다는 것은 물론 제8권 55행에서 라티움 사람들이 아르카디아 사람
들과 계속 전쟁한 것을 볼 때, 46행 이하에 언급된 〈오랜 평화〉와는 상충된다.

426행 튀레눔군을 무찌르고 라티움을 지키시오 : 역설적인 조롱조의 명령
이다.

427행 자고 있는 그대에게 : 알렉토는 만신 칼뤼베의 모습으로 투르누스
의 꿈에 나타나 말하고 있는 것으로 보인다(Conington). 이하 458행을 보라.

대놓고 전하란 사툰의 전능한 따님의 명이오.

그러니 청년들을 무장시켜 성문 밖에 이끌어

430   기꺼이 전쟁을 준비하오. 고운 강가에 정착한

프뤼갸 장수들과 채색된 함선들을 태우시라.

하늘의 커단 뜻이 명하오. 라티눗 왕이 직접,

만일 약속을 깨고 혼인을 허락하지 않는다면,

마침내 전쟁터의 투르눗을 느껴 알게 하라.」

435   이에 청년은 무녀를 조롱하는 말로 대꾸하여

말했다. 「튀브릿 물길 따라 함대가 도래했음이

그대 생각처럼 내 귀에 아니 전해지지 않았소.

내게 그런 근심일랑 치우시오. 여왕 유노께서

날 잊지 않으실 터!

440   망령에 이르러 진실이 고갈된 노년이 그대를,

어멈, 공연한 걱정으로 단련시키고, 왕들의

전쟁이란 거짓 공포로 만신을 놀린 것이오.

그대는 그대 신전과 신상들이나 돌보시오.

전쟁과 평화는 전쟁을 맡은 사내들이 맡을 일.」

429~430행 무장, 전쟁 : ⟨arma⟩가 반복된다. 알렉토는 루툴리 사람들이 무기를 잡을 뿐만 아니라 즉시 전쟁을 시작하기를 명한다(Conte).

438행 근심 : 앞서 421~424행을 가리킨다(Conington).

438행 여왕 유노: 아르고스 출신 다나에가 건설한 식민지 아르데아에도 아르고스처럼 유노 여신의 신전이 존재했다(Conington).

439행 : 미완성의 시행이다.

440행 망령 : 원문 ⟨situs⟩는 오래 방치되어 망가진 상태를 가리키는데 여기서는 노령으로 인지력이 크게 떨어진 상태를 의미한다(Conington).

444행 전쟁과 평화는 전쟁을 맡은 사내들이 맡을 일 : 『일리아스』 제6권

이런 말을 듣자 알렉토는 분노로 불타올랐다.　　　445
말한 청년의 사지에 갑작스런 전율이 덮쳤다.
얼어 버린 시선. 시근대는 뱀들로 복수 여신이
그런 제 모습을 드러냈다. 불을 뿜는 눈알을
부라려, 주저하며 말을 좀 더 얹으려는 그를
쏘아붙였다. 머리에 뱀 두 가닥이 곧추섰다.　　　450
채찍을 휘둘러 이렇게 광기 어린 입을 열었다.
「내가 망령에 이르고, 진실이 고갈된 노년이 날
왕들의 전쟁이란 거짓 공포로 놀렸다 하는가.
여길 보라! 난 무자비한 여신들의 자매며,
전쟁과 죽음을 맡은 게 나다.」　　　455
이리 말하고 청년에게 불을 던져 검게 치솟는
불길로 타오르는 횃불을 가슴에 박아 넣었다.
커단 두려움이 잠을 깨웠다. 뼈마디 사지마다
쏟아져 내린 땀이 온몸을 적시도록 흘렀다.
미쳐 무기를 외쳐, 방과 집에서 무기를 찾았다.　　　460

490행 이하 〈전쟁은 일리오스에 사는 모든 남자들, 그중에서도 특히 내가 염려할 것이오.〉 여기에 덧붙여 『오뒷세이아』 제21권 352행처럼 〈그중에서도 특히 제 소관이에요〉가 이어졌을 수도 있다.
450행 머리에 뱀 두 가닥이 : 마치 뿔처럼 머리에 두 마리의 뱀이 바짝 약이 오른 모습으로 일어섰다(Conington).
452~453행 : 440행과 442행을 반복하고 있다.
455행 : 미완성의 시행이다.
457행 횃불을 가슴에 박아 넣었다 : 앞서 아마타의 품속으로 파고들어 독액을 퍼뜨렸던 뱀처럼 여기서 횃불이 투르누스에게 작용한다. 뱀이 아마타에게 상처를 내지 않았던 것과 같은 일이 이번에도 벌어진다(Conington).

166

창검의 욕망, 전쟁의 흉악한 광기가 날뛰었다.
분노가 보태져, 마치 커단 소리와 함께 화염이
일렁이는 청동 솥 아래 장작더미로 타오르고,
물이 열기로 끓어오르면 안에서 물의 연기가
465 홍분해 높이 물거품으로 강물처럼 범람하여
홍수가 되어 검은 증기로 솟아오를 때 같았다.
평화를 깨고 라티눗 왕과 싸우러 원정할 것을
청년 머리들에게 알려 명하되, 무기를 챙겨라,
이탈랴를 지켜라, 적을 영토에서 내몰아라.
470 자신이 테우켈과 라티움족에 너끈하다 했다.
이렇게 말하고 신들을 소망하여 불렀을 때,
루툴리족은 앞다투어 서로 무장을 독려했다.
이쪽은 청춘과 대단한 허우대가 선동했다.
이쪽은 왕가의 혈통이, 이쪽은 혁혁한 전공이.
475   투르눗이 루툴리를 무모한 용기로 부추길 때
알렉토는 스튁스의 날개로 테우켈에게 날아,
새로운 음모, 해안가 한 곳을 찾았다. 아름다운
율루스가 덫과 질주로 짐승을 쫓고 있었다.

464행 물의 연기가 : 『일리아스』 제21권 362행 이하에 크산토스강이 들판
에 번진 불길에 끓어오른 장면과 유사하다(Conington).
473~474행 이쪽은, 이쪽은 : 청년들 가운데 일부는 투르누스의 외모에, 일
부는 혈통에, 일부는 공적에 감명을 받았다(Conington).
477행 새로운 음모 : 알렉토는 아마타를 선동하고 투르누스를 부추기고
나서 이제 세 번째로 율루스를 통해 분쟁의 꼬투리를 만들어 낸다(Williams).
478행 덫과 질주로 짐승을 쫓고 있었다 : 제4권 156행 이하 아스카니우스
가 사냥하는 장면을 보라.

코퀴툿 처녀는 이때 개들에게 뜻밖의 광기를
던져 주었고 익숙한 냄새로 코를 자극했다.   480
사슴을 맹렬히 쫓는 개들. 그게 전란의 최초
발단이니, 촌부들의 영혼에 전쟁을 불붙였다.
돋보이는 몸집과 뿔을 가진 커단 사슴이었다.
튀룻의 애들이 어미젖에서 떼어 낸 사슴을
아비 튀룻과 길러 냈다. 그가 돌보는 왕가의   485
가축들, 넓은 들을 지키는 건 그의 몫이었다.
애들의 누이 실비아는 정성껏 명령에 길든
사슴의 뿔을 곱다란 화관으로 장식하였고
짐승을 빗겨 주고 맑은 물에서 씻겨 주었다.
사람 손을 탄 사슴은 주인의 여물에 익숙해져   490
숲을 쏘다니가도 친숙한 문턱으로 되돌아
밤이 늦더라도 저 혼자 알아서 집을 찾아왔다.
멀리 나온 사슴을 사냥 온 율루스의 광분한
개들이 몰아세웠다. 흐르는 물줄기를 따라
내려와 푸른 강둑에서 더위를 식히던 사슴을.   495
드높은 칭송을 얻으리라는 열망에 한껏 들뜬
아스칸도 굽은 활에 화살을 걸고 잔뜩 별렀다.
신은 떨리는 손을 돌보았다. 시위를 떠나 큰
소리로 울며 화살이 복부를, 내장을 관통했다.

482행 발단이니 : 『일리아스』 제22권 116행 〈이것이 시비의 발단이었으
니까〉를 보라.
497행 아스칸 : 493행 〈율루스〉와 〈아스카니우스〉라는 이름을 혼용해서
쓰고 있다.

168

500 상처 입은 네발짐승은 익숙한 집으로 달아나
    우리에 들어가 신음했다. 피 흘리며 애원 같은,
    원망 같은 울음소리로 집안을 가득 메웠다.
    먼저 누이 실비아가 손바닥으로 가슴을 치며
    도움을 외쳤고 강인한 촌부들을 불러 모았다.
505 그들은 (무서운 역병이 침묵의 숲에 퍼진 터라)
    어핀 모였다. 일부는 불에 달군 목봉을 잡았고
    일부는 옹이박이를. 각자 잡히는 대로 잡은 걸
    분노가 무기로 바꿨다. 튀룻이 무리를 불렀다.
    그때 그는 참나무에 쐐기를 박아 네 토막으로
510 쪼개던 중에 손에 쥔 도끼. 급한 숨을 토했다.
       살육의 시간을 만난 잔인한 여신은 망루에서
    움막의 높은 지붕을 찾아 제일 꼭대기에서
    목동의 신호를 보내니 안으로 말린 뿔 나팔은
    타르타라의 소리를 뿜어냈다. 그러자 곧 사방
515 숲이 함께 떨리고 깊은 숲속까지 울려 퍼졌다.
    들었다. 멀리서 삼위 여신의 호수가, 강물이
    유황 물로 하얀 나르강과 벨리눗의 샘물이,

508행 분노가 무기로 바꿨다 : 모두가 격분하여 제대로 된 무기를 준비할
틈도 없이 아무거나 무기가 될 만한 것을 들었는데, 이와 모순되는 바 525행
은 제대로 무기를 갖춘 전투였다(Williams).
    512행 움막의 높은 지붕을 찾아 : 호라티우스 『서정시』 III 24, 6행 〈지붕
에 두려운 운명이 강철못을 박는다면〉을 보라.
    516행 삼위 여신의 호수 : 제4권 511행, 제6권 13행을 보라. 〈삼위 여신의
호수〉는 761행 이하의 아리키아에 위치한 디아나 여신의 숲과 신전 근처에
있다.

아이들을 품에 끌어안은 겁먹은 어미들이.
그때 서둘러 사람들이 소리를 듣고, 뿔피리의
흉한 소리에 무기를 들고 사방에서 모였다.   520
불굴의 농부들이. 못지않게 트로야 청년들이
아스칸을 도우러 성채를 박차고 달려 나왔다.
전선이 길게 늘어섰다. 촌부들의 싸움박질이,
완강한 작대와 불에 달군 곤봉 쌈이 아니었다.
양날의 창검으로 다투었다. 넓은 들판에 검은   525
이삭처럼 치켜든 칼들의 물결, 빛나는 청동은
태양에 부딪혀 구름 턱밑까지 빛을 뿌렸다.
마치 바람이 불자 창백해지기 시작한 파도가
조금씩 조금씩 높아지더니 더욱 높이 물결을
들어 올려 바다 밑에서 천공에 솟을 때 같았다.   530
이때 전열 맨 앞의 젊은이가, 활의 울음과 함께
튀룻의 자식들 가운데 가장 나이 많은 알모가
쓰러졌다. 목 아래 상처가 매달렸고 축축한

517행 나르강과 벨리눗의 샘물 : 사비눔 땅에서 발원하는 나르강은 티베리스강의 지류다. 엔니우스 『연대기』 222 Skutsch, 〈그녀는 나르강의 유황 물가 근처에 바람 구멍을 놓았다.〉 벨레누스 호수는 레아테 북쪽의 산지인 사비눔 지역에 위치한다.

528행 바람이 불자 : 일부 전승 사본에 〈*primo ponto*〉가 보이는데 이는 〈바다의 끝자락〉, 그러니까 바다가 시작되는 부분을 의미하는 것으로 보인다 (Conington).

532행 알모 : 티베리스강의 지류의 이름이기도 하다.

533행 상처가 매달렸고 : 화살이 목에 상처를 내고 매달려 있다(Williams). 제2권 529행의 상처도 화살로 입은 상처로 보인다.

목소리의 길, 부드러운 목숨을 피로 막았던 것.

535 　주변에 많은 사내들의 주검과 화친을 주선한

노인 갈레숫이. 누구보다 공정했던 사람,

한때 오소냐 들에서 누구보다 부유했던 사람.

다섯 무리의 양 떼들, 돌아오던 다섯 무리의

소 떼들, 일백 쟁기로 그는 농토를 일구었다.

540 　　전장 여기저기 팽팽한 전투가 펼쳐지는 동안,

여신은 약속했던 걸 마쳤으며 피로써 전쟁을

축여 전투의 마수걸이로 죽음을 이루었다며,

저녁 땅을 떠나 대기를 지나 하늘로 돌아섰다.

승자의 오만한 목소리로 유노에게 말했다.

545 　「보십시오. 촉발하라 하신 슬픈 전쟁의 불화를.

화친을 맺으라, 동맹을 결성하라 하십시오.

제가 테우켈에게 오소냐의 피를 묻힌 마당에

536행 누구보다 공정했던 사람 : 제2권 426행 이하 〈리페웃이 쓰러졌다. 정의롭기로 공정하기로 테우켈족의 첫째가는 인물이나 신들은 생각이 달랐다〉를 보라(Williams).

538행 돌아오던 : 들판에서 돌아오거나, 여름에 산 위의 초지로 나갔다가 겨울에 돌아오는 것을 말한다(Conington).

539행 그는 농토를 일구었다 : 538행과 539행을 놓고 고대 주석가 세르비우스는 『농업서』를 지은 카토를 기억하는 시행인 바, 카토는 누가 훌륭한 가부장인가를 묻고 〈목축을 잘하고 밭을 잘 가는 사람〉이라고 답했다(Conington).

543행 하늘로 돌아섰다 : 전승 〈caeli〉를 버리고 추정 〈caelo〉를 따른다. 전승 〈convexa〉를 버리고 〈conversa〉로 읽는다. 〈caelo〉를 〈ad caelum〉의 뜻으로 해석한 예는 많다. 제2권 688행, 제3권 678행, 제5권 451행 등을 보라(Conte).

546행 화친을 맺으라, 동맹을 결성하라 하십시오 : 알렉토는 유노 여신에게 과제를 완수했음을 자랑스럽게 떠벌리는 한편, 다시 휴전이 맺어진다 해도 또다시 전쟁을 일으킬 수 있다고 불화의 능력을 자랑한다(Conington).

그대 뜻이 확고하시다면 이 또한 보태렵니다.
통문을 돌려 이웃 도시들을 참전시키렵니다.
미친 마르스에 열광토록 영혼에 불을 붙이고   550
사방이 원조케 하며, 들에 전쟁을 뿌리렵니다.」
유노가 대답하여 「공포와 기만은 충분하오.
전쟁의 명분이 섰고 맞붙어 무기가 부딪쳤소.
우연히 시작된 무기에 새로운 피가 젖어 가오.
이러한 혼인식을, 이러한 축혼가를 노래하라.   555
베누스의 대단한 자손과 라티눗 왕이 직접!
그대가 천상의 대기 위를 맘대로 오가는 걸
높은 올림풋의 통치자 아버지는 원치 않으니
이젠 물러가라. 노고의 운명이 남았다면 내가
직접 지렴다.」 사툰의 따님은 이렇게 말했다.   560
이에 여신은 독사들로 울어 대는 날개를 들어
가파른 대기를 떠나 코퀴툿의 거처를 찾았다.
이탈랴 한복판 높은 산들 아래 위치한 고장,
많은 땅에 소문으로 널리 기억되는 유명한
암상툿 계곡. 빼곡한 나무들이 어두운 이곳을,   565
양쪽 숲의 사면을 에워쌌고, 가운데 시끄런

556행 대단한 : 제4권 93행처럼 조롱조의 역설적 표현이다(Williams).
559행 이젠 물러가라 : 『일리아스』 제1권 522행 이하에서 제우스는 테티스에게 다른 신들이 눈치채지 못하게 그만 떠나라고 명하는 한편, 나머지 일은 본인 직접 알아서 하겠다고 말한다(Conington).
561행 독사들로 울어 대는 날개 : 뱀들이 머리가 아니라 날개에도 달려 있는 것은 새로운 그림이다(Conington).

급류가 바위틈을 굽이치며 울어 대고 있었다.
이곳에 무서운 수로, 잔인한 명왕의 숨구멍이
보였다. 치솟는 아케론의 커다란 아가리가
벌어진 역병의 수렁. 이에 은신한 복수 여신,
미움받는 신성, 그 부담을 하늘과 땅은 덜었다.

　　그새 사툰의 따님, 여왕은 전쟁에 끝손질을
보탠다. 시내로 모조리 몰려들어 들이닥친
목동 무리가 전선을 떠나 망자를 옮겨 왔다.
소년 알모를, 흉하게 상한 갈레숫의 얼굴을.
신들에게 탄원하였고 라티눗에게 간청했다.
투르눗도 있었다. 죽음을 단죄하는 열기 속에
불안이 보태졌다. 테우켈이 왕국에 초대된다,
프뤼갸 혈통과 섞인다, 자신은 내쳐진다 했다.
　　그때 길 없는 숲에서 바쿠스에 이끌려 춤추며

570

575

580

568행 명왕의 숨구멍 : 엔니우스 『연대기』 222 Skutsch, 〈그녀는 나르강의 유황 물가 근처에 바람 구멍을 놓았다.〉

574행 목동 무리가 전선을 떠나 : 519행 이하에 목동의 수장 튀르스가 불러 모은 목동들을 가리킨다. 이들은 전투에서 패하여 항복한 이후에 전사자들을 데리고 도시로 돌아온 듯하다(Conington).

575행 흉하게 상한 : 제2권 286행의 헥토르의 모습과 비교할 때, 전사하여 흙먼지 속에 나뒹굴면서 보기 흉하게 더럽혀진 모습을 떠오르게 한다. 얼굴이 보기 흉할 정도로 상처를 입은 것인지 확신할 수 없다.

578행 불안이 보태졌다 : 투르누스는 이하에 언급되는 소문 때문에 크게 걱정한다.

579행 섞인다 : 투르누스도 아이네아스 일행이 라티움 땅에 백성으로 합류하는 것 자체를 반대하지 않지만, 이방인이 권력에 합류하는 것은 반대한다 (Conington).

어미들은 광란하고(아마타란 이름의 위세라),
식구들은 사방에서 모여 전쟁 신을 들볶는다.
이내 모두가 만유를 거스르는 저주의 전쟁을
신들의 운명에 반하여 악한 신의로 외쳤다.
앞다툰 요구에 라티눗의 왕궁이 에워싸였다.   585
그는 꿈쩍도 하지 않는 갯바위처럼 서 있다.
달려들며 크게 부서지는 파도에 맞선 갯바위.
포효하는 수많은 파도에 둘러싸여 자신을
덩치로 지킨다. 소용없이 기암이, 거품을 뒤쓴
괴석이 울어 댄다. 옆을 때린 해초가 밀려간다.   590
허나 그에겐 눈먼 의지를 되돌려 놓을 힘이
없었다. 잔혹한 유노의 뜻대로 일이 흘렀다.
신들과 공허한 하늘을 증인으로 세워 아비는
말했다. 「운명에 난파한 우린 폭풍에 밀려간다.
불경한 피를 흘려 이에 죗값을 치를 너희들,   595
불행들아! 투르눗, 널, 불경을, 널 기다릴 슬픈

582행 식구들 : 여인들의 일가친척을 가리킨다(Conington).
583행 저주의 전쟁 : 〈만유를 거스르는〉, 〈신들의 운명에 반하는〉 전쟁이
기 때문에 저주스러운 전쟁이라고 한 것이다. 46행 이하에 라티움의 미래가
예언되었다(Conington).
584행 악한 신의로 : 이 또한 알렉토에 의해 촉발된 것이다(Conington).
586행 꿈쩍도 하지 않는 갯바위 : 『일리아스』 제15권 618행 이하는 병사
들이 큰 파도에 물러서지 않는 바닷가의 암벽같이 버티고 서 있다고 말한다
(Conington).
589행 덩치로 : 제5권 431행을 보라.
591행 눈먼 의지 : 유노 여신과 알렉토의 계획을 가리키는 것인지 백성들
의 분별없는 맹목적인 요구를 가리키는 것인지 불확실하다(Conington).

형벌. 너는 뒤늦은 기도로 신들께 빌겠구나.

난 이미 안식을 얻어 진정 항구의 문턱인데,

복된 장례식은 없겠구나.」 더는 말이 없었고

600 궁궐에 틀어박혀 사태의 고삐를 놓아 버렸다.

　　저녁 땅 라티움의 관습은 면면히 이를 알바의

도시들이 경건히 지켰고, 지금도 만국의 최강

로마가 지킨다. 개전하며 전쟁 신을 모실 때면.

게타이족에게 손수 눈물의 전투를 행할 때나

605 휠카냐 혹은 아랍에게 준비할 때, 혹은 인도로,

새벽 땅을 향해 파르탸에 군기를 요구할 때도.

전쟁 신의 문은 쌍둥이다. (그렇게 이름 불렸다.)

599행 복된 장례식은 없겠구나 : 앙키세스는 자기를 버려두고 아들이 떠나가길 설득하면서 장례식이 없어도 대수롭지 않다고 말한다. 제2권 646행 〈무덤 없는 게 무슨 대수랴〉를 보라. 여기서 라티누스는 감당할 수 없는 현실 앞에서 그의 운명을 담담히 받아들이지만, 한편으로 〈복된 장례식〉이 없음을 서러워한다(Conington).

600행 궁궐에 틀어박혀 사태의 고삐를 놓아 버렸다 : 라티누스가 칩거하면서 이제 라티움의 통치권은 자연스럽게 투르누스에게로 넘어갔다.

604행 게타이족 : 아우구스투스의 업적인 바, 다누비우스강 하류의 게타이족을 평정하기 위해 기원전 29년 마르쿠스 리키니우스 크라수스를 투입하여 게타이족의 침범을 막아 냈다(Conington).

605행 휠카냐 혹은 아랍 : 휘르카니아 사람들은 카스피해 동남부에 거주하는 부족이다.

606행 파르탸에 군기를 요구할 때도 : 기원전 53년 마르쿠스 리키니우스 크라수스가 파르티아와 벌인 카르하이 전투에서 로마는 패하여 1만 명의 포로와 함께 로마군단기를 빼앗겼다. 아우구스투스는 기원전 20년에 이를 되찾았다(Williams).

607행 전쟁 신의 문은 쌍둥이 : 실제 야누스 신전의 문을 말한다. 쌍둥이라는 별칭이 붙은 야누스 신을 모시는 신전은 로마 광장 북쪽에 지어졌는데 정

잔혹한 마르스를 경외하는 두려움에 모신 것.
일백 청동 빗장이 잠겨 있는 강철의 영원한
견고함. 문턱을 떠나지 않는 문지기 야누스.   610
이 문을, 원로들의 공론이 전장으로 굳어질 때
퀴리눗 관복을 가비이식으로 여민 빛나는
집정관은 삐걱대는 문짝을 다시 열어젖혀
직접 전쟁을 선포한다. 여타 백성들은 뒤이어
청동 나발을 불어 대며 목쉰 동의를 표한다.   615
그때도 라티눗은 에네앗 전쟁을 선포하라
슬픔의 문을 관례대로 열어젖히라 들볶였다.
아버지는 말없이 거부했고 달아나며 몸을
슬픈 과업을 피해 눈먼 어둠 속에 숨겼다.

방형의 건물로 앞뒤에 각각 문이 달려 있었다. 전쟁터로 향하는 병사들이 도
시 밖으로 나가거나 안으로 들어오는 문을 상징한다.

608행 경외하는 두려움에 모신 것 : 리비우스(I 19)에 따르면, 전쟁을 두려
위하는 마음과 법률을 지키려는 경건함에 기초하여 로마를 중흥시키려는 누
마 폼필리우스 왕의 생각에 따라 야누스 신전을 건립하였다. 리비우스에 따르
면, 야누스 신전의 문은 제1차 카르타고 전쟁 직후에 그리고 악티움 해전 직
후에 닫혔다고 한다.

612행 퀴리누스 관복을 가비이식으로 : 퀴리누스 관복은 왕들이 입던 것인
데 공화정기에는 집정관의 관복이 되었다. 가비이족과 어떤 연관성이 있는지
는 알려진 바 없다. 다만 제관이 제를 올릴 때에 마침 가비이족이 침입하여 관
복의 허리춤을 줄로 동여매고 싸워 가비이족을 물리쳤다는 이야기가 전해진
다(Conington).

617행 들볶였다 : 전쟁을 공식적으로 선포하는 일, 다시 말해 야누스 신전
의 문을 여는 일은 국헌에 따라 왕에게 혹은 집정관(613행)에게 주어진 권한
이며, 다른 누구도 대신할 수 없는 기능이다(Conington).

618행 아버지 : 훌륭한 왕이라는 의미다(Conington).

620 　그때 신들의 여왕은 하늘에서 내려와 완강한
　　문짝을 제 손으로 밀쳤다. 돌아가는 돌쩌귀.
　　사툰의 따님은 강철의 전쟁 문을 열어젖혔다.
　　예전엔 일상 안온했던 오소냐가 이글거렸다.
　　일부는 들판 행군을 채비하고 일부는 높다란
625 　말로 흙먼지를 가른다. 모두가 무기를 찾았다.
　　일부는 방패를 가뜬하게, 창을 번뜩하게 닦아
　　기름을 두껍게 칠했고 도끼를 숫돌에 벼렸다.
　　앞세운 군기와 들리는 나팔 소리에 기뻐했다.
　　이에 다섯 큰 도시들이 모두를 동원하여 새로
630 　무기를 만드니, 강력한 아티나, 당당한 티부르,
　　알데아, 크루스툼, 성탑이 높은 안템네였다.
　　머리를 감싼 속 빈 투구, 휘어지는 고리버들을
　　엮어 만든 방패. 일부는 청동의 가슴받이를,
　　유연한 은으로 가벼운 정강이받이를 펴낸다.
635 　이렇게 보습과 낫의 명예, 이렇게 쟁기의 모든
　　애정이 떠났다. 선조의 칼을 불로 단련했다.

　　622행 강철의 전쟁 문을 열어젖혔다 : 엔니우스 『연대기』 223 Skutsch,
〈그리고 나서 흉악한 불화의 여신이 강철의 전쟁 문과 문짝을 열어젖혔다.〉
　　630~631행 아티나, 티부르, 알데아, 크루스툼, 안템네 : 아티나는 라티움
지방의 동남부에 위치한 볼스키 사람들의 도시다. 티부르는 로마의 동북방에
위치한 도시로 사비눔 산지로 이어지는 도시다. 앞서도 나왔지만 아르데아는
로마의 남서방에 위치한 루툴리 사람들의 도시다. 크루스투메리움은 사비눔
사람들이 살던 로마 북방의 도시다. 안템나이도 사비눔 사람들이 살던 도시다.
　　632행 휘어지는 고리버들 : 버드나무 가지로 방패의 틀을 만들고, 가죽을
덮은 후에 마지막에 금속으로 마감한다(Conington).

나팔이 울었다. 전쟁을 알리는 통문이 돌았다.
집에서 투구를 잡고 달려온 사람, 흥분해 떠는
말들에 마구를 입히는 사람, 방패와 황금 세 겹
가슴받이를 걸치고 믿음직한 칼을 두른 사람.   640

　여신들이여, 이제 헬레콘을 열고 노래하소서!
전장에 뛰쳐나온 왕들은 누구며, 그들을 따라
뉘 대열이 들을 채웠는지, 당시 어머니 이탈랴
땅에 뉘 사내들이 꽃 피고, 뭔 무기가 불탔는지.
여신들이여! 기억하시고 말씀하실 수 있으니.   645
저희에겐 소문의 여린 숨결만이 스쳐 갑니다.

　처음 전쟁터에 온 이는 튀레눔 지역의 잔혹한,
신들을 조롱한 메젠툿이 군대를 무장시켰다.
아들 라우숫이 함께 했다. 그보다 어여쁜 다른
사람은 로렌툼의 투르눗을 제외하고 없었다.   650
라우숫, 말들의 조련사, 야수들의 사냥꾼은
헛되이 아귈라에서 그를 따르는 일천 명을

636행 선조의 칼을 불로 단련했다 : 호라티우스『서정시』I 35, 38행에 비
추어보면 〈선조의〉 칼은 날이 〈무뎌져〉 이를 다시 단련해야 한다(Williams).
　646행 저희에겐 소문의 여린 숨결만이 스쳐 갑니다 :『일리아스』제2권
486행에서 소리꾼은 전함 목록을 열거하기에 앞서 무사 여신들에게 도움을
청한다. 소리꾼은 자신을 소문만 들은 존재라고 말한다(Williams).
　648행 신들을 조롱한 메젠툿 : 메젠툿은 652행에 언급된 아귈라에서 왔다.
아귈라는 에트루리아의 도시로 나중에 카이레라고도 불렸다. 〈신들을 조롱
한〉은 장식적 별칭처럼 반복된다. 제8권 7행을 보라. 메젠티우스는 신에게 바
쳐야 할 첫 수확물을 자신이 취한다고 한다(Conington).
　650행 로렌툼의 투르눗을 제외하고 없었다 :『일리아스』제2권 671행도
이와 똑같은 방식으로 니레우스를 소개한다(Williams).

이끌고 왔다. 아비를 따름에 더 행복했어야,
섬기는 아비가 메젠툿이 아니었어야 했다.

655   이어 풀밭으로 종려나무가 빛나는 전차와
승리의 말들을 뽐내는, 어여쁜 헤르쿨의 자손
어여쁜 아벤틴이 방패에 조상 대대로의 문장,
일백 독사와 뱀들이 엉킨 휘드라를 들고 왔다.
그를 아벤틴 언덕의 숲에서 여사제 레아가
660   남몰래 출산하여 빛의 세상에 낳아 놓았다.
여인과 몸을 섞은 신은 승리자로 로렌툼 땅에
게리온을 무찌르고 도착한 티륀스의 영웅.
튀레눔 강물에 히베르의 소 떼를 씻긴 후였다.
투창과 잔인한 철퇴를 쥐고 전장에 온 병사들,
665   잘 닦은 단검과 삼니움 창으로 싸우고 있었다.
본인은 보병으로, 큼직한 사자 껍질을 뒤쓰고

652행 헛되이 아퀼라에서 : 아퀼라는 제8권 479행에 다시 언급되는데, 메젠티우스는 투르누스에게 망명하면서 아퀼라에서 많은 병사를 데리고 왔다. 라우수스는 죽임을 당하고 그의 부대는 패전할 운명이었다(Conington).

654행 메젠툿이 아니었어야 했다 : 〈신들을 조롱한〉이라는 별칭이 말해 주듯 신들의 호의를 받을 수 있는 아버지와 군대에서 싸웠어야 했다는 뜻이다.

657행 아벤틴 : 고대 주석가는 아벤티누스가 이탈리아 원주민의 왕이었으며 그가 죽어 아벤티누스 언덕에 묻혔다고 주장한다. 또 알바롱가의 왕들 가운데 한 명이라고도 한다. 나머지는 베르길리우스의 창작이다(Conington).

659행 여사제 레아 : 로물루스를 낳은 레아 실비아와 이름이 겹친다. 레아 실비아는 당시 베스타 여사제였다.

662행 게리온, 티륀스의 영웅 : 헤라클레스가 이탈리아를 방문한 이야기는 제8권 201행 이하를 보라. 게리온은 히스파니아에 살던 머리와 몸이 셋인 괴물인데, 헤라클레스는 이를 물리치고 게리온의 소 떼를 몰고 이탈리아를 지나갔다.

흰 이빨에 섬뜩한 갈기털이 뒤엉킨 껍데기를

머리에 덮어쓴 채, 그렇게 왕궁에 들어섰다.

헤르쿨의 외투를 어깨에 걸친 살벌한 모습.

그때 쌍둥이 형제가 티부르 성채를 출발했다. 670

맏형 티불룻의 이름을 따서 그리 불리는 족속.

아르굿의 청년 카틸룻과 사나운 코라스가

빗발치는 공격을 뚫고 전선 맨 앞으로 나섰다.

마치 높은 산, 봉우리에서 구름이 낳은 두 명의

켄토르가 눈 덮인 호몰레와 오트릿을 통과해 675

급한 질주로 나려올 때, 지나는 그들에게 커단

숲이, 크게 우는 초목이 길을 열어 줄 때 같았다.

　도시 프레넷테의 건설자도 빠지지 않았다.

들판의 가축들 틈에서 불칸에게서 태어난 왕,

모든 세대가 믿기로 화덕 옆에서 발견되었단 680

케쿨룻, 그를 사방의 농민군들이 따라왔다.

668행 왕궁에 : 아벤티누스는 라티누스의 왕궁을 찾아왔다.

672행 아르굿의 청년 : 아르고스의 왕 암피아라우스는 아버지 카틸루스의
아버지다. 호라티우스 『서정시』 I 18, 2행은 티부르를 카틸루스 성벽이라고
언급한다(Conington).

674행 구름이 낳은 두 명의 : 켄타우로스는 흔히 구름 덮인 고지대에 살기
때문에 이런 별칭이 붙었다. 베르길리우스는 카틸루스와 코라스가 기병으로
참전하였기에 청년 둘을 켄타우로스와 비교하고 있다(Conington).

675행 호몰레와 오트릿 : 호몰레와 오트릿은 둘 다 테살리아에 위치한 산
이다.

681행 케쿨룻 : 고대 주석가가 전하는 이야기에 따르면, 프라이네스테가
세워진 곳에 살던 두 형제에게 여동생이 있었는데, 불가에 앉아 있던 소녀에
게 불꽃이 튀었고, 이에 아이를 잉태하여 낳았다. 소녀는 유피테르 신전에 아

이들은 높은 프레넷테, 유노를 따르는 가비이
농지와 차가운 아니오강과 계곡물에 젖은
헬니키산에 살았다. 이들을 풍요의 아나그냐,
685 　아비 아마센, 네가 먹인다. 무장은 드물었고,
방패나 마차도 울지 않았다. 대부분 무릿매로
어두운 납을 던졌고, 일부는 투창 두 자루를
손에 흔들었다. 늑대 가죽의 누런 벙거지를
머리에 뒤집어썼다. 왼발은 발자국을 벗은
690 　맨발로 남겼고, 다른 발은 생가죽 신을 신었다.
　　한편 넵툰의 후손, 말을 길들이는 메사풋이,
불로도 칼로도 그를 눕히는 건 가당치 않으니,
벌써 오랫동안 쉬고 있던 인민을, 전쟁을 잊은
군대를 갑자기 무장시켰고 칼을 다시 잡았다.
695 　이들은 페스켄 첨봉들과 팔리스키 평원과,
이들은 소락테 산성과 플라비나 들판을 갖고

이를 버렸고, 신전의 화덕 근처에서 물을 길으러 가던 소녀들이 아이를 발견
했다고 한다. 장성한 소년이 도시를 세웠고 인근의 주민들을 초대하여 잔치를
베풀었는데, 이때 그가 불의 기적을 보여 주자 사람들은 그를 불카누스의 아
들이라고 믿었다(Conington).
　684행 풍요의 아나그냐 : 로마의 동남쪽에 위치한 라티움 지방의 도시로,
라티움 계곡이 여기로부터 카시눔까지 이어진다.
　685행 아비 아마센 : 아마세누스는 라티움 지방에 흐르는 강 이름이다.
　691행 메사풋 : 고대 주석가에 따르면 메사푸스는 이탈리아 남부 메사피
아 혹은 이아퓌기아의 지역 영웅이다. 메사피아는 칼라브리아의 옛 이름이다
(Conington). 〈넵투누스의 후손〉이라는 별칭과 〈말을 길들이는〉이라는 별칭
이 연결된다고 보았다. 메사푸스는 보이오티아에서 이탈리아로 이주한 사람
이라고 전해진다(Williams).

산에 안긴 키미눗 호수와 카페나 숲에 살았다.
열을 맞추어 나란히 행군하며 왕을 노래했다.
마치 지난날 설백의 고니가 눈부신 구름 속에
먹다 말고 날아올라 길쭉한 목으로 노래 같은   700
곡조를 토하면, 아시아의 강과 늪이 멀리서
따라 울 때와 같았다.
누구도 청동의 전열이 그렇게 크게 무리지어
모일 걸 생각지 못했건만, 먼 바다에 하늘의
구름만큼 해안까지 목쉰 새들이 뒤덮었다.   705
　　보라. 사비눔의 오랜 혈통을 가진 커단 군대를
이끌고 온 클로숫. 커단 군대에 맞먹는 인물.
그에게서 생겨 나온 클로디웃 분구와 씨족은
로마의 사비눔 합병 다음에 라티움에 퍼진다.
더불어 아미테름 연대와 옛 쿠레스 백성들이,   710
에레툼 부대, 감람나무 무툿카가 전부 왔다.

699~705행 : 『일리아스』 제2권 459행 이하에 등장하는 비유로 군대가 들판으로 진군하는 모습을 묘사한다(Williams).
　701행 아시아의 강과 늪 : 형용사 〈아시우스 *Asius*〉는 뤼디아의 트몰로스 산 남쪽, 카위스트리오스 강변 지역을 가리킨다.
　702행 : 미완성의 시행이다.
　707행 클로숫 : 시대를 착각한 것이다. 클라우수스는 로마의 왕정이 철폐된 이후 공화정 시대에 로마로 이주했으며, 클라우디우스 집안의 시조다(Williams). 클라우수스는 레길룸에서 많은 추종자를 이끌고 로마로 이주했다(Conington).
　709행 로마의 사비눔 합병 다음에 : 역시 시대를 착각한 것이다. 아마도 사비눔 여인들의 납치혼을 염두에 두고 있는 듯하다(Williams).
　711행 에레툼, 무툿카 : 에레툼은 역사적으로 크게 거론된 적이 없는 도시

노멘툼 도시에, 벨리눗 호수의 로세아 들판에,

테트리카의 높은 바위산, 그리고 세베룻산에,

카스페랴와 포룰리와 히멜라강에 사는 이들.

715 티베릿과 파바릿을 마신 이들. 누르샤 냉골이

보내온 이들. 오르타 부대와 라티움 인민들.

불길한 이름의 알리아강이 갈라 놓은 이들.

719 사나운 오리온이 겨울 바다에 잠길 때마다

718 리뷔아 은파가 풍랑 되어 올 때처럼 가득히,

721 혹은 헤르뭇 벌판 혹은 뤼키아 황금들판에서

720 아침 햇살에 익어 가는 이삭처럼 빽빽하게.

722 방패가 울었고 내딛는 걸음에 대지가 울렸다.

　　아가멤논의 친구, 트로야란 말조차 증오하는

할레숫이 말을 마차에 묶고 투르눗에 사나운

다. 무투스카는 트레불라 무투스카를 가리키며 아직도 올리브로 유명하다
(Conington).

　712행 노멘툼 : 제6권 773행에서 라티움의 도시로 보는 경우도 있다
(Conington).

　713행 테트리카 : 사비눔 산지와 피케눔 산지를 구분하는 중부 아펜니노
산맥 지대다.

　714행 카스페랴, 히멜라 : 베르길리우스와 실리우스 이외에서는 거의 언
급된 적이 없는 지명이다(Conington).

　716행 오르타 부대와 라티움 인민들 : 〈호르타〉라고도 불리는 에트루리아
의 지명으로 티베리스강의 우안에 위치한다. 아마도 사비눔 산지에 인접한 곳
에 살던 라티움 사람들이 사비눔 군단에 합류한 듯하다(Williams).

　717행 불길한 이름의 알리아강 : 기원전 390년 7월 18일 알리아강 전투에
서 로마군이 켈트족에게 크게 패했으며, 이날은 국치일*dies ater*로 기억된다.
그 결과 로마는 켈트족에게 함락될 위기까지 내몰렸다(Conington).

　724행 할레숫 : 할라이수스는 포도주로 유명한 에트루리아의 팔레리인들

백성들 수천을 데려갔다. 바쿠스의 유복한   725
마시쿳 땅을 괭이로 일군 자들. 높은 산들에서
오룽카 아비들이 보낸 자들. 옆에 시디키니의
들판이 보낸 자들. 칼레스를 떠난 자들. 물 많은
볼투눗강에 사는 자들. 나란히 거친 사티쿨라,
오스키 군대가 왔다. 갸름한 투창이 그들의   730
무기였다. 부드러운 끈을 창에 묶어 버릇했다.
좌측을 가린 방패, 근접전에 쓸 월도가 있었다.
　　우리 노래에 담지 않고 그댈 보내지 않으리다.
외발룻이여! 그를 세베톳 요정에게서 텔론이,
전하는 바, 텔레보에의 카프레섬을 다스리던   735
노인이 낳았다. 허나 아들은 선천의 대지에
만족지 못하고, 이내 무력으로 널리 정복했다.
사랏텟 백성들을, 사르눗강이 적시는 평야를,

이 추앙하는 영웅이다. 아가멤논의 아들이라고도 하고 동료라고도 전한다.
　　726~730행 마시쿳, 오룽카, 시디키니, 칼레스, 볼투눗, 사티쿨라, 오스키 :
캄파니아에 위치한 도시들이다. 마시쿠스산은 포도주로 유명하다. 칼레스도
포도주로 유명하다. 볼투르누스강은 캄파니아의 주요 강이다. 오스키는 캄파
니아에 살던 민족이다. 사티쿨라는 삼니움의 도시다.
　　732행 방패 : 원문 〈caetra〉는 특히 가죽으로 만들어진 방패를 가리킨다
(Conington).
　　734행 외발룻 : 할라이수스가 다스리던 지역의 남동쪽에서 네아폴리스에
이르는 지역을 다스리던 왕이다(Williams).
　　735행 텔레보에 : 희랍의 아카르나니아에서 이주한 사람들이 살던 섬이다
(Williams).
　　738행 사랏텟 : 네아폴리스와 살레르눔 사이에 위치한 사르누스강 유역에
살던 사람들로 보인다. 고대 주석가에 따르면 이들은 펠라스기 사람들과 여타
희랍 이주민들로 캄파니아에 정착했다(Conington).

184

루프레와 바툴룸에 깃든 자들, 켈렘나 들판을,

740 사과 산지 아벨라의 성벽이 굽어보던 자들을.

이들은 테우톤식 투창을 던지는 데 능했다.

참나무 나무껍질이 그들 머리의 투구였다.

청동 반월 방패들이 빛났고, 청동 칼이 빛났다.

　　산세 험난한 네르세가 전쟁터로 그댈 보내니,

745 승리한 전쟁으로 명성이 높은, 우펜스여, 그댈.

특히나 사나운 족속들, 숲속 수많은 사냥으로

단련된, 거친 대지의 아이퀴족이 그를 따랐다.

무장을 걸친 채 땅을 일구었고, 언제나 새로운

전리품을 실어 오길 일삼으며 약탈로 살았다.

750 　　또한 마루비움의 족속에게서 사제가 왔다.

투구 위에 풍성한 감람나무 잎이 묶여 있었다.

알키풋 왕이 파견하니, 용감무쌍한 움부로다.

독사의 족속, 무서운 신음을 토하는 물뱀을

그는 노랫소리와 손놀림으로 잠들게 하여

755 분노를 달랬고, 물린 걸 낫게 할 조화를 부렸다.

　　739행 루프레, 켈렘나 : 루프레는 캄파니아의 국경에 위치한 삼니움의 도시다(Conington). 켈렘나는 캄파니아의 최북단에 위치한 도시다(Williams).
　　741행 테우톤식 투창 : 이시도루스는 던지면 던진 사람에게로 되돌아오는 부메랑처럼 생긴 무기라고 설명하며, 세르비우스는 앞서 730행의 투창처럼 줄에 매달아 던지는 창이라고 설명한다(Williams).
　　744행 네르세 : 로마 동부의 아펜니노 산자락에 사는 아이퀴 종족의 도시다(Williams).
　　752행 알키풋 왕 : 마르쉬아스에 의해 건설된 아르키파라는 도시가 있었는데, 나중에 푸키누스 호수에 잠겼다는 이야기가 전해진다(Conington).

허나 달다냐 창에 입은 창상을 치료할 재주는
없었으니, 그의 상처에 노랫소리도 무용이요,
마르시 산천에서 구해 온, 잠을 부르는 약초도.
그대를 위해 앙기챠 숲도, 푸키눗 푸른 호수도
맑은 연못들도 울었더라.   760

  히폴뤼툿의 아름다운 후손도 전쟁에 왔다.
빌비웃, 장성한 그를 어미 아리캬가 보냈다.
그가 태어난 곳은 에게랴 숲, 주변에 축축한
물가, 거기 풍요롭고 평화로운 디아나의 사원.
전설에 전하길, 히폴뤼툿은 계모의 계략으로   765
피 흘려 부친의 형벌을 받고 죽음을 맞았으나,
당황한 말들에 육신을 찢긴 후, 다시 하늘의
별에 이르러 천공의 높다란 대기에 닿았고
디아나의 사랑, 파이온의 약초로 살아났다.

759행 앙기챠 숲 : 앙기티아는 마르시 사람들이 모시는 여신이며 뱀에 물
린 상처를 치료한다. 앙기티아의 숲은 푸키누스 호수 근처에 위치한다. 고대
주석가에 의하면 앙기티아는 메데아의 별칭이다(Williams).
760행 : 미완성의 시행이다.
761행 히폴뤼툿의 아름다운 후손 : 비르비우스는 히폴뤼토스와 동일시되
는 로마의 신이다. 파이드라의 거짓말 때문에 전차 사고로 사망했으나 아스클
레피오스(파이온)의 도움으로 다시 살아났다. 베르길리우스에 따르면, 아버
지 비르비우스가 아들 비르비우스를 이탈리아의 아리키아 숲에서 낳았다.
762행 아리캬 : 아리키아는 라티움 지방의 알바롱가에 위치한 도시이면
서, 디아나 여신에게 바쳐진 숲이다(Williams). 이곳의 디아나 여신을 모시는
사제는 살해자를 살해하는 사람으로, 따라서 자신도 살해되어야 할 운명을 가
졌다(Conington).
763행 에게랴 : 에게리아는 누마 폼필리우스를 가르쳤다고 하는 요정이다
(Williams).

770 전능한 아버지가 진노하니, 어둠의 저승에서
필멸자가 생명의 빛으로 올라왔기 때문이다.
몸소 아버지는 그런 치료 의술의 발명자를,
포이붓의 아들을 벼락으로 스튁스에 던졌다.
삼위 여신은 양육자로 히폴뤼톳을 은밀히
775 숨겨, 에게랴의 요정들과 숲에 맡겨 두었다.
그곳 이탈랴 숲에서 홀로 이름 없는 여생을
살아가도록, 개명하여 빌비웃으로 살도록.
그리하여 삼위 여신의 신전과 신성한 숲에는
발굽의 말들이 오지 못하니, 해안에서 마차와
780 청년을 바다 괴물에 놀라 내던졌기 때문이다.
그러했는데도 그의 아들은 들판 위로 불타는
말들을 훈련시켰고 전차를 몰고 참전했다.

　　투르눗 본인은 빛나는 몸으로 장수들 사이를
누볐다. 머리 하나만큼 우뚝 솟아 있는 무장.
785 삼중깃의 투구는 드높이 키메라를 세웠으니
에트나 화산을 아가리로 뿜어내고 있었다.
788 피를 뿌려 대는 전투가 치열해질수록 그만큼
787 더욱 사납게 울어 대는, 흉악한 화염의 포효.
또 뿔을 높이 치켜든 이오가 빛나는 방패를

769행 파이온 : 파이온은 의술의 신 아스클레피오스의 다른 이름이며,
773행에 따르면 포이부스(아폴로)가 그를 낳았다(Williams).
779행 발굽의 말들이 오지 못하니 : 디아나 여신의 신전에 말들이 들어올
수 없는 이유를 히폴뤼토스와 연결시켜 설명한다(Williams).
789행 이오 : 방패에 새겨진 문양은 유노 여신의 미움을 받는 이오가 아직

제7권　**187**

황금으로 장식하고 있었다. 털로 덮인 암소와   790
(대단한 이야기로다) 처녀의 감시자 아르곳,
세공된 동이로 강물을 붓고 있는 아비 이나쿳.
보병들의 구름이 뒤따르고 방패를 든 군대가,
들판 전체를 가득 메웠다. 아르곳 청년들이,
오룽카 병졸들이, 루툴리와 옛날의 시카니가,   795
사크라니 전열이, 방패를 칠하는 라비쿰족이.
티베릿아, 그대의 협곡과 누미쿳의 신성한
해안과 루툴리의 언덕에 쟁기질하는 이들이.
키르케의 산등성, 그곳 앙수르의 유피테르와
푸른 숲에 기뻐하는 페로냐의 땅에 사는 이들.   800
그곳엔 사툰의 검은 늪이, 깊은 계곡을 따라
바다로 길을 떠나는 차가운 우펜스가 흘렀다.
　　이들 외에도 볼스키족의 카밀라가 도착했다.

소의 모양으로 아르고스의 감시를 받고 있는 장면을 보여 준다. 투르누스의
방패는 유노 여신이 가져올 불행을 말해 준다(Williams). 이오의 아버지는 강
의 신 이나쿠스다.
　　793행 보병들의 구름이 뒤따르고 : 원문 〈insequitur nimbus peditum〉은
『일리아스』 제4권 274행의 번역이다(Conington).
　　794행 아르곳 청년들 : 투르누스가 통치하는 루툴리 사람들의 중심 도시
는 아르데아인데, 아르데아를 세운 다나에가 아르고스 출신이라는 신화와 연
결된다(Williams).
　　795행 시카니 : 일반적으로 시카니 사람들은 시킬리아에 사는 사람들을
가리킨다. 고대 주석가는 〈옛날의〉라는 수식어가 아르데아 인근에 살던 시카
니 사람들을 말해 준다고 해석한다(Williams).
　　796행 라비쿰족 : 라비쿰은 라티움 연맹 도시들 가운데 하나다. 이들은 나
무 방패에 천이나 가죽을 덧씌우고 거기에 채색을 했다(Horsfall).
　　803행 카밀라 : 참전자 목록의 마지막 인물인 여전사 카밀라는 베르길리

기병 부대, 청동으로 만발한 군대를 이끄는
여전사였다. 미넬바의 물레질 혹은 바구니에
여성스러운 일손 대신 처녀는 험한 전투를
견디고 달음질로 바람을 따라잡길 익혔다.
들판의 곡식 위로 끄트머리도 건드리지 않고
고운 이삭을 상하지 않고 나는 듯 달려갈 수도
혹은 바다 한가운데를 부풀어 오른 파도 위로
달리며 물에 빠른 발을 대지 않을 수도 있었다.
집과 들에서 청년들이 모두 몰려오고 무리 진
어미들이 놀라며 지나는 그미를 지켜보았다.
놀라 입을 다물지 못했다. 왕의 자줏빛 명예가
미끈한 어깨를 감싸고 있었고 머리는 황금의
고리로 묶여 있었다. 그미는 뤼키아식 전통과
도금양 자루, 날 세운 목동 창을 들고 있었다.

805

810

815

우스가 만들어 낸 인물로 베르길리우스 이전에도 이후에도 다시 나타나지 않
는다(Williams).
    809~811행 : 『일리아스』 제20권 226행 이하에 북풍이 암말에 반하여 낳
은 망아지들은 이삭 위로 혹은 파도 위로 이삭을 건드리지도 물에 닿지도 않
고 달렸다.
    817행 날 세운 목동 창 : 도금양 작대기는 목동의 지팡이이다. 동시에 창날
이 달려 있기 때문에 때로 전투용 창이기도 하다. 카밀라의 이중적 성격을 말
해 준다(Williams).

제8권

로렌툼 요새에서 투르눗이 전쟁의 기치를
높이 올리자 뿔 나팔이 거친 소리로 울었다.
부추김받은 맹렬한 말들, 부딪히는 무구들,
순간 들뜬 영혼들, 요동치는 흥분으로 전체가
5 결의를 다지는 라티움, 포효하는 청년들의
광기. 메사풋과 우펜스가 장군으로 앞장섰고,
신들을 조롱한 메젠툿이 사방에서 병사들을
쓸어 오니 넓은 들판에 경작할 이가 없었다.
위대한 디오멧의 도시로 베눌룻을 파견하여
10 도움을 청했다. 테우켈이 라티움에 도착했다,
에네앗이 함대와 들어왔다, 쫓겨난 신주를

1행 투르눗 : 제7권 600행 이하에 라티누스가 전쟁을 거부하고 칩거하자
투르누스가 전쟁을 이끈다(Conington).
9행 디오멧의 도시로 베눌룻을 : 아르고스의 왕 디오메데스가 트로이아
전쟁 직후 아르귀리파를 건설했다는 전설은 아르고스와 이름이 유사하기 때
문이다. 베눌루스는 티부르 사람(제11권 757행)으로 티부르는 아르고스의 식
민지 가운데 하나였다(Conington).

모셔와 운명이 그를 왕으로 삼았다 주장한다
전했다. 많은 민족이 달다냐의 사내 주변에
모였고, 라티움에 널리 명성이 커간다 전했다.
이렇게 그가 어떤 사단을, 운이 따르면 어떤   15
결과를 원할는지 누구보다 그 자신이 분명히
왕 투르눗, 왕 라티눗보다 잘 알 것이라고도.
　　라티움 전체가 그러했다. 라오메돈의 영웅은
모든 걸 보았고, 근심의 파도로 크게 일렁였다.
한 번은 이리로 한 번은 저리로 마음은 갈라져   20
종잡을 수 없이 흩어져 온갖 것을 궁리했다.
마치 놋대야에 떠놓은 물에 어른거리는 빛,
물에 비친 태양 혹은 밝은 달의 반사된 빛이
사방 모든 걸 환히 비추며 날아다니다 하늘로
솟아 높은 천장의 반자를 때릴 때와 같았다.   25
밤이 되자 대지의 모든 곳에서 지친 짐승들,
날짐승들, 들짐승들이 깊은 잠에 사로잡혔다.
그때 강둑에 얼어붙은 하늘 축 아래 아버지
에네앗은 서글픈 전쟁으로 가슴을 끓으며

13행 많은 민족이 달다냐의 사내 : 외교 수사적 과장이다(Conington).
14행 널리 명성이 커간다 : 13행과 마찬가지로 과장이다.
16행 그 자신 : 트로이아 전쟁에 참전한 디오메데스는 아이네아스를 라디
누스나 투르누스보다 훨씬 더 잘 알고 있을 것이다(Conington).
18행 라오메돈 : 트로이아의 건설자이며 프리아모스의 아버지다. 158행과
162행, 제7권 105행을 보라.
20~21행 : 제4권 285~286행과 동일하다.
26~27행 : 제4권 522~527행이 좀 더 세밀한 묘사를 보여 준다(Conington).

30　누워 뒤척이다 늦게야 사지를 잠에 맡겼다.

그에게 그곳의 신, 아름다운 강의 티베리눗,

푸른 미루나무 사이에 몸을 일으킨 노인이

보였다. 그가 입은 것은 얇은 아마의 회청색

외투였고, 그늘진 갈대가 머리를 덮고 있었다.

35　이렇게 말을 건네며 말로 근심을 덜어 주었다.

　「신들의 아드님, 적들로부터 트로야 도시를

우리에게 되가져 온, 영원한 펠가마의 지킴이여!

로렌툼 대지와 라티움 들녘이 고대하던 이여!

예가 진정 그대 터전, 신주를 모실 곳. 포기 마오!

40　전쟁 위협에 떨지 마오! 신들의 분기와 진노는

모두 지나갔으니.

그대에게 이것이 헛된 꿈이라 생각지 않도록,

강변의 떡갈나무 아래 커단 암퇘지를 보리다.

31행 아름다운 강의 티베리눗 : 제7권 30행을 보라. 아이네아스가 라티움에 도착하여 강을 거슬러 오를 때 티베리스강 주변에 넓게 펼쳐진 숲이 있었다.

32행 노인 : 남성 하신들은 흔히 노인으로 묘사된다(Conington).

33~34행 회청색 외투 : 하신이 외투처럼 걸친 물을 나타낸다(Conington).

34행 갈대 : 하신을 표현하는 관습에 속한다(Conington).

37행 우리에게 되가져 온 : 다르다누스는 이탈리아에서 트로이아에 이르렀고, 그 후손이 트로이아를 이탈리아로 다시 가져왔다(Conington).

41행 : 미완성의 시행이다. 일부 필사자들은 나머지 시행에 〈도망한 테우켈에게 새 도시를 profugis nova moenia Teurcis〉을 채웠는데, 〈concessere〉를 〈허락하다〉로 이해한 것으로 보인다. 유노는 아직 분노하고 있지만, 다른 신들은 반대하지 않는다고 해석한 것이다(Conte).

42행 생각지 않도록 : 〈말한다〉 정도가 생략되었다.

43~46행 : 제3권 390~393행 이하에서 이루어진 헬레누스의 예언이었다. 제1권 268행 이하에서 30년이 흐르면 트로이아 백성들은 라비니움을 떠나 알

서른 마리 어린 것들을 낳고 누워 있을 것이니
흰 것이 땅에 누웠고, 흰 것들은 어미젖을 빨고.   45
[이곳이 국가의 터전, 고난의 진정한 안식처라,]
여기서 마침내 삼십 년의 세월이 흘러 도시를,
아스칸은 빛나는 이름의 알바를 건설하리다.
내 노래는 헛되지 않으리. 또한 당장 일은 어찌
대처하여 승리할지 (들어라) 짧게 설명하겠다.   50
여기 연안에, 팔라스에서 기원하는 알카뎃족,
왕 에반더의 전우들, 깃발을 따라온 이들이
자리를 마련했고 언덕 위에 도시를 건설했다.
시조 팔라스를 따라 팔란테움이라 불린 도시.
이들은 라티움족과 끊임없이 전쟁을 벌였다.   55
이들을 연합군으로 받아들여 동맹을 맺으라.
그대가 거슬러 노 저어 강을 이겨 낼 수 있도록   58
내가 몸소 그대를 둑과 물길 따라 이끌겠다.   57

바롱가로 이주한다는 유피테르의 예언과 연결된다.

46행 이곳이 국가의 터전, 고난의 진정한 안식처라 : 제3권 393행과 같은
데, 헬레누스의 예언에 따르면 이곳이 나라를 세울 터전이다. 하지만 82~83행
에 따르면 다만 하신 티베리스가 보낸 전조의 의미로 국한되기에 46행은 지워
야 할 것이다.

51행 팔라스 : 팔라스는 뤼카온의 아들이며, 에우안데르의 할아버지다. 그
는 아르카디아에 팔란티온이라는 도시를 건설하였다. 팔란티온은 54행의 팔
란테움과 연결되는데, 팔란테움은 다시 로마의 팔라티움 언덕과 연결된다.

53행 언덕 위에 : 로마의 일곱 언덕을 가리킨다(Williams).

55행 라티움족과 끊임없이 전쟁을 벌였다 : 라티움족과 관계가 좋지 않은
에우안데르는 아르카디아 출신으로 트로이아 출신과 적대 관계이지만, 여기
서 라티움족이라는 공동의 적을 두었기에 아이네아스와 연합한다(Conington).

일어서라. 여신의 아드님, 별들이 저물자마자
유노에게 격식대로 기도하여 분노와 위협을
청원의 소망으로 설복하라. 내겐 정복자로
경배할지니. 나는 네가 보다시피 가득한 물로
강둑을 깎아 내며 기름진 경작지를 가르는
푸른 튀브릿, 하늘에 크게 사랑받는 강이다.
여긴 내 커단 터전, 수원지는 높은 곳 도시들.」
　　말하고 이어 하신은 깊은 웅덩이에 몸을 숨겨
깊은 곳을 찾았다. 밤과 꿈이 에네앗을 떠났다.
그는 일어났고, 천공의 태양이 환히 밝는 걸
바라보며 오므린 손에 강물을 뜨고 격식 갖춰
들어 올렸다. 하늘을 향해 이런 소리를 토했다.
「요정들, 강들이 기원하는 로렌툼 요정들이여!
그대 아버지 튀브릿, 그대의 신성한 강물이여!
에네앗을 거두시고 위험들로부터 지키소서!
저희의 고생을 동정하시는 그대가 어느 샘에
계시든, 어느 땅에서 그대가 아름답게 샘솟든
늘 저의 인사로써, 늘 제물로써 경배 받으실
그대는 뿔 달린 강물, 저녁 땅 하천들의 통치자.

59행 별들이 저물자마자 : 새벽을 가리킨다.
61행 정복자로 : 아이네아스가 라티움의 진정한 정복자가 된 이후에 자신에게 경배하도록 하신은 명한다.
62~65행 : 티베리스 하신이 자신을 아이네아스에게 소개한다.
64행 푸른 튀브릿 : 티베리스강은 제7권 31행처럼 〈누런〉이란 별칭이 붙었는데, 티베리스 하신은 〈푸른〉 색이다(Williams).
64행 푸른 : 33행의 〈회청색〉을 보라.

다만 함께하시며, 바투 그대 뜻을 확인하소서.」
이리 말하고 함대에서 이단 노선 두 척을 골라
노꾼을 태우면서 전우들에게 무기를 돌렸다.   80

　그때 돌연 보기에 놀라운 전조가 나타났다.
숲을 지나 흰 새끼들과 같은 색깔의 눈부신
암퇘지가 푸른 강가에 누운 것이 눈에 띄었다.
충직한 에네앗은 그대, 위대한 유노, 그대에게
암퇘지를 잡아 새끼들과 함께 제단에 바쳤다.   85
밤의 길이만큼 튀브릿은 부풀어 오른 강물을
진정시켰고 침묵의 물결도 숨죽여 서 있었다.
마치 부드러운 호수와 평화로운 웅덩이처럼
강이 수면에 누웠고 노 젓기에 노고가 없었다.
구호를 맞추어 외치며 시작된 길을 재촉했다.   90
역청 바른 배가 물길을 나아갔다. 물도 놀라고
숲도 드문 일에 놀랐다. 사내들의 멀리 빛나는
방패와 채색된 함선들이 강을 거슬러 오른 것.
밤으로 낮으로 노 젓기에 지쳐 갔다. 그들은
굽이굽이 물길을 정복했고, 온갖 나무들에   95
둘러싸여 고요한 수면 위로 푸른 숲을 갈랐다.

77행 뿔 달린 강물 : 하신은 흔히 머리에 뿔이 달린 모습으로 그려진다
(Williams).
86행 밤의 길이만큼 : 아이네아스 일행은 유노 여신에게 바치는 제사 때문
에 어두워지기 시작할 무렵 출발했으며 밤새 강을 거슬러 올라갔다.
96행 수면 위로 푸른 숲을 갈랐다 : 수면 위에 비친 나무와 숲을 지나 아이네
아스 일행이 강을 거슬러 올라가는 모습을 나타낸다고 고대 주석가는 보았다.

불붙은 태양이 하늘 꼭두 한가운데 올라설 때,
멀리 성벽과 성채, 드문드문 자리 잡은 가옥,
지붕들이 보였다. 로마 국력이 지금은 하늘과
100 대등하게 겨루지만, 에반더 당시는 초라했다.
그들은 서둘러 함수를 돌려 도시로 다가갔다.
　　마침 그날 알카스 왕은 경건하게 대제를
암퓌트리온의 위대한 아들과 신들을 모셔
도시 앞의 숲에서 바쳤다. 아들 팔라스도 함께,
105 모든 청년 수장들과 가난한 원로원도 함께
분향했고, 더운 피가 제단 옆에서 타고 있었다.
그때 보았다. 높은 전함들이 어두운 숲을 지나
미끄러지고, 침묵한 노꾼들이 노를 젓는 걸.
돌연한 출현에 놀랐다. 모두가 제사를 물리고

97행 불붙은 태양이 하늘 꼭두 한가운데 올라설 때 : 『일리아스』 제8권 68행
을 보라.

99행 로마 국력 : 에우안데르를 방문하게 됨으로써 아이네아스는 나중에
로마가 세워질 장소를 방문하게 된다.

102행 마침 그날 : 호메로스를 모방한 것인데, 텔레마코스가 퓌로스에 상
륙했을 때 네스토르와 그의 아들 페이시스트라토스가 백성들과 함께 제사를
올리고 있었고, 페이시스트라토스는 텔레마코스를 환대한다(Conington).

103행 암퓌트리온의 위대한 아들 : 헤라클레스를 가리킨다. 271행 이하에
언급된 〈대제단〉은 헤라클레스를 모시는 축제다.

103행 신들을 모셔 : 제사를 올릴 때는 해당 신 이외에 다른 모든 신이 초
대된다. 하지만 플루타르코스가 전하는 바로의 주장에 따르면 헤라클레스 축
제에서는 다른 신들을 언급하지 않았다.

104행 도시 앞의 숲 : 헤라클레스에게 바치는 제사는 도시 성벽 밖에서 모
시는 것이 희랍의 관행이다(Conington).

105행 가난한 원로원 : 100행의 〈초라했다〉와 호응한다.

일어섰다. 용감한 팔라스는 제사를 멈추지   110
말라 하고, 창을 잡고 날아가 직접 맞이했다.
멀찍이 둔덕에 올라「청년들아, 무슨 이유로
낯선 길을 감행하는가? 어디로 가는가?」말했다.
「어디서 온 어느 민족인가? 전쟁인가, 평화인가?」
그때 높다란 선미의 아버지 에네앗은 말했다.   115
손에 잡은 평화의 감람나무 가지를 내보였다.
「라티움에 맞선 창, 트로야 후손을 보고 계시오.
그들은 실향민들에게 오만한 전쟁을 가했소.
에반더를 찾고 있소. 이를 전해 주오. 선발된
달다냐 장수들이 동맹군을 찾아왔다 해주오.」   120
팔라스는 위대한 이름을 듣고 얼어붙었다.
말한다.「그대 뉘시든 배에서 내려 제 부친께
말씀하시오. 저희 집으로 드시오. 손님이여!」
그는 손을 내밀어 손을 맞잡고 놓지 않았다.
강을 뒤로하고 발을 옮겨 숲으로 다가갔다.   125
    그때 에네앗은 왕에게 친절한 말을 건넸다.
「그래웃 수장이여, 운명은 그대에게 청하라,
양털을 감은 감람나무를 내보이라 명했지요.
전 다나웃 족장, 알카스 그대에게 두려움이

109행~111행 제사를 물리고 (……) 멈추지 말라 하고 : 로마인들은 제사를
도중에 중단하는 것은 불길한 일이라고 생각한다. 한니발이 로마 문 앞에 나타
났을 때도 한 노인은 멈추지 않고 대경기장에서 계속 춤을 추었다(Conington).
    118행 오만한 전쟁 : 고향을 잃고 피난처를 찾아 탄원하는 이들에게 도움
을 주는 게 아니라 전쟁을 걸어 왔기 때문에 〈오만한〉 전쟁이다(Conington).

130   없습니다. 아트렛의 두 아들과 민족이지만.

오히려 제 용기가 저를, 신들의 영험한 신탁이,

혈연의 조상들이, 대지에 자자한 그대 명성이

간절한 절 그대에게 묶고 운명으로 이끕니다.

도시 일리온의 창건자, 한아바님 달다눗은,

135   그래웃이 말하듯, 아틀랏의 따님 엘렉트라의

아들은 테우켈에 왔지요. 그미는 높은 아틀랏,

어깨에 둥근 창공을 메고 계신 분이 낳았지요.

그대 부친은 메르쿨. 눈부신 마이아가 그분을

잉태하여 차디찬 퀼레네 산정에서 낳았지요.

140   헌데 마이아는, 전하는 것에 따르면, 아틀랏,

하늘을 들고 계신 아틀랏이 또한 낳았답니다.

하여 우리 둘은 한 핏줄에서 나뉜 집안입니다.

이를 믿고 저는 전령도, 먼저 교묘히 그대를

떠볼 시도도 마다하고 제가, 제가 직접 제 목을

145   그대에게 내놓고, 탄원자로 그댈 찾았습니다.

그대를 쫓아낸 다우눗족이 잔혹한 전쟁으로

우릴 쫓으니. 그들이 작정하여 우릴 쫓아내고

149   위 바다가 잡은 땅과 아래 바다가 씻어 내는 땅,

148   저녁 땅 전부를 자기 멍에 아래 놓으려 합니다.

150   신의를 나눕시다. 우리에겐 전쟁에 용맹한

146행 다우눗족 : 다우누스는 투르누스의 아버지다. 다우누스족은 여기서
투르누스가 다스리는 루툴리 사람들을 가리킨다. 제10권 616행을 보라.
149행 위 바다가 잡은 땅과 아래 바다가 씻어 내는 땅 : 〈위 바다〉는 아드
리아해를 가리키며, 〈아래 바다〉는 튀레눔해를 가리킨다.

가슴, 경험을 다진 청년들의 용기가 있습니다.」

에네앗은 말했다. 에반더는 말하는 입과 눈을,
온몸을 진작부터 눈을 밝혀 살펴보고 있었다.
그때 그는 짧게 답했다.「테우켈 용사여, 그대를
만나 보게 되어 얼마나 기쁜지! 부친의 말투와   155
위대한 앙키사의 목소리와 얼굴이 보입니다.
기억합니다. 누이 헤쇼나의 왕국을 방문코자
라오메돈의 프리암은 살라밋으로 나섰다가,
곧장 알카댜의 차가운 땅을 들렀다 합니다.
그때 갓 핀 젊음이 턱에 꽃을 옷 입히던 나는   160
테우켈의 영웅들에 놀라고, 그분, 라오메돈의
자손에 놀랐지요. 누구보다 훌쩍 높은 키의
앙키사. 내 마음은 청춘의 열정에 불타올라
사내에게 인사하고 손을 맞잡길 원했답니다.
난 인사했고 페네웃 성까지 안내를 맡았지요.   165
그분은 내게 놀라운 화살통과 뤼카아 화살과

153행 살펴보고 있었다 : 에우안데르는 아이네아스가 이야기하는 동안 그
의 얼굴과 생김새를 보면서 옛 친구 앙키세스의 아들이 아닐까 하는 생각을
한다(Williams).

156행 목소리와 얼굴이 보입니다 :『오뒷세이아』제4권 140행 이하에 헬
레나는 텔레마코스와 오뒷세우스의 닮은 모습을 언급한다(Conignton).

157행 헤쇼나 : 라오메돈의 딸이며, 프리아모스의 여동생으로 살라미스의
왕 텔라몬과 혼인했다고 전한다.

160행 턱에 꽃을 옷 입히던 :『오뒷세이아』제11권 319행 이하〈턱이 갓
피어난 솜털로 덮이기 전에〉라는 표현과 연결된다.

165행 페네웃 성 : 페네우스는 아르카디아 북동쪽의 도시로 퀼레네산에서
멀지 않은 곳에 있었다.

떠나시며 금실을 섞어 짠 군복을 주셨답니다.
지금은 아들 팔라스가 가진 황금 재갈 한 쌍도.
하여 그대 뜻대로 손잡을 뜻이 내게도 있소.
170   내일의 태양이 대지에 다시 돌아오자마자
그대들을 물심 도와 기쁘게 떠나보낼 것이오.
친구로 여길 찾아왔으니, 그 전에 이번 제사를,
연중행사를 미룰 수는 없는 일, 기쁜 마음으로
우리와 함께 동맹자의 제상을 즐기십시다.」
175   이리 말하고 치웠던 상과 술잔을 다시 내오라
명했다. 몸소 사람들이 앉을 멍석을 깔았다.
특별히 방석과 갈기 달린 사자 가죽으로 덮은
단풍나무 의자에 에네앗을 청하여 앉혔다.
그때 뽑힌 청년들과 제단의 사제가 앞다투어
180   황소의 구운 살코기를 날랐다. 바구니를 채운
공들인 케레스의 선물과 바쿠스를 준비했다.
183   길쭉한 황소의 등뼈와 제단에 올렸던 내장을
182   에네앗과 트로야 청년들이 다 함께 먹었다.
배고픔을 해결하고 먹고픈 욕망을 지운 후에
185   왕 에반더가 말했다.「우리에게 이런 제사며,

175행 치웠던 : 109행을 보라.
178행 앉혔다 : 고대 주석가는 헤라클레스에게 바치는 제사였던 〈제단〉
(179행) 혹은 〈대제단〉에서 누운 자세로 식사하는 것은 허용되지 않았으며
참석자들은 좌정하여 음식을 먹었다고 한다(Conington).
183행 길쭉한 황소의 등뼈 : 『일리아스』 제7권 321행과 『오뒷세이아』 제
14권 437행을 보면, 〈긴 등심〉은 명예의 선물이었다(Conington).

이런 전통 잔치, 위대한 신성의 이런 제단은
참 신성의 무지, 공허한 미신에서 비롯된 것이
아닙니다. 트로야 손님이여! 잔혹한 위기를
넘긴 우린 합당한 제례를 제정하여 모십니다.
먼저 여기 돌들이 쌓인 벼랑바위를 보시오.   190
산산이 부서진 돌덩이들, 버려진 언덕 속의
거처를. 거암은 엄청난 잔해를 남겼습니다.
여긴 안으로 멀리 들어가는 동굴이었지요.
반인반수 카쿠스의 무서운 얼굴이 장악한,
햇살도 다가서지 않는 동굴. 언제나 갓 흘린   195
죽음으로 바닥은 홍건했고, 높다란 문 위엔
시즙을 떨구는 앙상한 해골들이 달려 있었죠.
불칸이 그 괴수의 아비였는데, 아비의 검은
불덩이를 허우적거리는 거구로 토했답니다.
마침내 시간이 기도하던 우리에게도 신의   200
도착과 도움을 알려 왔습니다. 위대한 복수자,
세 쌍 게뤼온의 처단과 전리품으로 당당한
알케웃의 손자, 승리자가 커단 소 떼를 몰고
여길 들른 겁니다. 계곡과 강변을 메운 소 떼.

189행 제정히여 모십니다 : 리비우스 『로마사』 I 7을 보면 헤라클레스의
〈대제단〉은 에우안데르가 희랍 방식으로 마련한 예법에 따라 모셔졌다.
190행 여기 : 231행에 비추어 아벤티누스 언덕의 벼랑바위 근처로 보인다.
204행 계곡과 강변을 가득 메운 소 떼 : 대경기장과 티베리스강 사이에
〈승리자 헤라클레스 신전Hercules Victor〉과 〈대제단Ara Maxima〉이 서 있는
데, 이곳은 〈황소 광장Forum Boarium〉이라고 불린다(Conington).

205   그때 도적 카쿠스의 잔인한 마음은 감행치도,
       건드리지도 않은 범죄와 비행이 없는지라,
       풀밭에서 빛나는 몸집의 황소들 네 마리와
       몸매가 빼어난 같은 수의 암소를 빼돌렸지요.
       이것들을, 올바른 발자국을 남기지 않도록,
210   꼬리를 잡아 굴로 끌고 갔고, 거꾸로 된 길을
       남기면서, 어두운 석굴로 데려다 감춘 겁니다.
       추적자에게 동굴로 안내할 흔적은 없었죠.
       그사이 들풀을 배불리 뜯은 가축들을 몰아
       암퓌트리온의 아들이 출발을 준비하는 때,
215   떠나가며 울음 우는 황소들, 장탄식을 사방
       숲에 빼곡하게 울어 대며 언덕을 내려갔지요.
       속 빈 동굴 안에서 들리는 암소의 울음소리.
       붙잡혀 간 암소가 카쿠스의 희망을 폭로하고,
       이에 헤르쿨의 고통은 분노의 검은 담즙으로
220   불타올랐죠. 손에 거머쥔 무기, 옹이 가득한
       몽둥이를 들고 폭풍의 가풀막으로 내달렸죠.
       그때 처음 겁에 질린 카쿠스를 보았답니다.
       흔들리는 두 눈, 혼비백산 동풍보다 빠르게
       숨어든 암굴. 공포가 발에 날개가 되었던 것.
225   몸을 숨기고, 쇠줄을 끊어 거대한 바윗덩이를
       떨구니, 아버지의 기술과 쇠줄에 매달렸던

       219행 분노의 검은 담즙으로 : 『일리아스』 제1권 103행 이하에서 아킬레
       우스의 심장이 분노로 가득 차 검게 변하고 두 눈이 불탔다.

바위는 장애물로 세워져 문기둥을 보강했죠.

그때 나타난 티륀스 영웅은, 분노의 광기, 온통

입구를 찾아 이리저리 살피며 뒤져 보았죠.

부득이는 이빨, 분노를 끓이며 세 번 모조리   230

아벤틴 언덕을 뒤지고, 세 번 바위틈 진입을

시도하나 허사. 지쳐 세 번 계곡에 주저앉았죠.

사방으로 깎아 세운 뽀족 바위가 있었습니다.

동굴의 지붕으로 치솟아 보기에 까마득했죠.

끔찍스러운 날짐승들에게 맞춤인 보금자리.   235

산등성이에서 강 쪽, 왼쪽으로 기운 이 바위를

오른편에 버티고 서서 밀어붙이자, 뿌리가

뽑히며 풀려 바위가 들썩였고, 이어 순식간에

넘어가고, 넘어가니 광활한 하늘의 천둥소리,

둘로 갈라진 강둑, 놀란 강물이 거꾸로 흘렀죠.   240

순간 카쿠스의 동굴, 지붕이 벗어지고 거대한

왕궁이 드러났죠. 어두운 굴속이 열렸답니다.

마치 강한 힘에 대지가 큼지막이 입을 벌리고,

하계의 거처, 신들도 미워하는 창백한 왕국이

227행 문기둥을 보강했죠 : 동굴 입구의 양측에 문설주가 서 있었고, 열린 입구를 바위로 완전히 메워 버린 것이다(Conington).

240행 둘로 갈라진 강둑, 놀란 강물이 거꾸로 흘렀죠 : 아벤티누스 언덕에서 티베리스강으로 떨어진 바위가 티베리스강을 때리고 큰 파도가 양쪽 강둑을 더 멀리 갈라 놓았다(Williams).

244행 창백한 왕국이 :『일리아스』제20권 61행 이하, 포세이돈이 대지를 흔들자 하계의 하데스가 놀라 옥좌에 뛰어오르는 장면을 모방하였다. 형용사 〈창백한〉은 애초 하계에 거주하는 영혼들에게 붙는 별칭이다(Conington).

245 드러나며, 커단 심연이 위에서 보이고, 들이친
      햇빛에 망령들이 벌벌 떨 때와 다르지 않았죠.
      그래서 느닷없는 빛에 갑작스레 붙들린 그를,
      속 빈 동굴에 갇혀 낯선 소리를 지르는 그를
      알케웃의 손자는 화살로 압박, 무기를 총동원,
250 위로부터 커단 나무와 맷돌로 몰았답니다.
      그때 그는, 위험의 탈출구가 이제 남지 않자,
      아가리에서 (형언하기 놀랍다) 엄청난 연기를
      토해 냈고, 시커먼 어둠으로 거처를 휘감았죠.
      눈은 앞뒤 분간을 빼앗겨, 굴속에 켜켜이 쌓인
255 밤, 자욱한 연기, 화염에 뒤엉킨 암흑이었죠.
      알케웃의 손자는 좌시 않고 용맹하게 화염에
      몸을 던져 높이 뛰어내리니, 연기가 굉장히
      물결치고 검은 안개가 커단 굴에 일렁였지요.
      거기 어둠 속에 헛된 불길을 토하는 카쿠스를
260 붙들어 잡고 오라를 지워 바짝 옥여 매었죠.
      눈알이 빠지고 목에 피가 마르도록 그리했죠.

248행 낯선 소리를 : 카쿠스가 한 번도 그렇게 소리친 적이 없거나, 사람들
이 평소 사람 형상의 생물에게서 들을 것이라고 생각하지 못한 소리였을 것이
다(Conington).

249행 화살로 압박, 무기를 총동원 : 일단 헤라클레스는 그의 무기인 활로
공격했을 것이고, 활이 떨어지자 이어 나무와 돌을 던졌을 것으로 보인다
(Conington).

250행 맷돌: 〈맷돌〉이 아니라 맷돌만 한 돌을 던졌을 것이다(Williams).

261행 눈알이 빠지고 목에 피가 마르도록 : 이런 변화는 교살(絞殺)로 인
해 발생한 것들로 보인다(Conington).

곧 문이 활짝 열리며 검은 거처가 드러났지요.

훔쳐 냈던 황소들, 아니했다 맹세한 절도가

만천하에 밝혀졌고, 참혹한 시신이 발목 잡혀

끌려 나왔죠. 질릴 줄 모르는 가슴들은 실컷   265

섬뜩한 눈 언저리, 얼굴을, 털로 덮인 괴수의

가슴, 불꽃이 꺼져 버린 아가리를 보았지요.

이후 그날을 기념일로 정해, 자손들도 기꺼이

축일을 지켰고, 첫 축일의 발기인 포티툿과

헤르쿨 제사의 집행을 맡은 피나룻 집안이   270

숲속 여기에 제단을 세우고, 이를 우리는 늘

대제단이라 부르니, 늘 대제단으로 남으리라.

그러니, 이제 청년들아, 위대한 업적을 기려

263행 아니했다 맹세한 : 사실 카쿠스가 절도 행위를 부정하는 장면은 앞서 언급되지 않았지만, 베르길리우스의 침묵에도 불구하고 충분히 222행 이하에서 그랬을 개연성이 있다.

267행 보았지요 : 『일리아스』 제22권 370행 이하, 희랍군은 죽은 헥토르의 시신을 이와 같이 쳐다보았다.

268행 자손들도 : 에우안데르 당대에 그가 직접 겪은 사건임을 363행에서 볼 수 있는데, 에우안데르는 지금 마치 선대의 일처럼 기술한다(Conington).

272행 대제단이라 부르니 : 리비우스『로마사』 I 7 이하, 〈제사의 준비와 만찬을 포티티우스 집안과 핀나리우스 집안이 맡았는데, 이들은 당시 대단히 유명한 집안으로 그 지역에 살고 있었다. 공교롭게, 포티티우스 집안은 제시 간에 도착하여 그들에게 내장이 제공되었지만, 핀나리우스 집안은 내장을 다 먹은 이후라 나머지를 먹게 되었다. 이는 이후로 내내 핀나리우스 집안이 유지되는 동안 관습으로 남아, 그들은 제물의 내장을 먹지 않았다. 포티티우스 집안은 에우안드로스에게서 상세히 배워 여러 세대 동안 이 제사를 모시는 제관을 지냈다. 포티티우스 집안이 완전히 멸문하자 그 집안의 엄숙한 봉사(奉祀)는 공공 노예에게 맡겨졌다. 이 제사만을 로물루스는 외래 제사들 모두 가운데 유일하게 받아들였다.〉

이마를 푸른 잎으로 묶고, 손에 잔을 들어라!
275 우리 공동의 신이라 외치며, 기쁘게 헌주하라!」
말했다. 두 색깔 미루나무의 헤르쿨 그늘이
머리를 덮었고, 이파리가 화관처럼 매달렸다.
제주잔이 오른손을 채웠고, 지체 없이 모두가
기쁘게 제사상에 술을 올리며 신들께 빌었다.
280 그새 하늘이 기울고 샛별이 가까이 다가왔다.
벌써 포티웃이 앞서고 사제들이 따라 나왔다.
격식대로 짐승 가죽을 걸쳤고 횃불을 들었다.
첫째 상을 물리고 둘째 상을 다시 차려 제물을
올렸고, 제단은 진설한 제기들로 가득했다.
285 마르스 사제들이 번제단 옆에 노래를 부르러
미루나무 가지로 머리를 동이고 등장했다.
여기 소년 합창대, 저기 노인 합창대가 노래로
헤르쿨의 공적을 칭송했다. 어찌 계모의 첫째

276행 두 색깔 미루나무의 헤르쿨 그늘 : 미루나무의 잎은 한쪽이 하얗고
다른 쪽이 녹색이다. 미루나무는 헤라클레스에게 바쳐진 나무다(Conington).
278행 제주잔 : 고대 주석가는 헤라클레스가 이탈리아에 올 때 가져온 커
다란 나무 〈제주잔scyphus〉이 있었고 이를 보관해 두었다가 법무관이 일 년에
한 번 꺼내 헌주하는 데 썼다고 한다(Conington).
285행 마르스 사제들 : 마르스 사제를 가리키는 원문 〈Salli〉는 〈춤추다〉라
는 동사와 연결되는데 이들은 〈춤추는 사제〉였다. 고대 주석가는 이들이 티베
리스강의 헤라클레스 축제에 참여했다고 전한다(Williams). 마르스 사제들은
하루 종일 이어지는 풍성한 잔치와 연결된다. 호라티우스 『서정시』 I 37, 2행
이하. 〈이제 살리움 사제들처럼 음식을 마련하여 풍성하게 제단을 꾸밀 때가
되었다.〉
288행 계모 : 유노 여신은 유피테르와 알크메네 사이에서 태어난 갓난아

악행, 독사 한 쌍을 손으로 쥐어 처치했는지,
전쟁에 대단한 도시들, 트로야와 외칼랴를   290
어찌 파괴했는지, 수천의 고된 노고를 어찌
유뤼스테 왕 밑에서 성난 유노의 운명 때문에
겪었는지. 「무적이여, 구름이 낳은 반인반마
휠레웃과 폴루스를 맨손으로, 크레타 괴물을,
또 네메아 절벽 아래 커단 사자를 처단한 이여!   295
스튁스의 늪도 그대 앞에서, 하계의 문지기도
먹다 만 뼈가 수북한 핏빛 동굴 속에 떨었나니.
어떤 면면도 그대를 겁주지 못했고, 튀폰의
높이 쳐든 무기도 못했다. 이성을 잃는 일 없는
그대를 레르나의 뱀이 머리채로 감쌌어도.   300
만세, 유피테르의 참 자손, 신들의 자랑이소서!
저희와 그대 제사에 호의의 걸음으로 오소서!」
이리 노래하고 찬양했다. 대단원으로 카쿠스
동굴과 불을 토하던 그를 덧붙여 노래했다.
사방 숲이 함께 외쳤고 언덕들이 화답했다.   305
     이어 경건한 행사를 끝마치고 모두 도시로

이 헤라클레스를 죽이기 위해 뱀을 보냈다.
     290행 트로야와 외칼랴 : 『일리아스』 제5권 640행 이하에 따르면 헤라클
레스는 라오메돈에게 복수하기 위해 트로야를 파괴했다. 에우보이아의 도
시 오이칼라아도 헤라클레스에 의해 파괴되었다(Williams).
     291행 수천의 고된 노고 : 헤라클레스는 뮈케네의 왕 에우뤼스테우스 밑
에서 유노 여신의 명에 따라 12가지의 과업을 수행한다.
     300행 레르나의 뱀 : 휘드라는 머리가 9개이며, 각 머리는 뱀의 형상을 하
고 있다. 머리 하나를 뽑을 때마다 2개의 머리가 다시 자라났다.

몸을 돌렸다. 노령을 덮어쓴 왕은 길을 걸으며
에네앗과 아들을 길동무로 더불어 서둘렀다.
걸어가며 이런저런 이야기로 귀로를 달랬다.
310 주변 모두에 고분고분 눈을 돌리며 감탄하는
에네앗은 산천에 사로잡혔고 즐겁게 일일이
옛사람들의 묘비들을 물어보고 답을 들었다.
로마 산성의 초석을 놓은 에반더 왕이 말했다.
「이 숲은 토박이 파우눗들과 요정들의 터전,
315 단단한 참나무 등걸이 낳은 민족의 땅입니다.
이들에겐 도의니 문명이니 하는 것도, 멍에나,
차려 놓은 세간도, 살뜰한 살림법도 없었지요.
초목과 사냥, 힘겨운 삶이 이들을 키웠답니다.
320 왕위를 잃은 망객, 유피테르의 무기를 피해
319 사툰이 천상의 올림풋에서 내려와서 처음,
높은 산속에 흩어져 살던 길들지 않는 종족을
통솔하고 율령을 정비하여 라티움을 국호로

310행 고분고분 눈을 돌리며 : 에우안데르가 여기저기 가리키며 이야기를
이어 갈 때 아이네아스는 에우안데르의 설명에 따라 눈을 돌려 그가 가리키는
곳을 바라보며 주목하였다(Williams).
313행 로마 산성의 초석 : 〈산성arx〉은 카피톨리움 언덕으로 옮겨 가기 전
에, 지금처럼 팔라티움 언덕에 위치했다(Williams). 팔라티움 언덕에 로물루
스는 도시를 건설하였고 아우구스투스는 저택을 지었다(Conington).
314행 토박이 파우눗들 : 희랍 땅에서 쫓겨 온 이주민 사투르누스가 낳은
자손들은 이탈리아에서 태어나 자란 토박이들이다. 제7권 48행 이하에서 파
우누스는 사투르누스의 손자였다(Conington).
316행 도의 : 제7권 204행을 보라.

택하니, 이 땅은 숨어 안정할 은신처였답니다.
그분이 다스린 시대를 사람들이 일컬길 황금
시대인즉, 인민을 고요한 평화로 다스렸지요.   325
그러다 점차 세월이 흉흉해지고 빛이 바래져
전쟁의 광기와 소유의 탐욕이 뒤따랐습니다.
그때 오소냐 무리, 시카냐 종족이 도래하고
사툰의 대지는 번번이 명칭을 달리했습니다.
그때 왕들 가운데 커단 몸집의 잔인한 티브릿,   330
그를 따라 우리 이탈랴는 이 강을 티브릿이라
불렀으니, 진짜 이름, 옛 알불라를 잃었답니다.
조국에서 추방되어 대양의 끝에 도착한 저를
전능한 숙명, 울어 보아도 소용없는 운명이
여기로 데려왔으니, 모친 카르멘타 요정의   335
무시무시한 경고와 아폴론 신이 이끈 겁니다.」
     이리 말하고 걸어가며 곧 제단을 가리켰다.
카르멘타라 로마인들이 이름하는 성문을.

323행 은신처 : 여기서 베르길리우스는 〈숨다lateo〉에서 〈라티움Latium〉
이 왔다는 어원 해석을 따르고 있다. 고대 주석가는 바로의 어원 분석을 소개
하는데, 마찬가지로 〈숨다lateo〉에서 온 바 이탈리아가 알프스산맥과 아펜니
노산맥에 의해 숨겨진 곳에 있기 때문이다(Conington).
326행 빛이 바래져 : 헤시오도스가 언급한 금은동철의 시대 가운데, 황금
보다 색이 어두운 금속들의 시대를 말한다.
332행 알불라 : 고대 주석가는 이 이름이 색깔과 연관된다고 보았다.
333행 조국에서 추방되어 : 에우안데르가 조국 땅에서 추방된 이유는 알
려진 바 없으나, 여타 범죄나 부친 살해 등을 고대 주석가들이 언급하고 있다
(Williams).

요정 카르멘타의 옛 영광을 그들이 기리는 건,
340 그 운명의 예언자가 누구보다 먼저 노래한 게
에네앗의 커단 후손과 유명한 팔란튬이기에.
이어 커단 숲을. 이를 모진 로물룻이 도피처로
지정했다. 이어 늑대 동굴을. 응달진 바위 아래
파라샤 말로 뤼케웃이라 불린 목신의 거처.
345 또 아길레툼의 신성한 숲도 빼먹지 않았다.
숲을 증인 세워 빈객 아르곳의 죽음을 말했다.
이어 탈페야 절벽, 카티톨 언덕으로 이끌었다.
지금은 금빛이지만, 당시는 사나운 덤불숲.
두려운 정기가 당시 벌써 농부들을 떨게 했고
350 그곳의 숲과 절벽을 사람들은 두려워했다.
말했다. 「나무가 빼곡한 이 숲에, 이 언덕에는
(뉘신지 모르나) 신이 거하오. 알카댜는 게서
유피테르를 보았다 믿으니, 암흑을 부르는
방패를 흔들어 먹구름을 일으키신다 하지요.
355 다음에 여기 무너진 성벽으로 남은 두 도시,
옛사람들의 유산, 그들의 흔적이 보일 겁니다.

341행 유명한 팔란튬 : 에우안데르의 팔라티움이 아니라 로물루스가 도시를 건설한 이후의 팔라티움을 의미한다(Conington).
344행 파라샤 말로 뤼케웃 : 파라시아는 아르카디아의 뤼카이오스산 근방에 위치한 마을이다. 팔라티움 근처의 이 늑대 동굴을 일부는 로물루스와 레무스를 젖 먹인 늑대와 연결하는데, 베르길리우스는 에우안데르와 아르카디아 사람들의 목신 숭배와 결부한다(Conington).
346행 아르곳의 죽음 : 베르길리우스는 아르길레툼의 어원을 〈아르고스의 죽음〉이라고 보고 있다(Williams).

여긴 아버지 야누스, 여기 산성은 사툰이 쌓아,

여긴 이름이 아니쿨룸, 저긴 사툰 산성이었죠.」

이런 이야기를 서로 나누며 집으로 걸었다.

가난한 에반더의 집, 사방에 보이는 소 떼가   360

로마 광장과 말끔한 카리네에서 울고 있었다.

집에 다 왔을 때 말하여「이 문턱에서 승리자

헤르쿨은 몸을 수그렸고 이 궁궐은 맞았지요.

의연히 부를 삼가며, 손님이여, 그대도 신 같은

의젓함으로 너그럽게 누추한 살림을 보시오.」   365

말했다. 그리고 옹색한 거처의 지붕 아래로

커단 에네앗을 이끌어 자리를 마련해 주었다.

낙엽을 깔고 뤼비아 곰 가죽을 덧씌운 잠자리.

밤은 내려와서 검은 날개로 대지를 안았다.

    이때 모친 베누스의 걱정은 공연한 게 아니니,   370

로렌툼의 위협과 험악한 소동이 두려웠다.

불칸에게 말하여 황금의 결혼 침대에서 이리

시작했다. 말마다 불멸의 사랑을 불어넣었다.

358행 아니쿨룸 : 아벤티누스 언덕에서 티베리스강 건너 보이는 언덕인
데, 사투르누스가 도래하기 이전 야누스가 이탈리아를 다스리며 쌓은 산성이
기에 아니쿨룸이라고 불렸다고 한다(Conington).

361행 카리네 : 키리니이는 에스퀼라이 언덕과 카일리우스 언덕 사이에
위치한 곳으로 나중에 안토니우스의 소유가 되는 폼페이우스의 저택이 있었다
(Conington). 〈말끔한〉이라는 별칭은 권력자들의 저택과 연관된 것으로 보인다.

368행 뤼비아 곰 가죽 : 제5권 37행을 보라.

373행 말마다 불멸의 사랑을 불어넣었다 : 『일리아스』 제18권 369행 이하
에서 바다 노인 네레우스의 딸(383행) 테티스는 헤파이스토스에게 아킬레우

「아르곳 왕들의 전쟁에 펠가마가 폐허 되어도,
375 적들의 화염에 성채가 무너져도 운명이러니.
불행에도 일체 청한 적 없던 도움, 무기 제작의
그대 솜씨와 능력. 사랑하는 남편이여, 그대가,
그대 수고가 헛일이 되는 걸 원치 않았지요.
비록 프리암의 아들들에게 갚아야 할 게 크고,
380 에네앗의 험한 시련에 눈물도 적이 흘렸지만.
그는 지금 유피테르 명으로 루툴리 땅에 섰고,
그래 저도 탄원자 되어 제게 존귀한 신성께
아들의 어미로 무구를 청하오니, 네레웃의 딸,
티토눗의 아내도 눈물로 그대를 설득했지요.
385 보세요. 어떤 백성이 모였고, 어떤 도시가 문을
닫아 저와 제 자식들을 죽이려 칼을 벼리는지.」
말했고 여신은 백설 같은 팔로 이리로 저리로
미적대는 그를 살살 어루더듬었다. 그는 순간
예의 화염을 느꼈다. 복부 깊은 델 열고 익숙한
390 열기가 들어왔고 녹아내린 뼈마디에 퍼졌다.
392 불 밝힌 번갯불이 구름 속을 달려 들썩이는
391 천둥과 함께 우르릉 꽝꽝 할 때와 아니 달랐다.

스의 방패를 부탁하였다. 『일리아스』 제14권 159행에 헤라는 제우스를 설득
하기 위해 그를 유혹했다.
  384행 티토눗의 아내 : 티토노스의 아내인 새벽의 여신 에오스는 아들 멤
논이 사용할 무구를 헤파이스토스에게 요청했다.
  388행 미적대는 그를 : 불칸은 처음에는 설득되지 않았고 주저했음이 분
명한데, 395행 이하에서는 마치 그런 적 없는 것처럼 이야기한다(Conington).

간계와 교태에 능한 아내는 알았고 기뻐했다.
그때 영원한 사랑에 굴복한 아버지는 말했다.
「어찌 긴 설득이 필요하오? 그대와 나의 의리는,   395
여신이여, 어디로 갔소? 같은 시름을 비췄다면
그때도 당연히 테우켈에게 무기를 주었으리.
전능하신 아버지도 운명도 트로야가 서 있고
프리암이 십 년 더 사는 걸 금하지 않았다오.
지금도 그대 마음이 전쟁을 이리 준비한다면   400
내 재주로 마련할 수 있는 것이라면 뭐든지
무쇠나 맑은 호박금으로 될 수 있는 거라면
불과 숨의 힘이 닿는 만큼. 간청일랑 거두오.
그대의 힘을 의심치 마시오.」 이런 말을 하고
열망하던 애무를 나누었고, 온몸에 평온한   405
단잠을 아내 품에 이내 쓰러져 찾아 나섰다.
  그리하여 벌써 첫잠이 쫓겨나던 한밤의
중턱에 졸음을 몰아냈을 때, 안주인은 먼저

393행 간계와 교태에 능한 : 원문 〈forma〉는 아름다운 모습인데 〈간계〉라
는 한정적 병렬 때문에 〈아름다운 모습을 이용한 계략〉이라는 의미를 가진다.
  399행 십 년 더 사는 걸 : 만약 베누스의 요청이 있었다면 불칸이 무기를
만들어 주었을 것인데, 그랬다면, 물론 그렇다고 하더라도 운명이 바뀌지는
않았겠지만 트로이아의 운명을 늦출 수 있었을 것임을 강조한다(Conington).
  402행 호박금 : 원문 〈electrum〉은 여기서 금과 은을 섞은 합금을 가리킨다
(Conington).
  403행 숨의 힘 : 호메로스 『일리아스』 제18권 468행 이하에서 풀무들은
저절로 움직이며 〈바람〉, 그러니까 〈숨〉을 불어넣어 불의 세기를 조절한다.
  407행 중턱 : 태양처럼 밤도 마차를 달려 하늘을 지나 주로를 완주한다고
생각되었는데, 이제 중간에 이르렀다(Williams).

삶을 지탱할 물레와 여린 미네르바의 일을
맡아, 잿더미 속 잠들어 있던 불씨를 깨우고
410
잘 밤을 일에 보탠다. 불을 밝혀 하녀들의
긴 일과를 단속하고 남편의 깨끗한 잠자리를
마련하고 어린 자식들을 보살필 수 있도록.
꼭 그처럼 불의 지배자는 그 시각에 일어나
편안한 이부자리를 털고 대장간으로 갔다.
415
시카냐 해안과 아욜의 리파라 사이에 섬이
가파르게 솟아올라 연기를 내뿜고 있었다.
퀴클롭의 화로를 앉힌 자리, 섬 아래 팬 갱도,
에트나 동굴이 진동했다. 강한 메질에 모루가
내지른 비명이 들려왔다. 갱 안에 식식대는
420
철공들의 쇠 불리기. 화염을 헐떡이는 불가마,
불칸의 작업장, 불칸의 땅이란 이름의 대지.
그때 불의 지배자는 높은 하늘에서 내려왔다.
퀴클롭들은 넓은 굴속에서 쇠를 단련했다.

409행 여린 미네르바의 일 : 물레질을 가리키는데, 〈여린〉은 물레질에서 사용되는 〈가느다란〉 실 때문에 붙은 것으로 보인다(Conington). 고대 주석가는 물레질로 벌어들이는 〈보잘것없는〉 금액 때문이라고 설명한다(Williams).
418행 섬 아래 팬 갱도 : 여기서 불칸의 대장간이 있다는 섬은 히에라섬인데, 시킬리아의 서쪽 끝에 위치한다. 로마인들은 히에라섬을 불칸의 섬이라고 불렀다. 아이트나 화산은 시킬리아의 동쪽 끝에 있는 산이다. 베르길리우스는 둘이 서로 지하로 연결된다고 생각하고 있다(Conington).
421행 철공들 : 원문 〈chalybes〉는 철을 뜻하지만 여기서는 철을 다루는 사람들을 가리킨다(Conington).
424행 퀴클롭 : 호메로스에서 퀴클롭스들은 양치기였으나, 헤시오도스는 처음으로 대장장이로 언급한다(Williams).

브론텟, 스테롭, 벌거벗은 몸의 퓌락몬이었다.
이들 손에서 모양을 갖추어 가는, 일부 완성된
번개, 하늘 어디서든 아버지가 아주 빈번히
땅을 내리치는 번개가 일부 미완으로 있었다.
세 줄기 뒤틀린 폭우와 세 줄기 물 먹은 구름,
세 줄기 붉은 화염과 날개 달린 남풍은 넣었고,   430
이제 두려운 섬광과 천둥과 공포를 작품에
섞어 넣는다. 뒤따르는 화재를 동반한 분노도.
한쪽에선 마르스를 위한 전차와 날개 바퀴에,
사내들과 도시들을 뒤흔들 무장에 매달렸다.
소름 끼치는 방패, 분노한 팔라스의 무장을   435
다투어 독사 비늘과 황금으로 마무리하니,
뒤엉킨 뱀들, 여신의 가슴께에 걸린 건 바로
고르곤, 목이 잘린 채 눈을 부라리고 있었다.
말했다. 「모두 접으시게. 하던 일을 멈추시게.
에트나의 퀴클롭들아, 내 마음을 들어 보시라.   440
모진 사내의 무기를 만드시게. 이제 힘을 다해,
빠른 손재주를 다해, 이제 온갖 솜씨를 앞세워.
늑장은 없어야 하네.」 더는 말이 없었다. 그들은
모두 곧장 일에 매진하여 공평하게 할 일을

425행 브론텟, 스테롭, 퓌락몬 : 앞의 두 이름은 헤시오도스의 『신들의 계
보』 140행에 언급되어 있다. 〈퓌락몬〉은 다른 곳에서 보이지 않는다. 〈벌거벗
은 몸의〉는 사실 다른 〈철공〉들에게도 적용된다(Conington).
433행 전차와 날개 바퀴 : 전쟁 신 마르스는 흔히 날개 달린 바퀴가 장착된
마차를 타고 전쟁터를 누빈다고 여겨진다(Conington).

나누었다. 강물처럼 청동이, 흐르는 금덩이가,
살인하는 강철이 커단 도가니에 녹아 넘친다.
큰 방패를 만든다. 하나로 모두에 맞설 방패,
라티움 투창 모두에. 쇠판에 쇠판을 일곱 겹
겹 붙였다. 누구는 바람 부푼 풀무로 공기를
빨아들여 불어넣고, 누구는 부직대는 청동을
물에 담근다. 동굴은 매 맞는 모루에 신음한다.
일부는 번갈아 큰 힘의 어깨를 들었다 놓으며
박자 맞추어 쇳덩이를 집게로 집어 뒤집는다.
   렘노스의 아버지가 아욜 해안에서 서두를 때,
옹색한 거처의 에반더를 세상을 키운 햇살이,
지붕 아래 우는 새들의 아침 노래가 깨웠다.
노인은 몸을 일으켜 사지에 옷을 걸쳐 입고
발바닥에는 튀레눔 신발을 붙잡아 매었다.

448행 쇠판에 쇠판을 일곱 겹 : 『일리아스』 제7권 244행 이하에서 아이아
스의 방패는 쇠가죽 일곱 겹을 겹치고 마지막에 청동판을 하나 덧대어 만들어
졌다. 일곱 겹을 청동으로 만든 사례는 달리 찾아볼 수 없다(Conington). 제
12권 925행에 투르누스의 방패도 일곱 겹이었다.
454행 렘노스의 아버지 : 『일리아스』 제1권 593행에서 헤파이스토스는
하루 종일 추락하여 렘노스섬에 닿았다.
456행 새들의 아침 노래가 깨웠다 : 에우안데르의 단순하고 소박한 삶을
표현하기 위한 장치로 마치 목동의 아침처럼 에우안데르 왕의 아침을 묘사한
다(Conington).
457행 사지에 옷을 걸쳐 : 『일리아스』 제2권 42행과 제10권 21행, 『오뒷세
이아』 제2권 1행의 장면을 모방했다(Conington).
458행 튀레눔 신발 : 로마인들이 신었던 신발은 에트루리아에서 유래한다
(Williams).

테게아 검대를 어깨에 둘러 옆구리에 찼으며
왼쪽 어깨를 휘감아 표범 등가죽을 걸쳤다.   460
높다란 문지방을 넘어 호위병으로 쌍둥이
개들이 앞서 가며 주인의 발걸음에 동행했다.
빈객 에네앗의 숙소, 외진 별채를 찾아가는
영웅은 대화를, 약속한 도움을 잊지 않았다.
에네앗도 못지않게 일찍 깨어 일어나 있었다.   465
저쪽 배행은 아들 팔라스, 이쪽 배행은 아카텟.
함께 모여 손을 맞잡았고, 안마당 한가운데
마주 앉아, 드디어 터놓고 의논하게 되었다.
왕이 먼저 이렇게

「테우켈의 큰 지도자여, 지도자가 무사하니   470
트로야 위업 혹은 왕국이 멸망했다 할 수 없소.
명성을 감당하기엔 전쟁을 도울 우리네 힘이
크지 않아, 우리는 여기 투스쿳의 강에 갇혔고
성벽을 때리는 무기의 함성, 루툴리에 눌렸소.
하나 그대에게 나는 많은 백성, 왕국들로 굳센   475

459행 테게아 검대 : 테게아는 아르카디아의 한 도시인 바, 에우안데르가
이를 소지하는 것은 자연스러운 일이다. 흔히 오른쪽 어깨에 칼집의 멜빵을
걸치고 왼쪽 허벅지에 칼집을 차게 된다(Conington).
464행 대화 : 앞서 170행 이하를 보라.
468행 드디어 터놓고 : 앞서 두 사람은 공적 행사 때문에 긴밀한 이야기를
나눌 기회가 없었다(Williams).
469행 : 미완성의 시행이다.
473행 투스쿳의 강 : 티베리스강을 가리킨다.
475행 많은 백성, 왕국들 : 베르길리우스는 로마의 강성이 에트루리아가

성채를 묶어 줄 마음이오. 뜻밖의 운이 가져온
안녕이니, 그대가 운명의 부름으로 예 이른 것.
예서 멀지 않은 곳, 유서 깊은 석산에 터 잡은
아퀼라 시가지, 일찍이 뤼디아 백성, 탁월한
480 전사들은 엣투랴 산마루에 올라 정착하였소.
오랜 세월 번영을 누린 도시를 오만한 왕권과
잔혹한 폭력으로 메젠툿 왕이 물려받았소.
극악무도한 살육, 독재자의 만행을 상기하여
무엇할까? 신들은 그와 그 집안을 기억하시길!
485 심지어 그는 산 자와 죽은 자를 하나로 묶어
손을 손에, 얼굴을 얼굴에 마주 보게 겹쳐 놓고,
고문의 한 가지, 피고름으로 흘러내린 이들을
처참한 포옹 속에 느린 죽음으로 살해하였소.
그때 지친 시민들은 차마 말 못할 악행의 그를,
490 그와 그의 집안을 무기를 들어 에워쌌으며
부하들을 참살하고 화염을 지붕에 던졌소.
그는 죽음 사이로 빠져나가 루툴리의 땅으로
피신하고 주인 투르눗의 무력에 의탁했소.
하여 엣투랴 전체가 비분에 떨쳐 일어섰고

힘을 보탰기 때문이라고 말하고 있다. 고대 주석가에 의하면 에트루리아는
12명의 수장들, 다시 말해 왕들이 나누어 다스리며 12명 가운데 한 명이 전체
를 대표한다(Conington).
　479행 뤼디아 백성 : 헤로도토스(I 94)에 의하면 뤼디아인 가운데 일부가
뤼디아의 왕자 튀르레노스의 통솔 아래 이탈리아의 움부리아로 이주하였고,
나중에 〈튀레니아인〉이라고 개명하였다고 한다.

전쟁 신을 들어 처벌할 왕의 송환을 촉구했소. 495

에네앗, 그댄 이들 수천의 지도자가 되어 주오.

해안 전체에 바투 붙어 배들은 으르렁거리며

군기를 들자 요청하나, 노령의 복점관은 말려

운명을 노래하니, 「메오냐의 청년 정예들아,

옛 사내들의 꽃과 용기여, 의분이 너흴 적에게 500

이끄니, 메젠툿은 합당한 분노를 사겠노라.

장한 종족이 이탈랴인 아래 있는 건 부당한 일.

이방의 통솔자를 기다려라.」 엣투랴 군대는

신들의 경고에 놀라 이 들판에 주저앉았소.

대변자들을 나에게 보내 왕관과 왕홀을 몸소 505

타르콘이 전달하였고 왕권의 상징을 넘기며

군영에 왕림하여 튀레눔 왕국을 맡으라 했소.

허나 한기로 굼뜨고 세월에 지친 노년은 내게

집권을 금하니 용맹을 감당하기엔 늦은 기력.

아들을 보냈겠지요. 사비눔 모계의 피가 섞여 510

일부 이 땅에 속하지 않았다면. 그대 나이와

499행 메오냐 : 여기선 에트루리아인들을 가리킨다. 헤로도토스에 따르면
(I 7) 뤼디아의 옛 이름인 바, 마이오니아는 나중에 왕 뤼도스의 이름에 따라
뤼디아라고 불렸다. 호메로스는 『일리아스』 제2권 864행 이하에서 마이오니
아인들을 언급하며, 마이오니아의 수도는 〈휘데〉(『일리아스』 제20권 385행)
라고 말한다.

505행 나에게 : 에우안데르도 최근에 이탈리아에 도착한 도래인이기 때문
이다(Williams).

506행 타르콘 : 타르콘은 에트루리아의 도시 타르퀴니아를 건설한 사람이
다(Williams).

혈통을 운명은 원하고 그댈 신들은 요구하오.
집권하시오. 테우켈과 이탈랴 최고 지도자여!
또한 그대에게 내 희망과 위로가 되는 이 아이
515 팔라스를 보내겠소. 그대 지도 아래 군역과
전쟁 신의 고된 노력을 견디며 그대 위업을
보고 배우길. 초년부터 그대를 우러러보길.
아들에게 알카댜 이백 기병, 청년 정예 강군을
나는 보내니, 같은 수를 제 이름으로 팔라스도.」
520 이렇게 말하자마자 망연히 그를 쳐다보며
앙키사의 아들 에네앗과 듬직한 아카텟은,
523 퀴테레가 열린 하늘에서 신호를 안 보냈다면
522 무거운 마음으로 많은 고난을 고민했을 게다.
갑작스런 천공에 번쩍이는 번개가 천둥과
525 함께 내리치니, 순식간에 만물이 무너질 듯,
튀레눔 나팔이 하늘 도처에 소리를 지르는 듯.
올려다보았다. 커단 굉음이 거듭해서 울리고
청명 하늘 한쪽에 구름에 둘러싸인 무기가
허공에서 붉게 빛나며 부딪혀 우는 걸 보았다.
530 다른 이들은 정신이 혼미한데 트로야 영웅은

511행 일부 이 땅에 속하지 않았다면 : 팔라스는 사비눔 여인에게서 에우
안데르가 얻은 아들이기 때문에 이탈리아 출신이다. 따라서 예언의 이방인이
아니다(Williams).

526행 튀레눔 나팔 : 나팔로 번역된 〈tuba〉는 에트루리아 사람들에 의해
발명되었다고 알려진 1미터 길이의 나팔이다. 〈나팔〉에 붙는 별칭이지만 다
른 한편 튀레눔의 환호로 해석될 수도 있다(Conington).

소리를, 모친 되는 여신의 약속을 알아차렸다.

말했다.「절대, 주인이여, 절대 의심치 마시오.

전조가 말하는 운명을. 올림풋이 저를 찾는 것.

모친께서 말씀하시되, 이런 신호를 보내리라,

전쟁이 일어나면, 허공을 지나 불칸의 무기를   535

돕고자 가져오리라.

아, 어떤 끔찍한 파멸이 로렌툼 앞에 섰는가.

투르눗, 그댄 어떤 대가를 치를까. 물속에 숱한

사내들의 방패, 투구, 강한 육신을 삼킬 아버지

튀브릿이여! 그들은 맹약을 깨라, 전쟁을 하라.」   540

　이런 말과 함께 높다란 권좌에서 몸을 일으켜

먼저 제단 위에 잠들어 있는 헤르쿨의 불꽃을

깨우고 어제 보았던 화덕과 소박한 거처를

즐겁게 찾았다. 예법대로 가려낸 양을 바친다.

에반더와 똑같이 트로야 청년들도 거행한다.   545

그런 후에 배를 향하여 전우들에게 돌아갔다.

그들 가운데 그를 따라 전쟁에 나갈 이들을,

531행 여신의 약속 : 베누스가 아이네아스에게 무기를 가져다주겠다고 여
신이 약속하는 장면은 앞서 언급된 바 없다(Williams).

536행 : 미완성의 시행이다.

540행 맹약 : 259행 이하에서 라티누스와 아이네아스가 맺은 약속을 가리
킨다.

542행 헤르쿨의 불꽃 : 〈대제단〉에 남아 있는 불씨를 가져다가 에우안데르
의 궁전에서 따로 헤라클레스에게 제사를 모신다(Conington).

547행 전쟁에 나갈 이들 : 위험한 전쟁에 나가는 것은 미래의 일이고 당장
은 에트루리아 사람들에게 보여 줄 용맹한 트로이아 병사들이다(Conington).

탁월한 용맹을 뽑았다. 나머지는 하류를 타고
강을 내려가되 물길을 따라 느리게 흘러가서
550   아스칸에게 부친의 소식을 전하러 떠났다.
튀레눔 땅을 찾아갈 테우켈족도 말에 올랐다.
드문 명마는 에네앗의 몫. 사자의 황금 가죽은
그의 몸을 덮었다. 황금 발톱으로 돋보였다.
555   기병들이 튀레눔 왕의 해안으로 급히 간다는
554   소문이 갑자기 작은 마을 모두에게 돌았다.
모친들은 두려워 기도를 늘리고 점점 위험과
공포가 가까이, 전쟁 신의 형상이 더욱 커졌다.
그때 아버지 에반더는 떠나는 이의 손을 잡고
매달려 그치지 않는 눈물을 흘리며 말했다.
560   「유피테르께서 지난 세월을 내게 돌려주시되,
내가 프레넷테 성벽 아래 선두 대열을 눕히고
승자로 방패 무덤을 불태우던 때와 같다면.
그때 난 에룰룻 왕을 내 손으로 저승에 보냈다.

550행 부친의 소식을 전하러 떠났다 : 소식을 전하러 떠난 이들과 소식을
접하고 기뻐할 아스카니우스 일행은 언급이 없다(Conington).

553행 황금 발톱 : 제5권 352행을 볼 때 사자 가죽에 발톱이 그대로 남아
있었다.

555행 튀레눔 왕의 해안 : 메젠티우스가 주둔한 해안을 가리키는데, 튀레
눔 군대는 메젠티우스에게 맞서 마찬가지로 해안에 주둔하고 있다.

562행 방패 무덤을 불태우던 때 : 패자들의 방패를 모아 태우는 관례는 고
대 주석가에 따르면 타르퀴니우스 왕 시절에 만들어졌다(Williams). 타르퀴니
우스는 사비눔 사람들을 물리치고 불카누스에게 그들의 방패를 바쳤다. 제11권
193행 이하에 라티움 사람들에게서 빼앗은 노획물이 태워진다(Conington).

출산하며 그에게 모친 페로냐는 영혼 세 개를
(말조차 두렵다) 주었다. 세 벌의 무장을 벗기고   565
세 번의 죽음을 죽어야 했다. 하지만 그의 모든
영혼을 이 손이 빼앗고 그만큼 무장을 벗겼다.
그때 같다면 너의 달콤한 포옹을 놓지 않겠고
아들아, 너를 놓지 않겠고, 메젠툿도 이웃을,
이 사람을 모욕하며 잔인한 죽음을 보내지도,   570
많은 시민을 도시에서 빼앗지 못했을 게다.
그대들 하늘이시여, 신들의 위대한 통치자
유피테르시여, 부디 알카댜 왕을 살피시고
아비의 소원을 들어 주소서. 그대들 신성이
저의 팔라스를, 운명이 팔라스를 살피시고   575
제가 살아 그를 보게 되고 함께하게 된다면
살려 주십사 비오니, 무슨 고통이든 못 견딜까.
행운이여, 말하지 못할 참사를 마련하셨다면
지금, 지금 이 순간 잔인한 삶을 마감케 하소서.
근심도 모호하고 미래의 희망도 불확실한 지금,   580
소중한 아이야, 내 말년의 유일한 낙인 너를
내가 안은 지금. 아니면 끔찍한 소식이 내 귀를
상처 내지 않길.」 아비는 이별의 끝에 이런 말을
쏟았고, 기진한 그를 하인들이 집으로 모셨다.
    그리고 이제 성문이 열리고 말을 타고 떠나는   585

568행 너의 달콤한 포옹을 놓지 않겠고 : 에우안데르는 자신이 젊었다면
아들과 함께 참전하겠다는 마음을 표현한다(Conington).

224

에네앗과 듬직한 아카텟이 선두에 서 있었다.
이어 트로야의 다른 전사들. 팔라스도 기병들
한가운데 군복, 채색한 무장으로 돋보였다.
590 마치 베누스가 다른 별들보다 사랑하는 불꽃,
589 오케안의 파도 속에 몸을 적시던 새벽별이
하늘에 신성한 얼굴로 어둠을 사를 때 같았다.
성벽 위의 불안한 어미들은 눈으로 배웅하여
흙먼지 구름, 청동으로 빛나는 군대를 좇는다.
그들은 숲을 지나 목적지에 제일 가까운 길로
595 무장하고 달린다. 소음이 인다. 한 무리를 이룬
네 발 짐승들의 말굽 소리가 마른 땅을 흔든다.
카이레의 시린 강물 옆에 널찍이 펼쳐진 숲은
선조들을 모셔 널리 경건하다. 사방 언덕이
품어 가려 주고 검은 전나무가 숲을 둘렀다.
602 아득한 날에 라티움 강역에 최초로 살았던
600 소문에 옛 펠라스기가 목초지와 가축의 신

589행 오케안의 파도 속에 몸을 적시던 새벽별 : 『일리아스』 제22권 318행
이하에 새벽별이 가장 아름다운 별이라는 언급된다. 〈오케안의 파도 속에 몸
을 적시던〉은 『일리아스』 제5권 5행 이하에서 천랑성을 수식하던 말이다.
594행 숲을 지나 : 지름길로 숲을 빠져나온 기병대는 들판에 이르러 달리기 시작했다. 그러면서 발소리가 더욱 커지고 땅이 더욱 크게 흔들렸다.
597행 카이레 : 로마의 북서쪽에 위치한 해안 도시로 에트루리아에 속한
다. 헤로도토스(I 167)에서는 〈아귈라〉라고 불린다. 제7권 652행, 제8권
479행에 따르면 에트루리아의 왕 메젠티우스가 망명을 떠나기 전에 본거지
로 삼았던 도시다.
598행 널리 : 고대 주석가는 이 숲이 근처의 이웃 도시들에서 경건하게 여
겨진다는 뜻으로 해석한다(Conington).

실바눗에게 희생제를 올렸다던 축제일과 숲.   601
근처에 천혜의 요지에 타르코와 튀레눔은
진지를 구축했고, 높은 언덕에 올라야 전체를
볼 수 있을 만큼 부대는 들에 넓게 진을 펼쳤다.   605
이리로 아버지 에네앗, 전쟁에 뽑힌 청년들은
올라갔다. 지쳐 있었다. 말들과 몸을 돌보았다.

    그때 눈부신 여신 베누스가 창공 구름 사이로
선물을 가지고 도착했다. 외딴 계곡에 아들이
멀찍이 서늘한 물가에 홀로 있는 것을 보고   610
먼저 그에게 다가가 이런 말로 말을 걸었다.
「보라, 내 남편의 솜씨로 완성된, 내가 약속했던
선물을, 아들아! 앞으로 오만한 로렌툼이든
사나운 투르눗이든 주저 말고 싸움을 청하라.」
말했다. 아들을 포옹으로 찾으며 퀴테레는   615
맞은편 참나무 아래 빛나는 무장을 놓았다.
그는 여신의 선물에, 커다란 명예에 기뻐하며
물리지 않으며 구석구석 찬찬히 뜯어보고
경탄하고 손으로 팔로 이리저리 굴려 보았다.
깃털 달린 무서운 투구는 불을 뿜고 있었다.   620

600행 옛 펠라스기 : 앞서의 문맥에서는 희랍인들을 가리키는 말이었는데, 여기서는 희랍에서 이주하여 이탈리아에 정착한 펠라스기 사람들을 의미한다.

606행 이리로 : 타르콘과 에트루리아 부대를 모두 볼 수 있는 언덕으로 올랐다.

609행 외딴 계곡에 : 『일리아스』 제19권 3행 이하 테티스는 아킬레우스의 무장을 들고 전우들과 함께 모여 있는 아킬레우스에게 무장을 전달한다.

612행 약속했던 : 앞서 531행과 535행에 언급된 약속이다.

죽음을 가져오는 검. 청동판의 굳센 흉갑은
거대하고 불그레한 것이 마치 검은 구름이
햇살로 빨갛게 피어 멀리 빛날 때와 같았다.
호박금 순금으로 만든 가벼운 정강이받이와
625 투창과, 무어라 형언할 수 없이 직조된 방패.
거기에 이탈랴의 역사와 로마의 개선식을
예언에 무지하지도 먼 미래를 모르지도 않는
불의 주인은 새겨 넣었다. 거기에 장차 생겨나
뻗어 갈 아스칸의 가문, 싸운 전쟁도 나란히.
630 또 새겼다. 마르스의 푸른 동굴에 젖 먹이는
어미 늑대가 누웠고 늑대 젖 주변에서 쌍둥이
소년들은 매달려 놀며 어미젖을 빨고 있었다,
겁도 없이. 어미 늑대는 살찐 뒷목을 뒤로 돌려
번갈아 둘의 몸을 핥아 주고 만져 주고 한다.
635 그 옆에 로마와 사비눔 여인들의 불법 납치,
함께 앉아 있는 관람석, 경기장의 큰 볼거리가
덧붙여졌다. 순식간에 벌어진 새로운 전쟁,
로물룻 패와 싸운 타티웃 노인과 거친 쿠레스.

620행 불을 뿜고 있었다 : 『일리아스』 제5권 4행 이하에서 아테네 여신은
디오메데스의 투구와 방패가 불타오르게 만들었다. 제7권 785행 이하에서 투
르누스의 투구에 새겨진 키메라 문양은 불을 토했다. 제10권 270행에서 아이
네아스의 투구와 방패도 불을 뿜었다(Williams). 또한 681행을 보라.
629행 싸운 전쟁도 : 미래의 사건임이 분명한데, 베르길리우스는 마치 과
거의 일처럼 언급하고 있다(Conington). 이하에서도 계속 관찰된다.
630행 마르스의 푸른 동굴 : 343행의 루페르칼 동굴을 가리킨다.
638행 쿠레스 : 사비눔의 옛 도시다.

전쟁 후 서로 간에 다툼을 정리하고 무장한
왕들은 유피테르 제단 앞으로 쟁반을 받들어   640
다가선다. 암퇘지를 죽여 맹약을 다잡는다.
바로 옆에 빠른 사두마차가 메투스를 반대로
끌어 찢었다. (알바여, 넌 맹약을 지켰어야 했다.)
위선자의 내장을 툴루스가 끌고 돌아다니던
숲에 피 젖은 가시덤불마다 이슬이 맺혔다.   645
포르센나는 호령하며 추방당한 타르퀸을
받아들이라 크게 도시를 포위하여 압박했다.
에네앗의 후손들은 자유를 위해 칼을 들었다.
분노하는 것 같고 협박하는 것 같은 그를
보라. 코클렛은 과감하게 다리를 끊었으며   650
클로엘랴는 결박을 끊고 강을 헤엄쳐 온다.
탈페야 성채의 방어자 만리웃은 성채 꼭대기

642행 메투스 : 알바롱가의 독재자 메투스 푸페티우스는 호라티우스 3형
제와 쿠리아티우스 3형제의 싸움이 로마 쪽의 승리로 끝나면서, 로마의 3대
왕 툴루스 호스틸리우스가 이끄는 로마의 동맹자가 되었다. 하지만 계속해서
로마의 적들에게 로마를 공격하도록 부추겼고, 전쟁이 일어나자 로마인들을
배신했다. 이후 사두마차에 의해 사지가 찢기는 형벌을 받아 죽었다.
646행 포르센나 : 오만왕 타르퀴니우스가 추방되고 에트루리아 왕 라르
포르센나는 기원전 509년 로마를 포위한다.
650행 코클렛 : 호라티우스 코클레스는 포르센나가 이끄는 에트루리아 사람
들을 맞아 티베리스강의 다리 위에서 싸운 것으로 유명하다. 로마인들이 다리
를 끊자 그는 강으로 뛰어내려 귀환했다(강에 빠져 죽었다는 이야기도 있다).
651행 클로엘랴 : 포르센나의 인질로 잡혀 있다가 도망쳐 티베리스를 헤
엄쳐 건너 로마로 귀환한 용감한 여성이다.
652행 만리웃 : 기원전 387년 알리아강 전투에서 대패한 로마는 이후 이
어진 켈트족의 포위 공격에 맞서 싸우다 카피톨리움에 고립되었다. 거위 울음

신전 앞에 서서 높다란 카피톨을 지키고 있다.

로물룻의 초가지붕이 신축 왕궁에 솟아 있다.

655 또한 여기 은빛의 거위가 날아가며 황금의

석주들 사이로 갈리아의 접근을 노래한다.

658 어둑한 밤의 선물, 칠흑 같은 어둠의 호위 속에

657 갈리아인들은 숲을 지나 성채에 다가섰다.

그들은 머리털이 황금색, 복장도 황금이었다.

660 줄무늬 군복이 빛난다. 또한 우윳빛의 목에는

황금의 목걸이. 각자는 손에 두 자루의 알페스

투창을 휘둘렀고 긴 방패로는 몸을 가렸다.

여기 춤추는 마르스 사제, 벌거벗은 늑대 사제,

양털로 짠 고깔모자, 하늘에서 떨어진 방패를

665 새겨 넣었다. 도시를 가로 지나가는 장엄 행렬

어머니들의 푹신한 이륜마차. 근처에 보태어

새겨 넣은 타르타라의 거처, 명왕의 높은 문,

소리에 잠에서 깬 만리우스는 켈트족의 야간 기습을 막아 냈다고 한다.

663행 벌거벗은 늑대 사제 : 루페르쿠스 축제에서 늑대 사제들 *Luperci*은 벌거벗은 몸으로 염소를 목동 신 파우누스에게 바친다.

664행 고깔모자 : 대사제 *Flamen*는 고깔모자를 쓰고 다녔다.

664행 하늘에서 떨어진 방패 : 12명의 마르스 사제들 *Salii*는 3월 마르스 축제에서 군무를 추며 〈신성 방패 *ancile*〉를 들고 행진했다. 마르스 사제들도 〈고깔모자 *apex*〉를 썼다.

666행 어머니들의 푹신한 이륜마차 : 집정관 권한 군사 대장 카밀루스가 에트루리아의 베이이 사람들과 전쟁을 벌일 때(기원전 396년), 그는 델포이에 전쟁 노획물의 십일조를 바치기로 약속했고, 원로원은 시민들로 하여금 약속을 지킬 수 있도록 후원하게 하였다. 여인들은 후원의 보상으로 이륜마차를 타는 특권을 받았다.

범죄자들의 형벌, 그대 카틸리나여, 아찔한
벼랑에 매달려 복수 여신들 앞에서 떠는 그대.
충직들의 구별된 거처, 정의를 구분하는 카토.   670
이것들 틈새로 부푼 바다의 황금 영상이 넓게
펼쳐져 푸른 파도는 흰 물결의 거품을 토한다.
주변은 은으로 빛나는 돌고래들이 맴돌아
수면을 비질하는가, 꼬리로 바닷물을 가른다.
중앙에는 청동을 두른 함대, 악티움 해전을   675
구별할 수 있었다. 보라, 온통 펼쳐진 전투로
류카텟곳은 불타오르고 파도는 붉게 빛난다.
아우구스투스 카이사르는 이탈랴를 이끌어
원로들, 인민들, 신주와 위대한 신들을 모시고
높은 고물에 섰다. 그의 행복한 머리는 두 줄기   680
불길을 내뿜고 머리 위에 부친의 별이 보인다.
반대편에 아그리파는 신들과 순풍을 받으며
당당하게 군대를 이끈다. (최고 무공 훈장) 그의

670행 정의를 구분하는 카토 : 카토는 우티카에서 자살을 택한 카토일 가
능성이 크다. 호라티우스 『서정시』 I 12, 35행 〈카토의 고귀한 죽음〉이 언급된
다(Conington).

677행 류카텟 : 악티움 해전으로 유명한 악티움의 남쪽에 위치한 레우카
스섬의 최남단에 위치한 곳이다.

679행 이탈랴를 이끌어 : 현재 아이네아스와 맞선 이탈리아인들은 나중에
아우구스투스가 공적을 쌓는 데 큰 역할을 한다(Williams).

680행 높은 고물에 섰다 : 제5권 133행에 보면 선미는 지휘관의 위치다
(Conington).

681행 불길을 내뿜고 : 620행을 보라. 아우구스투스가 쓰고 있는 투구의
묘사다.

머리는 충각을 붙인 전함 영관으로 빛난다.

685 여기에 안톤은 이방의 물자, 잡탕 무기를 들고

새벽 땅과 붉은 바다에서 승리자로 돌아와

애굽, 동방의 무력, 세상 끝 박트라를 데리고

온다. (불경한지고) 애굽의 아내도 따라온다.

모두 동시에 돌진한다. 온통 거품을 토하며

690 노에 흩어지고 삼중 충각에 갈라지는 바다.

먼 바다로 나간다. 퀴라뎃이 흩어져 바다에

흘러간다, 큰 산들이 충돌한다 생각했을 게다.

그런 덩치의 탑 같은 고물 위에 서 있는 사내들.

불붙은 아마, 나는 창칼이 손에서 흩어진다.

695 넵툰의 땅은 전례 없는 죽음에 붉게 물든다.

와중에 여왕은 고향의 방울로 군대를 부르고

아직도 등 뒤에 선 쌍둥이 뱀을 보지 못한다.

괴수 몰골의 오만 잡신, 짖어 대는 아누빗에

대적하는 넵툰과 베누스, 대적하는 미넬바가

684행 전함 영관 : 아그리파가 〈전함 영관〉을 쓴 모습으로 등장하는 동전을 확인할 수 있다.

686행 붉은 바다 : 오늘날의 홍해, 아덴만, 인도양을 아우른다.

693행 탑 같은 고물 : 카이사르 시대의 전함에는 일종의 탑이 설치되었다 (Conington).

694행 불붙은 아마 : 불화살을 가리킨다(Conington).

696행 고향의 방울 : 이집트의 타악기 가운데 하나로 들어서 소리를 내는 악기다. 이집트 종교와 깊은 연관을 갖는다.

698행 짖어 대는 아누빗에 : 동방의 신들이 로마의 신들과 대적하여 싸우는 형상으로 그려져 있다. 아누비스는 개의 머리를 한 이집트의 신으로 죽음을 관장한다(Conington).

무기를 들었다. 싸움 복판에 날뛰는 마르스는   700
쇠로 새겨졌고 천공에는 섬뜩한 복수 여신들.
불화는 찢어진 웃옷에 기뻐하며 다가왔다.
전쟁은 피 묻은 채찍을 오른손으로 휘둘렀다.
악티움의 아폴로는 이를 보고 높은 곳에서
활을 겨눈다. 모든 애굽과 인도가 두려움에,   705
모든 아랍족, 사바족이 몸을 돌려 달아난다.
보이노니 여왕이 몸소 불러 모아들인 바람에
돛을 맡기고 바쁘게 동아줄을 느슨히 풀었다.
파멸 가운데 다가온 죽음에 창백해진 여왕이
파도와 서풍에 떠가게 불의 지배자는 새겼다.   710
반대편에 슬퍼하는 커단 몸집의 닐루스강은
하구를 크게 벌리며 옷자락을 활짝 펼치고
검푸른 품속 숨겨진 강으로 패자를 부른다.
그때 카이사르는 승전을 세 번 로마 성벽으로
실어 나르고 이탈랴 신들께 ― 영원한 기념비 ―   715
도시 전체에 커다란 성소 삼백을 봉헌했다.

704행 악티움의 아폴로 : 악티움의 아폴로 신전은 악티움 해전 이후에 아
우구스투스에 의해 재건된다(Williams).
706행 사바족 : 〈사바족Saba〉은 아라비아 서남부 지역으로 지금의 예멘에
해당한다. 금과 향신료로 유명한 지역이다.
708행 동아줄을 느슨히 풀었다 : 바람을 충분히 받기 위해 돛에 연결된 줄
을 느슨하게 풀어 놓게 된다(Williams).
714행 승전을 세 번 : 아우구스투스는 달마티아와 악티움과 알렉산드리아
에서 거둔 승리를 기념하여 개선식을 사흘 동안 거행했다(Conington).
716행 성소 삼백 : 아우구스투스는 내전으로 파괴된 채로 방치된 신전을

거리는 즐거움과 축제와 환호로 들썩였다.

신전마다 온통 어머니들의 합창, 온통 제단들.

제단 앞 제물로 쓴 황소들이 바닥에 누웠다.

720 빛나는 포이붓의 설백색 문턱에 앉아 몸소

점고하니 인민의 봉헌물이 높은 문설주만큼

쌓였다. 정복된 민족들이 줄지어 들어온다.

언어가 다양한 만큼 복색과 무장이 그러하다.

한쪽에 불칸은 유목민, 혁대 없는 아프리카를,

725 한쪽에 렐레겟, 카리아, 화살을 맨 겔로니를

새겼다. 물결이 잔잔히 흘러가는 유프라텟,

세상 끝의 모리니, 두 갈래로 갈라지는 레누스,

길들지 않는 다하이, 다리를 싫어하는 아락셋.

재건하였고 새로운 신전을 신축하기도 하였으나, 그 수가 3백에 이르지는 않았다.

720행 설백색 문턱에 앉아 : 고대 주석가에 의하면 에트루리아의 도시 루나에서 가져온 백색 대리석으로 신전을 만들었기 때문이다(Conington). 기원전 28년 아우구스투스는 팔라티움 언덕에 아폴로 신전을 백색의 대리석으로 지어 헌정했다(Williams).

725행 렐레겟, 카리아, 겔로니 : 렐레게스 부족은 소아시아의 민족이다. 카리아는 소아시아의 남부 지방이다. 겔로니는 온몸에 새긴 문신으로 유명한 스퀴티아의 부족이다.

727행 세상 끝의 모리니 : 모리니 부족은 벨가이 땅에 살던 민족이다.

728행 다하이 : 다하이족은 카스피해의 동쪽, 오늘날의 투르크메니스탄에 거주하던 이란계 유목 민족이다.

728행 다리를 싫어하는 아락셋 : 아락세스강은 코카서스산맥의 흑해 쪽에서 발원하여 코카서스산맥과 나란히 흘러 카스피해로 들어가는 강이다. 급류로 인해 다리를 놓을 수 없었는데, 실제로 아우구스투스에 의해 다리가 만들어졌다(Conington).

불칸의 방패, 모친의 선물 위의 이런 것들에
감탄했다. 실체는 몰랐지만 문양에 기뻐했다. 730
후손들의 명성과 운명을 어깨에 짊어졌다.

참고 문헌

주석

R.G. Austin, *P. Vergilii Maronis Aeneidos Liber primus*, Oxford, 1971.

_____, *P. Vergilii Maronis Aeneidos Liber secundus*, Oxford, 1964.

_____, *P. Vergilii Maronis Aeneidos Liber secundus*, Oxford, 1964.

_____, *P. Vergilii Maronis Aeneidos Liber quartus*, Oxford, 1955.

_____, *P. Vergili Maronis Aeneidos Liber Sextus*, Oxford, 1986.

J. Conington, *Aeneid Books I — II*, Bristol Phoenix Press, 2007.

_____, *Aeneid Books III — VI*, Bristol Phoenix Press, 2008.

_____, *Aeneid Books VII — IX*, Bristol Phoenix Press, 2008.

_____, *Aeneid Books X — XII*, Bristol Phoenix Press, 2008.

L.M. Fratantuono & R. A. Smith, *Aeneid 8*, Brill, 2018.

N. Horsfall, *Virgil, Aeneid 2*, Leiden, 2008.

_____, *Virgil, Aeneid 3*, Leiden, 2006.

_____, *Virgil, Aeneid 6*, Leiden, 2013.

_____, *Virgil, Aeneid 7*, Leiden, 2000.

R.D. Williams, *the Aeneid of Virgil, Books 1~6*, Macmillan, 1972.

_____, *the Aeneid of Virgil, Books 7~12*, Macmillan, 1972.

번역

J. Dryden, *Virgil's Aeneid*, New York, 1937.

R. Fitzgerald, *Virgil, the Aeneid*, New York, 1992.

R. Fagles, *The Aeneid*, New York, 2006.

A. Mandelbaum, *The Aeneid of Virgil*, New York, 1965.

S. Ruden, *The Aeneid Vergil*, Yale University Press, 2008.

유영, 『아에네이스』, 혜원출판사, 1994.

천병희, 『아이네이스』, 숲, 2007.

기타

K. Büchner, *P. Vergilius Maro, der Dichter der Römer*, RE VIII A 1~2, 1021~1486, Stuttgart, 1955.

Ed. Norden, *P. Vergilius Maro Aeneis Buch VI*, 1927.

R. Heinze, *Epic Technique*, translated by Hazel and David Harvey and Fred Robertson, the University of California Press, 1993.

C. Kallendorf, *The Other Virgil : pessimistic readings of the Aeneid in early modern culture*, Oxford, 2007.

V. Pöschl, *Die Dichtkunst Virgils*, Berlin, 1977.

R.F. Thomas, *Virgil and the Augustan Reception*, Cambridge University Press, 2001.

강대진, 아폴로니오스 로디오스, 『아르고호 이야기』, 작은이야기, 2006/2013.

_____, 루크레티우스, 『사물의 본성에 관하여』, 아카넷, 2012.

_____, 키케로, 『신들의 본성에 관하여』, 나남, 2012.

긴남우, 『카르페디엠』, 민음사, 2016.

_____, 『소박함의 지혜』, 민음사, 2016.

천병희, 『일리아스』, 숲, 2007 (1982, 1995 종로서적).

_____, 『오뒷세이아』, 숲, 2006 (1996 종로서적).

_____, 『신들의 계보』, 숲, 2009 (2004 한길사).

_____, 『일과 날』, 숲, 2009 (2004 한길사).

_____, 『아이스퀼로스 비극 전집』, 숲, 2008.

_____, 『소포클레스 비극 전집』, 숲, 2008.

_____, 『에우리피데스 비극 전집 1, 2』, 숲, 2009.

_____, 『변신 이야기』, 숲, 2005

_____, 『로마의 축제일』, 한길사, 2005.

로마의 서사시 『아이네이스』

들어가며

서구에서 베르길리우스Publius Vergilius Maro의 『아이네이스Aeneis』를 재평가하기 시작한 것은 20세기 초였다. 희랍 문학의 아류 혹은 호메로스의 모방이라는 것이 로마 문학과 『아이네이스』에 매겨진 그 이전의 평가였다. 새로운 평가는 〈영웅 아이네아스〉를 만들어 내기 위해 베르길리우스가 『아이네이스』를 통해 단순한 모방 이상의 일을 했다는 것이다. 20세기 중반을 넘어서면서 과연 〈영웅 아이네아스〉에 초점을 맞추는 것이 베르길리우스의 의도를 정확하게 이해하는 방법인가라는 또 다른 문제가 제기되었다. 이미 베르길리우스의 시대에 오비디우스Publius Ovidius Naso는 디도의 시각에서 영웅 서사시를 다시 읽는 새로운 시도를 하였던 바, 〈디도의 시각〉은 베르길리우스의 의도를 약간이나마 분명하게 이해하는 데 도움을 줄 것이다.

『아이네이스』 전체 12권을 삼분하여 마치 삼부작인 양, 세

번에 나누어 번역하기로 하였다. 지난 2013년 제1권부터 제 4권까지를 묶어 제1부로 출간했고, 이번에 제5권부터 제8권 까지 묶어 제2부로 내놓는다. 이하 베르길리우스의 생애에 관해서는 앞서 참고 문헌에 언급한 뷔히너K. Büchner 등의 자료를 정리한 것이다.

1. 베르길리우스의 생애

베르길리우스의 생애는 바리우스 루푸스Lucius Varius Rufus가 남긴 베르길리우스의 전기적 기록에 기초해 있다 (퀸틸리아누스Marius Fabius Quintilianus). 그러나 유감스 럽게도 바리우스의 기록은 우리에게 전해지지 않으며, 다만 이를 읽고 베르길리우스의 생애를 재구성한 수에토니우스 Gaius Suetonius Tranquillus(서기 70~122년경)를 통해 간 접적으로 접할 수 있다(「시인들에 관하여De poetis」). 그밖 에 『아이네이스』의 주석을 남긴 세르비우스Maurus Servius Honoratus(서기 400년경)의 기록 또한 참고할 수 있다. 몇 가지 정보는 베르길리우스 작품 해석을 통해 얻어진 것이다.

베르길리우스의 온전한 이름은 푸블리우스 베르길리우스 마로다. 기원후 5세기 이래 〈비르길리우스Virgilius〉라는 이 름 형태가 등장하는데, 이는 〈베르길리우스〉의 어원을 〈회초 리virga〉로 잘못 이해하게 되면서부터다. 〈베르길리우스〉 혹 은 〈마로〉는 모두 에트루리아어와 관련되어 있음이 분명하다. 하지만 베르길리우스의 고향 만투아에 라티움 계통이 유입되고 섞여 살게 되면서 라티움 계통도 에트루리아 이름을 사용했을 가능성이 있으므로 이름만으로 그의 혈통이 에트루리아 계통이라고 단정할 수는 없다.

그는 아버지 베르길리우스 마로와 어머니 마기아 폴라 Magia Polla 사이에서 기원전 70년 10월 15일 북부 이탈리아 만투아의 안데스라는 작은 마을에서 태어났다. 안데스는 만투아에서 멀지 않은 혹은 30로마마일 떨어진 지역이라고 하는데 정확히 어느 지역을 가리키는 것인지에 대해서는 많은 논쟁이 있다. 베르길리우스의 어린 시절에 관해서는 알려진 것이 많지 않다. 그의 아버지는 동시대의 시인 호라티우스 Quintus Horatius Flaccus의 아버지와 마찬가지로 가난한 농부 혹은 옹기장이였으나, 역시 호라티우스의 아버지처럼 부지런하며 아들을 위해 모든 것을 희생할 준비가 되어 있었다. 베르길리우스는 기원전 55년 10월 15일에 성인식을 치렀는데, 이 무렵 그는 크레모나에 살았으며 이후 밀라노를 거쳐 로마로 이주하였다. 아마도 그의 아버지는 베르길리우스에게 좋은 교육을 시키기 위해 그를 고향의 대도시로 보내 상급 학교에 다니게 하였다가, 다시 로마의 수사학을 익히도록 하였던 것으로 보인다. 성인식을 치른 것으로 보아 그는 로마 시민이었을 가능성이 높은데, 여타의 로마 시민들처럼 그의 아버지도 그가 정치적으로 출세하기를 기대했던 듯하다. 그의 어머니와 형제들에 관한 몇 가지 이야기들이 전한다.

베르길리우스는 15세 때 크레모나에서 밀라노로 이주하

였다가, 성인이 되어 홀로 로마로 이주한다. 로마에서는 에피디우스의 수사학 학교에 다녔다. 에피디우스의 학교에는 나중에 아우구스투스Augustus가 되는 옥타비아누스Gaius Octavianus가 다녔으며 안토니우스Marcus Antonius도 에피디우스의 학생이었다. 하지만 일곱 살의 나이 차가 있는 베르길리우스와 옥타비아누스가 같은 시기에 같이 학교를 다녔을 가능성은 낮다. 아우구스투스는 나중에 만투아에 있는 베르길리우스의 재산을 몰수하지 않았는데, 이를 근거로 혹자는 이때의 친분 관계를 강조하기도 한다. 로마를 떠나 그는 네아폴리스로 이주하여 에피쿠로스주의자인 시론Siron의 집에 머문다. 서정시 「카타렙톤Catalepton」의 다섯 번째 시는 흔히 베르길리우스의 작품으로 간주되는데, 이를 기준으로 할 때 베르길리우스는 17세 무렵 이미 시인의 면모를 분명히 보여 준다. 이 서정시에서 그는 수사학 선생들에게 작별을 고하고 있다. 또 다른 그의 서정시 「카타렙톤」의 여덟 번째 시에서 우리는 그가 문학과 철학에 헌신하게 되었음을 확인할 수 있다. 시론의 집은 에피쿠로스의 정원이었으며 공화국의 내전으로 아픔과 시련을 겪은 개인들이 세상을 버리고 모여 살던 공동체였다. 이곳에 유명한 희랍의 에피쿠로스주의자 필로데모스Philodemus가 찾아오기도 했다고 전한다. 베르길리우스가 시론의 집에 머물렀던 시기는 기원전 48년에서 기원전 42년까지라고도 한다. 최근 네아폴리스 근처 헤라쿨라네움에서 발굴된 파피루스에는 베르길리우스의 이름과 함께 플로티우스 투카Plotius Tucca, 바리우스 루푸스, 퀸

크틸리우스 바루스Publius Quinctilius Varus의 이름이 등장한다.

기원전 41년 베르길리우스의 시는 아시니우스 폴리오 Gaius Asinius Pollio라는 후원자로부터 당대 최고라는 평가를 받는다. 마이케나스Gaius Maecenas 또한 베르길리우스를 인정하였으며 나중에 베르길리우스를 옥타비아누스에게 소개한다. 이러한 명성 덕분에 그는 만투아에 있던 재산을 몰수당했다가 다시 찾게 되었다고 전한다.『목동가Bucolica』는 폴리오의 후원을 받던 시기에 만들어진 것으로, 폴리오와의 관계나 재산 몰수와 관련된 일들을 암시하는 많은 구절들을 읽을 수 있다. 기원전 37년 그는 마이케나스의 식객이 되며 이때 그의 주변에 호라티우스와 투카와 바리우스 등의 시인들이 등장한다.『농경가Georgica』는 기원전 29년 여름에 마무리되었는데, 그는 상당히 오랫동안 이 작품에 매달린 것으로 보인다. 이 시에 기원전 31년의 악티움 해전이 언급된다. 어떤 이의 말대로 7년 정도 걸렸다고 할 때, 이것은 마이케나스의 식객이 된 시점부터 발표할 때까지의 기간이며 그렇다면『농경가』는 마이케나스와 관련이 깊을 가능성이 있다.『농경가』를 발표할 즈음 베르길리우스는 로마 인민들에게 굉장히 존경받는 인물이 되었던 바, 당대 최고 권력자 아우구스투스에 버금가는 인기를 누렸다고 전하는 사람도 있다.

이후 베르길리우스는 또 다른 작품에 매달리게 되는데 그것이 바로『아이네이스』다. 기원전 29년 옥타비아누스는 이집트를 평정하고 개선식을 거행하며, 기원전 27년 드디어 원로원으로부터 〈아우구스투스〉라는 호칭을 받는다. 아우구스투스는 로마의 건국 서사시가 완성되길 학수고대하였으며, 완성되기 전에 시인은 권력자 앞에서 그 일부를 낭송했다고 전한다(아마도 제2권, 제4권과 제6권이었을 것이다). 서사시의 완성을 위하여 기원전 19년 베르길리우스는 3년 계획으로 희랍 여행을 떠난다. 희랍과 아시아를 돌아보며 자신이 다루고 있는 서사시의 역사적 현장을 직접 눈으로 목격하고자 했을 것이다. 귀향길에 시인은 메가라 근처에서 열병에 걸렸으며 이탈리아의 브룬디시움에 도착했을 때 열병으로 인해 사망에 이르렀다고 한다. 아직 서사시는 완성되기 전이었으며 이때가 기원전 19년 9월 21일이었다. 베르길리우스는 사망 직전 자신이 앞서 공개한 『아이네이스』 이외의 다른 부분들, 아직 미완성인 채로 남아 있는 원고들을 불태워 버리고자 하였다. 하지만 그의 유언은 뜻대로 집행되지 않았으며, 아우구스투스의 뜻에 따라 베르길리우스의 친구 바리우스와 투카의 손을 빌려 세상에 공개되었다. 이때 이들은 오로지 편집자의 역할만을 수행한 것으로 알려져 있다.

베르길리우스는 키가 크고 마른 편이었다. 피부색은 어두웠고 얼굴 생김은 도시적인 것과는 거리가 멀었다. 그의 건강은 그리 좋지 않았으며 위장병과 두통에 시달렸다고 전한다. 또 종종 피를 토했다고 하는 바, 결핵을 의심하는 사람도 있다. 식사량은 매우 적었고 술도 거의 마시지 않을 정도로 금욕적인 생활을 하였으며 세상을 멀리하였는데, 이런 생활 습관 덕분에 창작 활동을 계속 이어 갈 수 있었는지도 모른다. 희랍으로의 여행은 안 그래도 약한 체력을 고갈시켰을 것이다.

2. 미완성의 『아이네이스』

베르길리우스는 기원전 29년부터 기원전 19년 죽을 때까지 꼬박 11년을 『아이네이스』에 매달렸다. 생의 마지막 3년은 원고를 들고 희랍과 아시아를 돌아보며 마지막으로 원고를 수정한 기간이었을 것이다. 이탈리아로 돌아오는 길에 열병에 걸렸으며 끝내 완성하지 못하고 미완성의 『아이네이스』를 남겼으나, 그의 유고는 이후 아우구스투스의 뜻에 따라 편집되어 세상의 빛을 보았다. 편집을 맡은 것은 바리우스였으며, 전승에 따라 투카를 포함시키기도 한다. 두 사람은 편집에 매우 신중을 기했다고 전한다. 미완성 원고라고는 하지만 완성을 위해 투여한 시간을 고려할 때, 또한 유고를 태워 버리길 바랐던 그의 마음이 그저 작가적 양심의 발로라고 할 때 우리에게 남은 『아이네이스』에서 〈미완성〉의 인상을 얻지 못하는 것은 너무도 당연하다. 다만 미완성의 〈흔적〉이 남아 있을 뿐이다.

전승에 따르면 베르길리우스는 우선 산문으로 글을 완성하고 12권으로 나눈 다음, 다시 이를 일정한 순서 없이 자유롭게 장면별로 운문으로 바꾸어 갔는데, 당장 완성할 수 없었던 부분은 그대로 놓아 두고 시적 영감을 놓치지 않기 위해 다음 부분을 완성했다고 한다. 아마도 이런 부분이 미완성 시행으로 남은 부분일 것이다. 『아이네아스』에는 58개의 시행이 미완성 상태이다. 19세기에 이에 대한 연구가 활발히 진행되었는데, 베르길리우스가 창작하는 과정에서 행 단위가 아니라 행을 여러 단락으로 나누어 휴지마다 별도로 작업을 진행했을 것이라는 견해가 지배적이다. 이는 베르길리우스의 서사시 운율에 관한 이해를 도모하였을 것이다. 베르길리우스에게 더 많은 시간이 있었다면 분명 서사시 운율로 시행이 완성되었을 것임에는 의심의 여지가 없으며, 이는 다만 베르길리우스가 오랜 시간 동안 완성을 위해 고심한 흔적이라고 하겠다. 또 어떤 부분에서는 아주 가볍게 시행들로 대강채워 넣고 지나가기도 했는데, 장면들의 전후 맥락을 좀 더세심하게 다듬을 필요가 있었을 것으로 보이는 장면들이다. 이런 부분을 소위 〈피리 반주자〉라고 부른다. 베르길리우스가 농담 삼아 〈이런 부분은 확고한 기둥이 세워질 때까지 작품을 지탱하기 위해 일단 중간에 피리 반주자들을 끼워 놓았다〉고 말한 것에서 유래한다. 이런 비유는 당시 〈피리 반주자〉에게 공연의 장면과 장면 사이를 메우는 역할을 맡겼기때문에 나왔을 것이다. 예를 들어 제1권의 〈유피테르와 베누스의 대화〉와 같은 부분이 〈피리 반주자〉에 해당하는 장면으로 보인다. 또 제2권의 〈헬레나 장면〉도 이와 유사한 예로 보이며 제11권의 〈카밀라 부분〉 역시 사건의 긴박한 전개에 비추어 너무나 길게 이어진다.

미완성의 유고를 두 편집자는 매우 이른 시기에 출판했던 것으로 보인다. 호라티우스가 기원전 17년에 쓴 작품엔 이미

『아이네이스』가 세상에 널리 알려진 것처럼 언급되어 있다.

3. 『아이네이스』 제5~8권 개괄

『아이네이스』를 장면별로 구분하여 정리해 본다. 앞서 언급하였다시피 베르길리우스가 장면별로 작업했기 때문이며, 마치 희랍 비극처럼 독립된 장면들이 결국 하나의 전체를 구성하고 있다고 보기 때문이다.

제5권은 카르타고를 떠나서 다시 돌아온 시킬리아섬에서 펼쳐진다. 아이네아스는 아버지 앙키세스의 1주기를 맞아 제사를 지내고 경기를 펼친다. 전함 경주, 권투 시합, 활쏘기 경합 등이다. 그리고 소년 기마대가 기마대 사열을 펼친다. 유노는 아이네아스 일행의 이탈리아행을 막기 위해 선착장에 머물고 있던 여자들을 시켜 배에 불을 놓는다. 떠나지 않으려는 사람들을 시킬리아섬에 놓아 둔 채 아이네아스는 나머지를 데리고 이탈리아로 출발한다. 밤새 항해하던 도중 이탈리아에 다가왔을 때 항해사 팔리누루스가 바다에 떨어져 결국 사망한다.

제6권에서는 7년간의 방랑을 끝내고 드디어 아이네아스 일행이 이탈리아의 쿠마이에 상륙한다. 이어 아버지 앙키세스를 만나러 아이네아스가 저승으로 내려가는 이야기가 등장한다. 쿠마이에 도착한 아이네아스는 아폴로의 신전을 찾아가 무녀 시뷜라를 만난다. 무녀의 지시에 따라 황금 가지를 준비한다. 고대의 전승에 흔히 나오는 저승 풍경이 묘사된다. 아이네아스는 저승의 길을 따라 스튁스강을 건너가 아버지의 영혼이 머무는 엘뤼시움에 이른다. 도중에 그는 팔리누루스, 디도, 데이포부스를 만나게 된다. 아버지 앙키세스는 아들에게 로마의 미래를 보여 준다. 아버지는 수많은 로마 영웅을 보여 주는데, 마지막에 아우구스투스가 있다.

제7권에서 아이네아스 일행은 쿠마이를 떠나 해안을 따라 북상하여 드디어 목적지인 이탈리아의 티베리스강 하구에 도착한다. 라티누스의 딸 라비니아는 투르누스와 약혼한 사이였으나, 파우누스는 라비니아가 곧 찾아올 이방인과 혼인해야 한다는 신탁을 내린다. 티베리스 하구에서 식사하던 중에 아이네아스는 도착한 곳이 운명으로 정해진 목적지임을 알게 된다. 아이네아스는 라티누스 왕에게 사절을 보낸다. 라티누스 왕은 도래한 이방인들을 환대한다. 라티누스는 그들이 신탁의 이방인 일행임을 알게 된다. 그러는 사이 유노는 하계로 내려가 복수의 여신 알렉토에게 라티누스의 부인 아마타와 라티누스를 부추기도록 지시한다. 이들은 아이네아스를 반대하고 전쟁에 돌입한다. 참전자 목록이 이어진다.

제8권에서는 투르누스와 라티움 사람들이 합세하여 전쟁을 시작한다. 궁지에 몰린 아이네아스는 꿈속에서 티베리스 하신(河神)을 보는데, 하신의 지시에 따라 티베리스강을 거슬러 올라가 에우안드로스에게 도움을 청한다. 에우안드로스가 정착한 팔란테움에 먼 훗날 로마 시가지가 만들어진다. 때마침 헤라클레스에게 바치는 축제를 열고 있던 사람들은 아이네아스 일행을 맞이하고, 도움을 제공할 것을 약속한다. 에우안드로스가 들려주는 헤라클레스 이야기가 이어진다. 에우안드로스는 황금시대의 이야기를 들려준다. 에우안드로스의 아들 팔라스와 함께 아이네아스는 팔란티움을 출발한다. 베누스 여신이 남편 불카누스에게 부탁하여 제작한 아이네아스의 무장이 묘사된다.

4. 마치며

로마 문학을 대표하는 서사시의 〈18자역〉은 귀로 재미있게 들을 수 있는 글을 짓는 걸 목표로 한다. 그러자면 운문이어야 했는데, 로마 서사시 고유의 여섯 걸음 운율은 우리에게 낯선 운율이지만, 이를 우리말에서 살려 우리에게는 없는 음수율을 만들어 보게 되었다. 아무도 하지 않은 새로운 시도와 도전이었다. 교황청 대사를 지내신 성염 선생님은 서사시의 운율을 살려 낸 전례 없는 번역이라고 응원해 주셨고 번역을 꼭 마무리하라고 당부하셨다. 서울대학교 영문과 명예교수이신 이종숙 선생님은 무엇보다 제4권의 디도 번역이 좋다고 칭찬하셨다.

이런 번역 원칙 때문이기도 하겠지만, 2부 번역에 걸린 9년은 사실 종일 번역에 매달린 시간이 아니라, 번역해 놓고 기다린 시간이었다. 주변 연구자들에게 조언을 구해야 했는데, 로마 문학의 관련 연구는 이제 겨우 하나둘씩 쌓이고 있는 상황이다. 로마 법 연구자의 논문을 읽었기에 『아이네이스』 제6권의 저승 재판 장면을 조금 더 분명하게 할 수 있었고, 로마 비문 연구자가 검토해 주었기에 디도의 장례 장면을 좀 더 정확하게 다듬을 수 있었다. 호라티우스의 서정시를 번역하였기에 호라티우스와 베르길리우스를 비교하며 그의 언어와 시구를 좀 더 정교하게 읽을 수 있었다.

색인 작업을 도와준 임성진 선생과 제5권을 소리 내어 읽어준 오수환 선생에게 감사를 전한다. 어려운 여건 속에서도 묵묵히 기다려 준 출판사와 번역자의 고집을 존중해 준 편집자들에게 감사의 마음을 전한다. 마지막으로, 너무 오래 기다리게 한 독자들에게 양해를 구하며 독자들의 즐거운 낭송을 기대한다.

김남우

베르길리우스 연보

기원전 70년 출생 10월 15일. 아버지 베르길리우스 마로Vergilius Maro와 어머니 마기아 폴라Magia Polla 사이에서 북부 이탈리아 만투아의 안데스에서 출생.

기원전 57년 13세 10월 15일. 성인식을 치른 후 크레모나와 밀라노를 거쳐 로마로 이주. 로마에서 에피디우스의 수사학 학교에 다님.

기원전 55년 15세 서정시 「카타렙톤Catalepton」의 다섯 번째 시를 지음으로써 시인의 면모를 보임.

기원전 48년~기원전 42년 22세~28세 네아폴리스에 위치한 시론 Siron의 집에 머물며 에피쿠로스 철학을 접함.

기원전 41년 29세 베르길리우스의 시는 아시니우스 폴리오Gaius Asinius Pollio라는 후원자로부터 당대 최고라는 평가를 받음. 이 무렵 『목동가Bucolica』을 발표함.

기원전 37년~기원전 29년 33세~41세 여름, 마이케나스의 문객으로 호라티우스Quintus Horatius Flaccus와 투카Plotius Tucca와 바리우스 Lucius Varius Rufus 등의 시인들과 교류함. 7년에 걸쳐 집필한 『농경가 Georgica』를 마무리 짓고 발표함.

기원전 29년 여름~기원전 19년 41세~51세 『아이네이스Aeneis』에

전념함.

기원전 19년 51세 9월 21일.『아이네이스』를 완성하기 위해 3년 계획으로 희랍과 아시아를 여행하고 귀국하던 길에 열병으로 사망함.

찾아보기

가난Egestas VI 276

가라만텟Garamentes VI 794

가비이Gabii (라티움의 도시) VI 773. Gabinus VII 612, 682

갈레숫Galaesus (라티움 사람) VII 535, 575

갈리아Gallus, Galli VI 858; VIII 656, 657

게리온Geryones (거인족) VII 662; VIII 202

게타이Getae (트라키아의 종족) VII 604

게툴라Gaetulus V 51, 192, 351

겔로니Geloni (스퀴티아의 종족) VIII 725

고래호Pristis (배의 이름) V 116, 154, 156, 187, 218

고르곤Gorgo VI 289; VIII 438. Gorgoneus VII 341

군신Mars VII 304. Martem VI 165; VII 582, 603. Martis VII 550, 608; VIII 516, 557. Marti VIII 433. Marte VII 540; VIII 495, 676. Martius VII 182. 〈마르스〉를 보라

굶주림 Fames VI 276

귀앗Gyas (트로이아 사람) V 118, 152, 160, 167, 169, 184, 223

그락쿳Gracchus (코르넬리우스) VI 842

그래웃Grai VI 97, 242, 529, 588; VIII 127, 135.

글로쿳Glaucus (바다의 신) V 823; (트로이아 사람) VI 36; (안테노르의 아들) VI 483

꿈Somnia VI 283. Somnus V 838; VI 390, 893

나르Nar (움브리아의 강) VII 517

나우텟Nautes (트로이아 사람) V 704, 728

남풍Auster (바람) V 696, 764; VI 336; VIII 430

남풍Notus (바람) V 242; VI 355; VII 411; Noti V 512

네레웃Nereus VIII 383. Nereides V 240

네르세Nersae (아이퀴족의 도시) VII 744

네메아Nemea (절벽 이름) VIII 295

넵툰Neptunus V 14, 195, 360, 640, 691, 782, 779, 863; VII 23; VIII 695, 699

노고Labos VI 277

노년Senectus VI 275

노멘툼Nomentum (사비눔의 도시) VI 773; VII 712

누르샤Nursia (사비눔의 도시) VII 716

누미쿳Numicus (라티움의 강) VII 150, 242, 797

누미톨Numitor (알바롱가의 왕) VI 768

뉘샤Nysa (산 이름) VI 805

늑대 동굴 Lupercal VIII 343. Luperci VIII 663

니세Nisaee (요정 이름) V 826

니수스Nisus (트로이아 사람) V 294, 296, 318, 328, 353, 354

닐루스Nilus VI 800; VIII 711

다나에Danae VII 410

다나웃Danai VI 519, VI 489, V 360, VIII 129

다레스Dares (트로이아 사람) V 369, 375, 406, 417, 456, 460, 463, 476, 483

다우눗Daunius (투르누스의 아버지) VIII 146

다하이Dahae VIII 728

달다눗Dardanus (트로이아의 건설자) V 30, 45, 119, 386, 576, 622, 711; VI 57, 65, 85, 169, 482, 650, 756; VII 195, 207, 219, 240, 289, 422, 756; VIII 14, 120, 134

대지 여신Tellus VII 137

대지 여신Terra VI 580, 595

데달룻Daedalus VI 14, 29

데몰룻Demoleos (희랍 사람) V 260, 265

데포베Deiphobe (무녀) VI 36

델로스Delos (섬 이름) VI 12

도뤼클Doryclus (트라무스 사람) V 620, 647

도리아Doricus VI 88

동녘Oriens V 42, 739; VIII 687

동풍Eurus (바람) VIII 223

두려움Metus VI 276

드루숫 집안Drusi VI 824

디도Dido V 571; VI 450. 〈엘리사〉를 보라

디뒤마온Didymaon (장인) V 359

디아나Diana VII 306, 764, 769. 〈헤카테〉 혹은 〈삼위 여신〉을 보라

디오렛Diores (프리아모스의 집안) V 297, 324, 339, 345

디오멧Diomedes VIII 9

라다만툿Rhadamanthus VI 566

라비냐Lauinia (라티누스의 딸) VI 764; VII 72, 314, 359

라비늄Lauinium (라티움의 도시) VI 84

라비쿰족Labici (라티움의 부족) VII 796

라오다먀Laodamia (프로테실라우스의 아내) VI 447

라오메돈의 후손들Laomedontiades VII 105; VIII 18

라우숫Lausus (메젠티우스의 아들) VII

649, 651

라케데몬Lacedaemon VII 363. Lacaena
(헬레나) VI 511

라티누스Latinus (라우렌티움의 왕) VI
891; VII 45, 62, 92, 103, 192, 249, 261,
284, 333, 373, 407, 432, 467, 556, 576,
585, 616; VIII 17

라티움Latium V 731; VI 67, 89, 793; VII
38, 54, 271, 342, 601, 709; VIII 5, 10,
14, 18, 322. Latini V 598; VII 151, 160,
202, 367, 426, 470; VIII 117, 448.
Latinus V 568; VI 875; VII 96, 313, 400,
716; VIII 38, 55, 602

라피테Lapithae VI 601; VII 305, 307

레다Leda (헬레나의 어머니) VII 364

레르나Lerna (아르고스의 늪) VI 287, 803.
Lernaeus VIII 300

레아Rhea (사제) VII 659

레테Lethaeus V 854; VI 705, 714, 749

렐레겟Leleges VIII 725

렘노스의 아버지Lemnius pater (불카누
스) VIII 454

로렌툼Laurentes VII 63; VIII 371, 537,
613. Laurens V 797; VI 891; VII 47, 171,
342, 650, 661; VIII 1, 38, 71

로마 Roma V 601; VI 781; VII 603, 709;
VIII 635. Romani VI 789; VIII 338, 626.
Romanus VI 851. Romanus V 123; VI
810, 857, 870; VIII 99, 313, 361, 714

로물룻Romulus VI 778; VIII 342; VI 876.
Romuleus VIII 654. Romulidae VIII

638. 〈퀴리눗〉을 보라

로세아Roseus VII 712

로에툼Rhoeteius (트로이아 사람) V 646.
Rhoeteus VI 505

루툴리Rutuli VII 472, 795; Rutulos VII
475. Rutulorum VIII 381, 492. Rutulus
VII 409; VIII 474

루프레Rufrae (캄파니아의 도시) VII 739.

뤼디아 백성Lydi, Lydius (에트루리아인
들) VIII 479

뤼케웃Lycaeus VIII 344

뤼키아Lycia VII 721. Lycius VI 334; VII
816; VIII 166

류카툿Leucates (곶 이름) VIII 677

류카핏Leucaspis (트로이아 사람) VI 334

리베르Liber (바쿠스) VI 805

리뷔아Libya VI 694, 843. Libycus V 789;
VI 338; VII 718. Libycum V 595.
Libystis V 37; VIII 368

리파라Lipare (섬 이름) VIII 417

마루비움Marruuius VII 750

마르스Mauors VI 872; VIII 630, 700.
Mauortius VI 777

마르스 사제들Salii VIII 285, 663

마르시Marsi, Marsus VII 758

마르켈Marcellus (마르쿠스 클라우디우
스) VI 855; VI 883

마리카Marica (요정 이름) VII 47

마쉴리Massyli VI 60

마시쿳Massica (캄파니아의 산) VII 726

마이아Maia (아틀라스의 딸) VIII 138, 140

막시뭇Maximus (퀸투스 파비우스) VI 845

만리웃Manlius (마르쿠스 카피톨리누스) VIII 652

말레아Malea (곶 이름) V 193

말페솟의 대리석Marpesia cautes (파로스섬의 대리석) VI 471

망령Manes VI 896; VIII 246

메넬랏Menelaus VI 525

메노텟Menoetes (트로이아 사람) V 161, 164, 166, 173, 179

메돈Medon (트로이아 사람) VI 483

메두사Medusa VI 289

메르쿨Mercurius VIII 138. 〈퀼레네〉를 보라

메사풋Messapus (라티움 사람) VII 691; VIII 6

메오냐Maeonia (뤼디아, 에트루리아) VIII 499

메오탸의 땅Maeotia tellus (스퀴티아) VI 799

메젠툿Mezentius (에트루리아 사람) VII 648, 654; VIII 7, 482, 501, 569

메투스Mettus (푸페티우스) VIII 642

멜리타Melite (요정 이름) V 825

멤미웃Memmius (씨족 이름) V 117

명왕Dis V 731; VI 127, 269, 397, 541; VII 568; VIII 667

모뇌쿳Monoecus (뤼구리아의 곶) VI 830

모리니Morini VIII 727

무세웃Musaeus (예언자) VI 667

무툿카Mutusca (사비눔의 도시) VII 711

뮈케네Mycenae V 52; VI 838; VII 222, 372

므네텟Mnestheus (트로이아 사람) V 116, 117, 184, 189, 194, 210, 218, 493, 494, 507

미넬바Minerua V 284; VI 840; VII 805; VIII 409, 699. 〈팔라스〉를 보라

미노스Minos VI 432. Minoius VI 14

미노타우룻Minotaurus VI 26

미로Labyrinthus V 588

미세눗Misenus (아이올로스의 아들) VI 162, 164, 189, 212, 234

바쿠스Bacchus V 77; VII 385, 389, 405, 580, 725; VIII 181. 〈리베르〉를 보라

바툴룸Batulum (캄파니아의 도시) VII 739

박트라Bactra VIII 688

밤Nox V 721, 738, 835; VI 390; VII 138, 331

베누스Venus V 779; VIII 370, 590, 608. Venerem VIII 699. Veneris VI 26; VII 556. Veneri V 760; VII 321. 〈퀴테레〉를 보라

베눌룻Venulus (라티움 사람) VIII 9

베레퀸Berecyntius (대모신) VI 784

베로에Beroe (도뤼클루스의 부인) V 620, 646, 650

베브뤽스Bebrycius (비튀니아 사람) V 373

베스타Vesta V 744

벨리눗Velinus (사비눔의 늪) VII 517, 712

벨리아Velini portus (루카니아의 도시) VI 366

병마Morbi VI 275

복수 여신Erinys VII 447, 570

복수 여신들Dirae VIII 701

복수 여신들Furiae VIII 669

볼거리Circenses (축제) VIII 636

볼라Bola (라티움의 도시) VI 775

볼투눗Volturnus (캄파니아의 강) VII 729

부테스Butes (베르뤽스) V 372

북극성Arctos VI 16

북풍Aquilo (바람) V 2; VII 361

북풍Corus (바람) V 126

불칸Mulciber VIII 724

불칸Volcanus V 662; VII 77, 679; VIII 198, 372, 422, 729. Volcanius VIII 422, 535

불화Discordia VI 280; VIII 702

브론텟Brontes (퀴클롭스족) VIII 425

브루툿Brutus VI 818

브리아렛Briareus (거인족) VI 287

빌비웃Virbius (히폴뤼토스) VII 777; VII 762

사가릿Sagaris (트로이아 사람) V 263

사랏텟Sarrastes (캄파니아의 부족) VII 738

사르눗Sarnus (캄파니아의 강) VII 738

사모트라캬Samothracia (섬 이름) VII 208

사바족Sabaei VIII 706

사비눔Sabellus VII 665; VIII 510

사비눔Sabini VII 706, 709. Sabinae VIII 635. Sabinus pater VII 178

사악한 쾌락Gaudia mala VI 279

사크라니 전열Sacranae acies VII 796

사툰Saturnus V 606, 799; VI 794; VII 49, 180, 203, 428, 560, 622, 572; VIII 319, 329, 357, 358

사툰의 늪Satura (라티움의 늪) VII 801

사티쿨라Saticulus (삼니움의 도시) VII 729

살라밋Salamis (섬 이름) VIII 158

살리웃Salius (아카르나니아 사람) V 298, 321, 335, 341, 347, 352, 356

살모네웃Salmoneus (테살리아의 왕) VI 585

삼각섬Trinacria (시킬리아) V 393, 555. Trinacrius V 300, 450, 530, 573

삼위 여신Triuia VI 13, 35, 69; VII 516, 774, 778

새벽Aurora V 65, 105; VI 535; VII 26, 606; VIII 686

새벽별Lucifer (별자리) VIII 589.

샛별Vesper (별자리) VIII 280

서풍Iapyx (바람) VIII 710

서풍Zephyrus (바람) V 33

성주신Lar V 744

세라눗Serranus VI 844

세렛툿Serestus (트로이아 사람) V 487

세베룻Seuerus (사비눔의 산) VII 713

세베툿Sebethis (요정 이름) VII 734

셀게툿Sergestus (트로이아 사람) V 121, 184, 185, 203, 221, 272, 282

셀기웃Sergius (씨족 이름) V 121

소락테Soracte (에트루리아의 산) VII 696

소문Fama VII 104

쉬케웃Sychaeus (디도의 남편) VI 474;

쉴티스Syrtis/Syrtes V 51, 192; VI 60; VII
302

스퀼라Scylla VI 286; VII 302; V 122

스키피오Scipiadae VI 843

스테롭Steropes (퀴클롭스족) VIII 425

스튁스Styx VI 154, 439. Stygius V 855; VI
134, 252, 323, 369, 374, 385, 391; VII
476, 773; VIII 296

스피오Spio (요정 이름) V 826

시게움Sigeus VII 294

시돈Sidon V 571; ─ia Dido I 446, 613

시디키니의 들판Sidicina aequora (캄파
니아의 도시) VII 727

시렌Sirenes V 864

시멧Simois (트로이아의 강) V 261, 634,
803; VI 88

시뷜라Sibylla V 735; VI 10, 44, 98, 176,
211, 236, 538, 666, 752, 897

시카냐Sicania VIII 416. Sicani V 293; VII
795. Sicanus V 24; VIII 328

시킬랴Siculus V 702; VII 289

실바눗Siluanus VIII 600

실비아Siluia (튀루스의 딸) VII 487, 503

실비웃Siluius (아이네아스의 아들) VI
763; Siluius Aeneas VI 769

실비웃 에네앗Aeneas Siluius (알바롱가
의 왕) VI 769

아가멤논Agamemnonius VI 489,
838; VII 723

아귈라Agyllina urbs VII 652; VIII 479

아그리파Agrippa (마르쿠스 빕사니우스)
VIII 682

아나그냐Anagnia (라티움의 도시) VII 684

아누빗Anubis (이집트의 왕) VIII 698

아니오(티부르의 강) VII 683

아드라툿Adrastus (희랍의 왕) VI 480

아락셋Araxes (아르메니아의 강) VIII 728

아랍족Arabs VIII 706. Arabi VII 605

아르곳Argi VI 838; VII 286. Argiui V 672.
Argiuus VII 672, 794. Argolicus V 52,
314; VIII 374

아르곳Argus (이오의 감시자) VII 791; (에
우안데르의 손님) VIII 346. Argileti
nemus VIII 345

아리캬Aricia (라티움의 도시) VII 762

아마셋Amasenus (라티움의 강) VII 685

아마존Amazon V 311

아마타Amata (라티움 왕의 부인) VII 343,
401, 581

아뮈큿Amycus (베브뤼케스인들의 왕) V
373

아미테름 연대Amiternus (사비눔의 도시)
VII 710

아벤틴Auentius (헤라클레스의 아들) VII
657; (로마의 언덕 이름) VII 659

아벨랴Abella (캄파니아의 도시) VII 740

아벨룻Auernus V 813; VI 126, 201.

Auerna V 732; VII 91. Auernus VI 118, 564

아살쿳Assaracus (트로이아 사람) VI 650, 778

아스칸Ascanius V 74, 597, 667, 673; VII 497; VIII 48. Ascanio V 548; VII 522; VIII 550. Ascanio VIII 629. 〈에네앗〉 혹은 〈율루스〉를 보라

아시아Asia VII 224. Asius VII 701

아오르눗Aornus VI 242

아욜Aeolus V 791; VIII 416, 454

아우구스투스 카이사르Augustus Caesar VI 792; VIII 678

아이퀴족Aequicula gens VII 747

아카난Acarnan V 298

아카야Achaicus V 623

아카야족Achiui V 497; VI 837

아카텟Achates (아이네아스의 동료) VI 34, 158; VIII 466, 521, 586

아케론Acheron (저승의 강) V 99; VI 107, 295; VII 91, 312, 569

아케타Acesta (시킬리아의 도시) V 718

아케텟Acestes (시킬리아의 왕) V 30, 36, 61, 63, 73, 106, 301, 387, 418, 451, 498, 519, 531, 540, 573, 630, 711, 746, 749, 757, 771

아크릿Acrisius (다나에의 아버지) VII 372. Acrisionaeus VII 410

아킬렛Achilles VI 89, 168, 839. 〈에아쿳 후손〉 혹은 〈펠레웃 아들〉을 보라

아테놀Antenor (파타비아의 건설자) VI

484

아튀스Atys (트로이아 사람) V 568, 569

아트렛의 두 아들Atridae VIII 130

아틀랏Atlas VI 796; VIII 136, 140, 141. Atlantis VIII 135

야티나Atina (라티움의 도시) VII 630

아티웃가Atii (씨족 이름) V 568

아폴론Apollo VI 9, 101, 344; VII 241; VIII 336, 704. 〈포이붓〉을 보라

아프리카Afri VIII 724

악티움Actius (에피로스의 악티움에서) VIII 675, 704

안드록Androgeos (미노스의 아들) VI 20

안템네Antemnae (사비눔의 도시) VII 631

안톤Antonius (마르쿠스 안토니우스) VIII 685

알데아Ardea (라티움의 도시) VII 411, 412, 631

알렉토Allecto (복수 여신의 한 명) VII 324, 341, 405, 415, 445, 476

알뢰웃의 쌍둥이Aloidae (오토스와 에피알테스) VI 582

알리아Allia (사비눔의 강) VII 717

알모Almo (라티움 사람) VII 532, 575

알바롱가Alba Longa V 597; VI 766; 770; VIII 48; Albanus V 600; VI 763; VII 602; VIII 643

알부네Albunea (티부르 지역의 숲) VII 83

알불라Albula (티베리스강의 옛 이름) VIII 332

알카댜Arcadia VIII 159. Arcas VIII 102,

129. Arcadas VIII 51, 352, 518.
Arcadius V 299; VIII 573

알케웃의 손자Alcides (헤라클레스) V
414; VI 123, 392, 801; VIII 203, 219,
249, 256, 363

알키풋Archippus (마르시의 왕) VII 752

알페스Alpes, Alpinus VII 830; VIII 661

암상툿Ampsanctus (사비눔의 호수) VII
565

암퓌트리온의 아들Amphitryoniades (헤
라클레스) VIII 103, 214

암프뤼수스Amphrysus (테살리아의 강)
VI 398

앙기챠Angitia (마르시의 여신) VII 759

앙수르의 유피테르Anxurus Iuppiter VII
799

앙쿠스Ancus (로마의 왕) VI 815

앙키사Anchises V 31, 99. 535, 537, 614,
664, 723; VI 670, 679, 713, 723, 752,
854, 867, 888, 897; VII 123, 134, 245;
VIII 156, 163. Anchisa generatus(에네
앗) VI 322; satus V 244, 424; VI 331; VII
152. Anchiseus V 761. Anchisiades(에
네앗) V 407; VI 126, 348; VIII 521

애굽Aegyptus VIII 687, 705. Aegyptia
coniunx (클레오파트라) VIII 688

야누스Ianus VII 180, 610; VIII 357

야니쿨룸Ianiculum (로마의 언덕) VIII 358

야시웃Iasius (트로이아 사람) V 843

에게랴Egeria (요정 이름) VII 763, 775

에네앗Aeneas V V 1, 17, 26, 44, 90, 129,
282, 286, 303, 348, 381, 418, 461, 485,
531, 545, 675, 685, 700, 708, 741, 755,
770, 804, 809, 827, 850; VI 9, 40, 52,
103, 156, 169, 176, 183, 210, 232, 250,
261, 291, 317, 403, 413, 424, 467, 475,
539, 548, 559, 635, 685, 703, 711, 860;
VII 1, 5, 29, 107, 221, 234, 263, 280,
288, 310; VIII 11, 29, 67, 73, 84, 115,
126, 152, 178, 182, 308, 311, 367, 380,
463, 465, 496, 521, 552, 586, 606. 〈앙
키사〉를 보라.

에네앗 일행Aeneadae V 108; VII 284,
334, 616; VIII 341, 648

에라토Erato (무사 여신) VII 37

에레붓Erebus VI 247, 404, 671; VII 140

에레툼Eretum (사비눔의 도시) VII 711

에룰룻Erulus (프라이네스테의 왕) VIII
563

에뤼만톳Erymanthus (아르카디아의 산)
V 448; VI 802

에뤽스Eryx (시킬리아의 영웅) V 24, 392,
402, 412, 419, 483, 630, 772. Erycinus
V 759

에리퓔레Eriphyle (암피아라우스의 아내)
VI 445

에바드네Euadne (카페네우스의 아내) VI
447

에반더Euander, −drus (아르카디아의 왕)
VIII 52, 100, 19, 185, 313, 360, 455,
545, 558

에아쿳 후손Aeacides (아킬레우스) VI 58;

(페르세우스)VI 839

에우보아Euboicus VI 2, 42

에트나Aetna VII 786; VIII 419, 440

에트루랴Etruria VIII 494. Etruscus VIII
480, 503

에피튯의 아들Epytides (트로이아 사람)V
547, 579

엔텔룻Entellus (시킬리아 사람)V 387,
389, 437, 443, 446, 462, 472

엘다눗Eridanus VI 659

엘렉트라Electra (아틀라스의 딸)VIII 135,
136

엘뤼숨Elysium V 735; VI 542, 744

엘리사Elissa (디도)V 3

엘리스Elis VI 588

오론텟Orontes (뤼키아 사람)VI 334

오룽키Aurunci VII 206, 727, 795

오르타 부대Ortinus (에트루리아의 부족)
VII 716

오리온Orion (별자리) X 763; VII 719

오소냐Ausonia VII 55, 623. Ausonidae
VII 233. Ausonius V 83; VI 346, 807; VII
39, 105, 198, 537, 547; VIII 328

오스키Osci VII 730

오케안Oceanus VII 101, 226; VIII 589

오트륏Othrys (테살리아의 산)VII 675

올륌풋Olympus V 533; VI 579, 586, 782,
834; VII 218, 558; VIII 280, 319, 533

올페Orpheus (시인)VI 119

외발룻Oebalus (캄파니아 사람)VII 734

외칼랴Oechalia (에우보이아의 도시)VIII
291

요정들Nymphae VII 137; VIII 71, 314

우펜스Vfens (라티움의 강)VII 802; VII
745; VIII 6

운명Fortuna V 22, 604, 625; VI 96; VIII
127, 334, 578

운명Parcae V 798

울릭셋Oelides VI 529

움브로Vmbro (마르시 사람)VII 752

유노Iuno V 606, 679; VI 90; VII 330, 438,
552; VIII 84; Iunonem VII 544. Iunonis
V 781; VII 419, 592, 683; VIII 292.
Iunoni VI 138; VIII 60. 〈사튠〉을 보라

유랄룻Euryalus (트로이아 사람)V 294,
295, 322, 323, 334, 337, 343

유로파Europa VII 224

유뤼스테Eurystheus (뮈케네의 왕)VIII
292

유뤼톤Eurytion (트로이아 사람)V 495,
514, 541

유멜룻Eumelus (트로이아 사람)V 665

유목민Nomades VIII 724

유프라텟Euphrates (강 이름)VIII 726

유피테르Iuppiter V 17, 255, 687, 726, 747,
784; VI 123, 130, 272, 584, 586; VII 110,
133, 139, 219, 220, 287, 308, 799; VIII
301, 320, 353, 381, 560, 573, 640;

율루스Iulus (아스카니우스)V 570; VII 107,
116, 478. Iuli V 546; VI 364, 789; VII 493

이나쿳Inachus (아르고스의 건설자)VII
372, 792. Inachius VII 286

이노의 아들Inous (팔라이몬)V 823

이다Ida (프리키아의 산)V 252, 254, 449; IX 80; X 158; XII 546. Idaeus VII 139, 207, 222

이달룸Idalium (퀴프리아의 산)V 760

이데웃Idaeus (트로이아 사람)VI 485

이리스Iris V 606

이오Io (이나쿠스의 딸)VII 789

이오냐Ionium (바다 이름)V 193

이카룻Icarus (다이달로스의 아들)VI 31

이탈랴Italia V 18, 82, 117, 565, 629, 703, 730; VI 61, 92, 357, 718, 757, 762; VII 85, 334, 469, 563, 643, 776; VIII 331, 502, 513, 626, 678, 715

이탈룻Italus (이탈리아 사람들의 조상)VII 178

익시온Ixion (테살리아의 왕)VI 601

인도Indi VII 794; VII 605; VIII 705

일루스Ilus (트로이아의 건설자)VI 650

일리아Ilia (레아 실비아)VI 778

일리움Ilium V 261, 756; VI 64. Iliacus V 607, 725; VI 875; VIII 134. Iliades V 644; VII 248; XI 35

일요넷 Ilioneus (트로이아 사람)VII 212, 249

자비 여신들Eumenides VI 250, 280, 375

잠Sopor VI 278

저녁 땅Hesperia VII 4, 44, 543; VIII 148. Hesperis VIII 77. Hesperius VI 6; VII 601. 〈타르타라, 저승〉을 보라

전쟁Bellum VI 279; VII 607, 622

전쟁 여신Bellona VII 319; VIII 703

죽음Letum VI 277, 278

철공들Chalybes VIII 421

카론Charon (저승의 뱃사공)VI 299, 326

카립딧Charybdis VII 302

카리네Carinae (로마의 한 지역)VIII 361

카리아 사람들Cares VIII 725

카밀라Camilla VII 803

카밀룻Camillus (마르쿠스 푸리우스)VI 825

카산드라Cassandra (프리아모스의 딸)V 636

카스트룸 이누이Castrum Inui (라티움의 도시)VI 775

카스페랴Casperia (사비눔의 도시)VII 714

카스피Caspius VI 798

카예타Caieta (아이네아스의 유모)VII 2; (라티움의 항구)VI 900

카이레Caere (에트루리아의 도시)VIII 597

카이사르Caesar VI 789. Caesar VI 792; VIII 678, 714

카쿠스Cacus VIII 194, 205, 218, 222, 241, 259, 303

카토Cato (마르쿠스 포르키우스)VI 841; VIII 670

카틸룻Catillus (티부르의 건설자)VII 672

카틸리나Catilina (루키우스 세르기우스)
VIII 668

카파툼Carpathium (바다 이름)V 595

카페니 숲Capeni luci (에트루리아의 숲)
VII 697

카퓌스Capys (알바롱가의 왕)VI 768

카프레Capreae (섬 이름)VIII 735

카피톨Capitola VI 836; VIII 347, 653

칼레스Cales (캄파니아의 도시)VII 728

칼뤼돈Calydon (아이톨리아의 도시)VII
306, 307

칼뤼베Calybe (유노의 사제)VII 419

칼멘팃Carmentis (요정 이름)VIII 336,
339. Carmentalis porta VIII 338

칼키스Chalcidicus VI 17

케네웃Caeneus (테살리아 사람)VI 448

케레스 Ceres VI 484; VII 113; VIII 181.
Cerealis VII 111

케쿨룻Caeculus (불카누스의 아들)VII
681

케크롭 사람들Cecropidae (아테네 사람
들)VI 21

켄토르Centauri VI 286; VII 675.
Centaurus (전함 이름)V 122, 155, 157

켈렘나Celemna (캄파니아의 도시)VII
739

켈베룻Cerberus VI 417

코라Cora (라티움의 도시)VI 775

코라스Coras (티부르의 건립자)VII 672

코뤼넷Corynaeus (트로이아 사람)VI 228

코뤼툿Corythus (에트루리아의 도시)VII

209

코린툿Corinthus VI 836

코숫Cossus (아울루스 코르넬리우스)VI
841

코퀴툿Cocytus (저승의 강)VI 132, 297,
323; VII 562. Cocytius VII 479

코클렛Cocles (호라티우스)VIII 650

콜라탸 성채Collatinae arces VI 774

쿠레스Cures (사비눔의 도시)VI 811; VIII
638

쿠마이Cumae (캄파니아의 도시)VI 2.
Cumaeus VI 98

퀴리눗Quirinus, Quirinalis VII 187, 612.
Quirites VII 710

퀴모도케Cymodoce (요정 이름)V 826

퀴클롭Cyclops VI 630; VIII 418, 424, 440.

퀴테레Cytherea (베누스)V 800; VIII 523,
615

퀴클뎃Cyclades (군도 이름)VIII 692

퀼레네Cyllene (펠로폰네소스의 산)VIII
139

크노솟Cnosius (크레타의 도시)V 306; VI
23, 566

크레타Creta V 588. Cresius VIII 294.
Cressa V 285

크루스툼Crustumeri (사비눔의 도시)VII
631

크린수Crinisus (시킬리아의 강)V 38

크산툿Xanthus (트로이아의 강)V 634,
803, 808; VI 88

클렌툿Cluentius (씨족 이름)V 123

클로디웃Claudia (씨족 이름) VII 708

클로룻Clausus (사비눔 사람) VII 707

클로엘랴Cloelia VIII 651

키르케Circe VII 20, 191, 282. Circaeus VII 10, 799

키메라Chimaera VI 288; VII 785; (전함 이름) V 118, 223

키미눗Ciminus (에트루리아의 호수) VII 697

키세웃의 딸Cisseis (헤쿠바) V 537

타르코Tarcho (에트루리아 사람) VIII 603; Tarchon VIII 506

타르퀸Tarquinius (로마의 왕) VI 817; VIII 646

타르타라, 저승Tartara V 734; VI 135, 543; VIII 563. Tartarus VI 577. Tartareus VI 295, 395, 551; VII 328, 514; VIII 667

타티웃Tatius (사비눔의 왕) VIII 638

탈리아Thalia (요정 이름) V 826

탈페아 성채Tarpeia arx VIII 652; sedes VIII 347

태양Sol VII 11. 〈동녘〉 혹은 〈파에톤〉 혹은 〈포이붓〉 혹은 〈티탄〉을 보라

테게아웃Tegeaeus V 299; VIII 459

테세웃Theseus VI 122, 393, 618

테실로쿳Thersilochus (트로이아 사람) VI 483

테우켈Teucria (트로이아) V 7, 66, 181, 293, 450, 474, 530, 592, 675, 690; VI 41, 54, 67, 90, 93, 212, 562; VII 155, 193, 276, 301, 344, 359, 388, 470, 476, 547, 578; VIII 10, 136, 154, 161, 397, 470, 513, 551

테우켈Teucrus (트로이아의 왕) VI 500, 648

테우톤Teutonicus VII 741

테키웃 집안Decii VI 824

테티스Thetis V 825

텔레보에Teleboae VII 735

텔론Telon (텔레보에의 왕) VII 734

텟리카Tetrica (사비눔의 산) VII 713

톨콰툿Torquatus (티투스 만리우스) VI 825

통곡의 들판Lugentes campi VI 441

투르눗Turnus VII 56, 413, 475, 577, 783; VIII 1. Turne VII 421, 596; VIII 538. Trunum VII 434; VIII 614. Turni VII 344, 398, 650; VIII 493. Turno VII 366, 371, 724; VIII 17

투스쿳Tuscus VIII 473

툴루스Tullus (로마의 왕) VI 814; VIII 644

튀데웃Tydeus VI 479

튀레눔Tyrrhenus, Tyrrheni VIII 603. Tyrrhenus VII 697; VII 43, 209, 242, 426, 647, 663; VIII 458, 507, 526, 551, 555

튀룻Tyrrhus (라티움 사람) VII 485, 508, 532. Tyrrhidae VII 484

튀폰Typhoeus (티탄족) VIII 298

트라캬Thraca, Thraces, Thracius V 536, 565. Threicius V 312; VI 120, 645; VII 208

트로야Troia V 38, 61, 190, 265, 417, 420, 555, 599, 602, 613, 626, 637, 688, 756, 757, 787, 793, 804, 811; VI 56, 62, 68, 335, 403, 451, 650, 767, 840; VII 21, 121, 144, 221, 233, 260, 262, 296, 318, 364, 521, 723; VIII 36, 117, 182, 291, 398, 471, 530, 545, 587. 〈에네앗 일행〉혹은 〈달다놋〉혹은 〈일리움〉혹은 〈펠가마〉혹은 〈프뤼갸〉혹은 〈로에툼〉혹은 〈테우켈〉을 보라

트리톤Triton V 824; VI 173

트마뤼Tmarius (도뤼클루스) V 620

티륀스의 영웅Tirynthius (헤라클레스) VII 662; VIII 228

티베릿Tiberis (강 이름) VII 715. Tiberinus VI 873; VII 30, 797; VIII 31. 〈티브릿〉을 보라

티부르Tibur (라티움의 도시) VII 630. Tiburs VII 670

티불툿Tiburtus (티부르의 건설자) VII 671

티브릿Thybris (이탈리아의 왕) VIII 330; (티베리스강) V 83, 797; VI 87; VII 151, 242, 303, 436; VIII 64, 72, 86, 331, 540

티시폰Tisiphone (복수 여신들의 하나) VI 555, 571

티탄Titan, Titanius (태양) VI 580, 725

티토놋Tithonus, Tithonius VIII 384

티튀옷Tityos VI 595

파라샤Parrhasius (아르카디아 사람) VIII 344

파르탸Parthi VII 606

파리스Paris V 370; VI 57; VII 321

파바릿Fabaris (사비눔의 강) VII 715

파브리쿳Fabricius (가이우스 루스키누스) VI 844

파비우스 집안Fabii VI 845

파시파에Pasiphae (미노스의 아내) VI 25, 447

파에톤Phaethon (태양) V 105

파우눗Faunus VII 47, 48, 81, 102, 213, 254, 368. Fauni VIII 314.

파이온Paeonius VII 769

파퀴눔Pachynum (시킬리아의 곶) VII 289

파트론Patron (아르카디아 사람) V 298

판Pan VIII 344

판다룻Pandarus (뤼키아 사람) V 496

판오페Panopea (요정 이름) V 240, 825

판오펫Panopes (시킬리아 사람) V 300

팔라스Pallas (미네르바) V 704; VII 154; VIII 435

팔라스Pallas (에우안데르의 조상) VIII 51, 54; VIII 104, 110, 121, 168, 466, 519, 587. Pallanta VIII 515, 575. Pallanteum VIII 54, 341

팔레몬Palaemon (이누스의 아들) V 823

팔리눌Palinurus (트로이아 사람) V 12, 833, 840, 843, 847, 871; VI 337, 341, 373, 381

팔리스크Falisci VII 695

팔리스키 평원Aequi Falisci VII 695

팔테노페웃Parthenopaeus (멜레아그로

스의 아들)VI 480

페게웃Phegeus (트로이아 사람)V 263

페네웃Pheneus (아르카디아의 도시)VIII 165

페니캬Poeni VI 858. Phoenissa VI 450

페드라Phaedra (미노스의 딸)VI 445

페로냐Feronia (에트루리아의 숲)VII 800; VIII 564

페스켄Fescenninus VII 695

펠가마Pergama (트로이아의 성채)VI 516; VII 322; VIII 37, 374. Pergameus V 744; VI 63

펠라스캬Pelasgi (희랍인들)VI 503; VIII 600

펠레웃 아들Pelides (아킬레우스)V 808

펠세포네Proserpina VI 142, 251, 402

포도의 땅Oenotri, Oenotria tellus VII 85

포룰리Foruli (사비눔의 도시)VII 714

포르밧Phorbas (트로이아 사람)V 842

포르센나Porsenna (에트루리아의 왕)VIII 646

포르쿳Phorcus (바다의 신)V 240, 824

포메탸Pometii (볼스키의 도시)VI 775

포이붓Phoebus VI 18, 56. Phoebi VI 35, 70, 77, 347, 628; VIII 720. Phoebo VI 69; VII 62. VI 662. Phoebigena VII 773

포티툿Potitius (아르카디아 사람)VIII 269, 281

폭풍의 여신Tempestates V 772

폴로에Pholoe (크레타 여자)V 285

폴루스Pholus (켄타우로스)VIII 294

폴뤼베텟Polyboetes (트로이아 사람)VI 484

폴뤽스Pollux VI 121

폴리텟Polites (프리아모스의 아들)V 564

푸키눗Fucinus (마르시의 호수)VII 759

퓌락몬Pyracmon (퀴클롭스족)VIII 425

퓌르고Pyrgo (프리아모스 집안의 유모)V 645

프레네텟Praeneste (라티움의 도시)VII 682; VIII 561. Praenestinus VII 678

프로카Procas (알바롱가의 왕)VI 767

프로크릿Procris (에렉테우스의 딸)VI 445

프뤼갸Phrygia V 785; VI 518, 785; VII 139, 207, 294, 358, 363, 430, 579

프리암Priamus VIII 158, 399; Priami V 297, 645; VII 246; VIII 379. Priamo V 564. Priameius VII 252. Priamides VI 494, 509

플라비나 들판Flauinia arua (에트루리아의 도시)VII 696

플레게톤Phlegethon (하계의 강)VI 265, 551

플레귀앗Phlegyas (라피테의 왕)VI 618

플루톤Pluton VII 327

피나룻 집안Pinaria VIII 270

피데나Fidena (사비눔의 도시)VI 773

피리툿Pirithous (라피테의 왕)VI 393, 601

피쿳Picus (라우렌툼의 왕)VII 48, 171, 189

하계Orcus VI 273; VIII 296

한탄Luctus VI 274

할레숫Halaesus (이탈리아 왕)VII 724

할퓌아Harpyiae VI 289

항구Portunus V 241

헤르뭇Hermus (뤼디아의 강)VII 721

헤르쿨Hercules V 410; VII 656, 669; VIII 270, 276, 288, 542. 〈알케웃의 손자〉 혹은 〈암퓌트리온의 아들〉 혹은 〈티륀스의 영웅〉을 보라

헤쇼나Hesione (라오메돈의 딸)VIII 157

헤카테Hecate VI 118, 247, 564. 〈삼위 여신〉을 보라

헥토르Hector V 190, V 371, V 634, VI 166

헬니키산Hernica saxa (라티움의 산)VII 684

헬레나Helena VII 364. 〈라케데몬〉을 보라

헬뤼뭇Helymus (트로이아 사람)V 73; (Siculus)V 300, 323, 339

헬리콘Helicon (산 이름)VII 641

호몰레Homole (테살리아의 산)VII 675

혼돈Chaos VI 265

회한Curae VI 274

휘드라Hydra VI 576; VII 658

휠레웃Hylaeus (켄타우로스족)VIII 294

휠카나Hyrcanus VII 605

휠타쿳의 아들Hyrtacides (휘르타쿠스의 아들)V 492, 503

히멜라Himella (사비눔의 강)VII 714

히베르Hiberus VII 663

히폴뤼툿Hippolytus (테세우스의 아들) VII 761, 765, 774

힙포콘Hippocoon (트로이아 사람)V 492

아이네이스 2

옮긴이 김남우 로마 문학 박사. 연세대학교 철학과를 졸업했다. 서울대학교 서양고
전학 협동과정에서 희랍 서정시를 공부하였고, 독일 마인츠에서 로마 서정시를 공부
하였다. 정암학당 연구원이다. 연세대학교와 KAIST에서 가르친다. 마틴 호제의 『희
랍문학사』, 오비디우스의 『변신 이야기』, 에라스무스의 『격언집』, 『우신예찬』, 토머
스 모어의 『유토피아』, 몸젠의 『로마사』, 호라티우스의 『카르페디엠』, 『시학』 등을
번역하였다. 베르길리우스의 『아이네이스』를 번역하고 있다.

지은이 베르길리우스 **옮긴이** 김남우 **발행인** 홍예빈·홍유진
발행처 주식회사 열린책들 **주소** 경기도 파주시 문발로 253 파주출판도시
전화 031-955-4000 **팩스** 031-955-4004 **홈페이지** www.openbooks.co.kr
Copyright (C) 주식회사 열린책들, 2021, *Printed in Korea.*
ISBN 978-89-329-2141-9 93890 **발행일** 2021년 8월 25일 초판 1쇄